10|18
12, avenue d'Italie — Paris XIIIe

Sur l'auteur

Anne Perry, née en 1938, à Londres, est aujourd'hui célébrée dans de nombreux pays comme une « reine » du polar victorien. C'est en 1979 qu'elle publie la première enquête du couple de détectives Charlotte et Thomas Pitt, *L'Étrangleur de Cater Street,* une série qui compte aujourd'hui vingt romans. Forte de ses premiers succès, elle publie en 1990 *Un étranger dans le miroir,* qui inaugure une seconde série victorienne, menée par l'inspecteur William Monk. *Funeral in Blue,* la douzième enquête de William Monk, va paraître prochainement en Angleterre. Anne Perry a par ailleurs écrit plusieurs romans fantastiques – *Tathea, Shadow Mountain.* Elle vient de publier aux États-Unis *The One Thing More,* un roman qui a pour cadre, cette fois, le Paris de la Révolution française. Elle vit au nord d'Inverness, en Écosse.

LE MYSTÈRE DE CALLANDER SQUARE

PAR

ANNE PERRY

Traduit de l'anglais
par Roxane AZIMI

10|18

INÉDIT

« Grands Détectives »
dirigé par Jean-Claude Zylberstein

Du même auteur
aux Éditions 10/18

Série « Charlotte et Thomas Pitt »

L'ÉTRANGLEUR DE CATER STREET, n° 2852
▶ LE MYSTÈRE DE CALLANDER SQUARE, n° 2853
LE CRIME DE PARAGON WALK, n° 2877
RESURRECTION ROW, n° 2943
RUTLAND PLACE, n° 2979
LE CADAVRE DE BLUEGATE FIELDS, n° 3041
MORT À DEVIL'S ACRE n° 3092
MEURTRES À CARDINGTON CRESCENT, n° 3196
SILENCE À HANOVER CLOSE, n° 3255
L'ÉGORGEUR DE WESMINSTER BRIDGE, n° 3326,
L'INCENDIAIRE DE HIGHGATE, n° 3370
BELGRAVE SQUARE, n° 3438

Série « William Monk »

UN ÉTRANGER DANS LE MIROIR, n° 2978
UN DEUIL DANGEREUX, n° 3063
DÉFENSE ET TRAHISON, n° 3100
VOCATION FATALE n° 3155
DES ÂMES NOIRES, n° 3224
LA MARQUE DE CAÏN, n° 3300
SCANDALE ET CALOMNIE, n° 3346
UN CRI ÉTRANGLÉ, n° 3400

Titre original :
Callander Square

ISBN 2-264-03524-2

1

L'air automnal était doux et légèrement brumeux ; sous le soleil de cette fin d'après-midi, les feuilles mortes formaient des taches jaunes sur l'herbe de Callander Square. Dans le petit jardin au milieu du square, deux hommes armés de pelles contemplaient une excavation à la surface du sol. Se baissant, le plus grand plongea les mains dans la terre humide. Avec précaution, il en sortit l'objet qu'il cherchait : un petit os ensanglanté.

Son compagnon reprit bruyamment son souffle.

— Ce serait quoi, à ton avis ? Trop gros pour un oiseau.

— Une bestiole, répondit le premier. Un chien qu'on aurait enterré là-dessous.

L'autre secoua la tête.

— Ils devraient pas faire ça ici.

Il regarda d'un œil torve les pâles façades déployant leur austère élégance classique derrière la dentelle des bouleaux et les tilleuls.

— Ils ont des jardins pour ça. Ils ont aucun respect ou quoi ?

— Ce doit être un petit chien.

Le plus grand retourna l'os dans sa main.

— Ou alors un chat.

— Un chat ! Allons bon ! Les gentlemen n'ont pas de chats, et les dames, elles creusent pas de trous dans les jardins. Elles distingueraient pas une pelle d'un râteau.

— C'est sûrement un domestique. Une cuisinière, je parie.

— Tout de même, ils auraient pas dû.

L'homme ponctua ses paroles d'un vigoureux hochement de tête.

— J'aime bien les bêtes, moi. Un animal qui s'est rendu utile dans la maison, ça s'enterre correctement, et pas là où on risque de le déterrer par inadvertance.

— Ils pensaient p't-être pas qu'on allait creuser ici. Ça fait un bail qu'on a rien planté par là. Y aurait pas eu cet arbuste...

— On a qu'à le mettre ailleurs, sur la gauche, tiens. Laissons la pauvre petite bestiole tranquille. Faut pas déranger les morts, même quand c'est qu'un animal. Y a probablement quelqu'un qui l'a aimé. Il devait chasser les souris dans la cuisine.

— Pas sur la gauche, andouille ! Ça va tuer le forsythia.

— Me parle pas sur ce ton, eh ! Mettons-le à droite, alors.

— On peut pas. Ce rhodo, là, il pousse comme c'est pas permis. Non, faut le planter ici.

— Ben, mettons le chat sous le rhodo. Déterre-le, et moi, je vais l'ensevelir.

— C'est bon.

Le jardinier enfonça sa pelle là où il pensait exhumer le cadavre d'un seul tenant et pesa sur le manche de tout son poids. La terre riche en humus céda facilement. Les deux hommes écarquillèrent les yeux.

— Dieu de la miséricorde !

La pelle lui tomba des mains.

— Seigneur, ayez pitié de nous.

— Que... qu'est-ce que c'est ?

— C'est pas un chat. Je... je crois que c'est un bébé.

— Oh, Sainte Vierge ! Qu'est-ce qu'on fait ?

— Vaudrait mieux appeler la police.

— Ouais.

Il reposa la pelle tout doucement, lentement, comme si cela avait encore une importance.

— Tu y vas ?

Son compagnon le regardait fixement.

— Non. Non, je reste ici. Toi, file chercher un agent. Et grouille-toi... il fera bientôt nuit.

— Ouais ! Ouais !

Il ne se fit pas prier, désespérément soulagé d'avoir quelque chose à faire et, surtout, de s'éloigner de ce trou dans la terre et de la bouillie sanglante sur la pelle.

L'agent de police était jeune et encore novice dans le métier. Les beaux quartiers l'impressionnaient par la splendeur de leurs équipages, leurs valets en livrée qui allaient toujours par deux et leur innombrable domesticité. Ils l'intimidaient, tous ces majordomes imposants, ces irascibles cuisinières, ces jolies femmes de chambre. Les grooms, les filles de cuisine, les petites bonnes étaient davantage son rayon.

En voyant le trou dans la terre et la trouvaille des jardiniers, il se sentit totalement dépassé et, avec horreur et soulagement, leur dit d'attendre là sans bouger, sans toucher à rien. Lui-même prit ses jambes à son cou et courut au poste de police prévenir son inspecteur.

Il fit irruption dans le bureau, oubliant dans son excitation ses bonnes manières.

— Mr. Pitt ! Mr. Pitt ! C'est horrible, monsieur, c'est effroyable !

Pitt se tenait devant la fenêtre. C'était un homme de haute taille, au nez long et busqué, à la bouche ironique. D'apparence plutôt ordinaire, et surtout incroyablement débraillée, il dégageait cependant une impression d'esprit et d'intelligence. L'entrée précipitée de l'agent lui fit hausser les sourcils.

— Qu'est-ce qui est effroyable, McBeath ?

Il avait une très belle voix.

L'agent de police pantelait, incapable d'articuler une phrase tant il était essoufflé.

— Il y a un cadavre... monsieur. Dans Callander Square. C'est pitoyable... vraiment. Ils viennent juste de le trouver... les jardiniers... en creusant. Au milieu. Ils voulaient planter un arbre, je crois.

Pitt plissa le front, surpris.

— Callander Square ? Vous en êtes sûr ? Vous ne vous êtes pas encore perdu, par hasard ?

— Non, monsieur. Oui, monsieur, en plein milieu. Callander Square, monsieur. Je ne me trompe pas. Il faudrait que vous alliez voir.

— Un cadavre enterré ?

Pitt fronça les sourcils.

— Quelle sorte de cadavre ?

— Un bébé, monsieur.

McBeath ferma les yeux : il semblait au bord du malaise.

— Un tout petit bébé, on dirait un nouveau-né. Il me fait penser à ma petite sœur, quand elle est née.

Pitt exhala un lent soupir.

— Brigadier Batey ! fit-il en élevant la voix.

La porte s'ouvrit, et un policier en uniforme passa la tête à l'intérieur.

— Monsieur ?

— Appelez une ambulance, ainsi que le Dr Stillwell, et venez à Callander Square.

— Une agression, monsieur ?

Le brigadier s'anima.

— Un cambriolage ?

— Non. Vraisemblablement, un simple drame d'ordre privé.

— Un drame d'ordre privé ?

McBeath haussa le ton, outré.

— Un meurtre, oui !

Batey ouvrit de grands yeux.

— J'en doute, répondit Pitt calmement. Il s'agit probablement de quelque malheureuse servante séduite, qui a accouché seule, et l'enfant est mort. Elle a dû l'enterrer en cachette et garder son chagrin pour elle-même, de peur de se retrouver à la rue sans travail et sans références pour obtenir un autre emploi. Dieu sait que ça arrive couramment, ces choses-là.

McBeath était pâle, les traits tirés.

— Vous croyez, monsieur ?

— Je n'en sais rien.

Pitt se dirigea vers la porte.

— Mais ce ne serait ni la première, ni la dernière fois. Allons voir sur place.

En une demi-heure, pendant qu'il faisait encore jour, Pitt examina le petit corps, fouilla la terre meuble à la recherche d'éventuels indices et trouva le second cadavre, minuscule, froid et difforme. Il les expédia en ambulance avec le médecin, renvoya McBeath, livide et tremblant, dans ses pénates et posta Batey et ses hommes autour du jardin. Il n'y avait rien d'autre à faire ce soir-là, sinon attendre les conclusions du médecin sur l'âge des bébés, la date présumée de leur décès et, si possible, le mal dont souffrait le second, enterré en profondeur avec son crâne déformé. Il ne fallait tout de même pas trop espérer établir les causes de leur mort.

Il arriva chez lui dans l'obscurité et un brouillard fin, pénétrant d'humidité. La lueur jaune des lampes à gaz promettait, accueillante, non seulement de réchauffer le corps, mais d'apaiser l'esprit et le tumulte des sentiments.

Il poussa la porte avec un plaisir intense que deux années de mariage n'avaient nullement amoindri. Au printemps 1881, il avait été appelé à résoudre la terrifiante affaire de l'étrangleur de Cater Street[1], qui assassinait les jeunes femmes à l'aide d'un gar-

1. *L'Étrangleur de Cater Street*, 10/18, n° 2852.

rot et abandonnait leurs cadavres au visage boursouflé dans les rues sombres. C'était dans ces circonstances tragiques qu'il avait rencontré Charlotte Ellison. Bien sûr, à l'époque, elle l'avait traité avec la dignité hautaine qu'une jeune personne de sa condition réserve à un policier, situé sur l'échelle sociale au-dessous d'un bon majordome. Mais Charlotte était quelqu'un d'extraordinairement honnête, non seulement avec les autres, source de désordre en société, mais aussi vis-à-vis d'elle-même. Elle avait reconnu qu'elle l'aimait et trouvé le courage de l'épouser au mépris des convenances.

Ils étaient pauvres, étonnamment pauvres, comparativement à l'aisance qu'elle avait connue chez ses parents, mais avec ingénuité et selon sa rectitude coutumière, elle apprit à se passer de la plupart des attributs symboliques du rang sans lesquels ses amies d'antan n'auraient su vivre. A l'occasion, lorsque son époux abordait ce point sensible, elle disait en plaisantant qu'elle était soulagée de ne plus devoir jouer la comédie, et en un sens, ce n'était pas entièrement faux.

A présent, elle sortait du petit salon avec ses quelques meubles soigneusement cirés et des fleurs d'automne dans un vase en verre. Elle portait l'une des robes qu'elle avait emportées de chez elle, couleur lie-de-vin, déjà un peu démodée, mais son visage rayonnait, et la lumière des lampes rehaussait les reflets acajou de sa chevelure.

Il éprouva une bouffée de joie, d'excitation presque, et voulut aussitôt la toucher, l'embrasser.

Au bout d'un moment, elle s'écarta et le regarda.

— Que se passe-t-il ? demanda-t-elle, une note d'anxiété dans la voix.

Dans la chaleur soudaine, enveloppante, de leurs retrouvailles, il avait oublié Callander Square. A cet instant, la mémoire lui revint. Mais il n'avait pas envie d'en parler à Charlotte. Après les horreurs de Cater Street, Dieu sait qu'elle était capable de tout entendre, mais à quoi bon la bouleverser inutilement ? Elle était prompte à compatir : les petits cadavres, crime ou simple tragédie, ne manqueraient pas de lui faire vivre en imagination la douleur, la peur et la solitude, les terribles pensées qui avaient dû habiter la mère.

— Que se passe-t-il ? répéta-t-elle.

Il l'enlaça et la fit pivoter vers le salon... séjour eût été un terme plus approprié pour une aussi petite maison.

— Une affaire, répondit-il. Dans Callander Square. Sans grande importance, je pense, mais l'enquête ne sera pas facile. Quel est le menu de ce soir ? Je viens du dehors et j'ai faim.

Elle n'insista pas, et il passa une paresseuse et douillette soirée au coin du feu, à regarder Charlotte penchée sur son ouvrage, un linge usé jusqu'à la trame. Les années à venir promettaient beaucoup de reprisage et de ravaudage, beaucoup de repas sans viande et, avec l'arrivée des enfants, des habits de seconde main, mais, pour le moment, ce labeur-là symbolisait la douceur du foyer. Il se surprit à sourire.

Le lendemain matin fut une tout autre histoire. Il

partit de bonne heure, tandis que la brume d'octobre s'accrochait encore au feuillage humide, sans un souffle de vent. Il se rendit d'abord au poste de police, pour voir s'il y avait du nouveau du côté du Dr Stillwell.

Le visage austère de Stillwell paraissait plus long encore que d'habitude. Il regarda Pitt d'un air maussade ; sa simple présence évoquait la mort et la précarité de la condition humaine.

Le sentiment de chaleur, de bien-être qui accompagnait Pitt depuis son réveil se dissipa aussitôt.

— Alors ? questionna-t-il sombrement.

— Le premier, à ma connaissance, semble parfaitement normal, répondit Stillwell à voix basse. Mais ça ne nous avance pas à grand-chose. Il est décédé il y a six mois environ, le pauvre petit. Impossible de dire s'il était mort-né ou si le décès est survenu dans les vingt-quatre ou les quarante-huit heures. Rien dans l'estomac.

Il poussa un soupir.

— Je ne saurais même pas dire s'il s'agit d'une mort naturelle ou s'il a été tué. La suffocation, c'est facile et ça ne laisse pas de traces. Au fait, c'était une fille.

Pitt prit une profonde inspiration.

— Et l'autre, celui qui était en dessous ?

— C'est plus vieux déjà : la mort remonte à deux ans, dirais-je. Et encore, ce n'est qu'une hypothèse. Là aussi, j'ignore s'il était mort-né ou s'il est décédé peu après la naissance. Mais il était anormal, c'est certain...

— Je m'en suis aperçu. Quelle en est la cause ?

— Aucune idée. C'est congénital, et non pas un accident au moment de la naissance.

— Y aurait-il quelque chose dans l'histoire des parents... ?

— Pas forcément. Nous ignorons l'origine de ces malformations. Ça arrive même dans les meilleures familles ; simplement, on réussit mieux à le cacher.

Pitt réfléchit quelques instants. Était-ce là l'explication : un objet de gêne à supprimer ?

— Et celui du dessus ?

Il regarda Stillwell.

— Avait-il un problème lui aussi, le cerveau endommagé peut-être ?

Stillwell secoua la tête.

— Je n'ai rien constaté de tel, mais à cet âge-là, bien sûr, on ne peut pas se prononcer sur une éventuelle déficience mentale. Il avait tout au plus quelques jours. S'il n'était pas mort-né.

Il fronça les sourcils.

— Quoique j'en doute. Je n'ai relevé aucune anomalie susceptible de provoquer la mort. Le cœur, les poumons, les intestins, tout semblait en ordre. Évidemment, le corps était plus ou moins décomposé. Franchement, je ne sais pas, Pitt. Vous n'avez qu'à ouvrir une enquête et vous verrez bien de quoi il retourne.

— Je vous remercie.

Il n'y avait rien d'autre à dire. Pitt prit Batey, et ils sortirent en silence dans la brume matinale. Les rues plantées d'arbres sentaient les feuilles pourrissantes et la pierre humide.

Callander Square était désert ; les badauds qu'une

pareille découverte n'eût pas manqué d'attirer ailleurs n'osaient pas s'aventurer dans ce sanctuaire de l'élégance. Il n'y avait aucun signe de vie derrière les façades majestueuses, excepté le crissement d'un balai sur les marches d'un perron et un valet qui battait bruyamment la semelle. Il était encore trop tôt pour les garçons de courses ; cuisinières et femmes de chambre avaient à peine terminé de servir le petit déjeuner aux derniers levés.

Pitt se dirigea vers la maison la plus proche, gravit les marches, frappa discrètement et recula d'un pas.

Au bout de quelques minutes, un valet, bel homme d'allure ténébreuse, vint lui ouvrir. De sous ses paupières lourdes, il considéra Pitt avec dédain. Des années de métier lui avaient appris à juger un homme avant même qu'il n'ouvre la bouche. Il comprit instantanément que Pitt valait mieux qu'un marchand, mais que ce n'était point un homme de qualité, et encore moins un gentleman.

— Monsieur ? fit-il en haussant légèrement le ton.

— Inspecteur Pitt, police.

Pitt soutint posément son regard.

— J'aimerais parler à la maîtresse de maison.

Le valet ne broncha pas.

— Nous n'avons pas été cambriolés, que je sache. Vous ne vous trompez pas d'adresse ? Ici, c'est la résidence du général et de Lady Augusta Balantyne.

— Ah oui ? Je l'ignorais. Mais c'est la situation de cette maison qui m'intéresse. Puis-je entrer ?

Le valet hésita. Pitt ne bougea pas d'un pouce.

— Je vais voir si Lady Augusta peut vous recevoir. Venez. Vous attendrez au petit salon pendant que je me renseigne pour savoir si Madame a fini son petit déjeuner.

Il s'ensuivit une longue et exaspérante demi-heure d'attente avant que la porte du petit salon ne s'ouvre sur Lady Augusta Balantyne. C'était une belle femme aux traits fins et aristocratiques ; sa tenue classique dénotait un certain luxe. Elle regarda Pitt sans curiosité.

— Max dit que vous désirez me voir, Mr.... euh...

— Pitt. Oui, madame, avec votre permission.

— A quel sujet, je vous prie ?

Pitt la contempla. Manifestement, elle n'était pas femme à tergiverser. Il se jeta à l'eau.

— Hier soir, deux cadavres ont été déterrés dans le jardin au milieu du square...

Lady Augusta haussa un sourcil incrédule.

— Dans Callander Square ? Ne soyez pas ridicule ! Des cadavres de quoi, Mr.... euh... ?

— Pitt, répéta-t-il. De bébés, madame. Les restes de deux nouveau-nés ont été découverts dans le jardin. L'un a été enterré il y a six mois environ, l'autre il y a deux ans.

— Oh, mon Dieu !

Elle était visiblement émue.

— Quelle tragédie ! J'imagine qu'une servante... à ma connaissance, ce n'est pas quelqu'un de la maison, mais naturellement je vais m'informer, si vous le souhaitez.

— Je préfère le faire moi-même, madame, si vous n'y voyez pas d'objection.

Il s'efforça d'affermir sa voix, comme pour s'assurer de son accord plutôt que de solliciter son autorisation.

— Évidemment, je passerai dans toutes les maisons du square...

— Bien sûr. Ma proposition tenait de la simple courtoisie. Si vous découvrez quelque chose qui concerne ma maisonnée, vous me le ferez savoir, bien entendu.

Là encore, ce n'était pas une question, mais une affirmation. L'autorité lui seyait comme un habit familier : elle n'avait guère besoin de la manifester.

Il sourit pour montrer qu'il avait compris, mais s'abstint de se commettre verbalement.

Elle tendit la main vers la sonnette. Le majordome parut.

— Hackett, Mr. Pitt est de la police. On a trouvé deux bébés dans le jardin. Il va interroger tous les domestiques du voisinage. Voulez-vous l'installer dans une pièce tranquille où il pourra s'entretenir avec le personnel ? Et arrangez-vous pour que tout le monde soit disponible.

— Bien, madame.

Hackett considéra Pitt d'un air dégoûté, mais obéit précisément aux ordres.

— Merci, Lady Augusta.

Pitt inclina la tête et suivit le majordome dans une petite pièce du fond qui devait servir de salon à la gouvernante. Il obtint la liste complète du personnel féminin, ainsi que l'essentiel des renseignements concernant chacune des servantes. Cette fois-ci, il se contenta de leur parler. La réaction fut unanime : choc, consternation, pitié. Tout aussi unanimement, elles nièrent être au courant de l'affaire. Exactement comme il s'y attendait.

Il était dans le vestibule, cherchant le majordome ou l'un des valets pour dire qu'il avait terminé, quand une autre jeune femme sortit d'une des pièces. Ce n'était certainement pas une servante ; plus que sa robe de soie ou sa magnifique coiffure, c'étaient un léger déhanchement, un demi-sourire sur sa petite bouche pulpeuse, l'assurance, la lueur audacieuse dans ses yeux frangés de longs cils qui trahissaient son rang.

— Juste ciel ! s'exclama-t-elle en feignant la surprise. Qui êtes-vous ?

Elle le toisa d'un regard bleu amusé.

— Vous n'êtes sûrement pas venu rendre visite à l'une des bonnes ; ce n'est pas encore l'heure ! Vous désirez voir papa ? Seriez-vous une ancienne ordonnance ?

Seule Charlotte avait jamais réussi à décontenancer Pitt, mais c'était parce qu'il l'aimait. Il regarda la jeune fille avec calme.

— Non, madame, je suis de la police. J'ai parlé à certains de vos domestiques.

— De la police ? claironna-t-elle, ravie. Mais quelle horreur ! Pour quoi faire ?

— Pour recueillir des informations.

Il sourit imperceptiblement.

— En général, c'est ce pour quoi la police s'adresse aux gens.

— J'ai l'impression que vous vous moquez de moi.

Ses yeux dansaient.

— Mr.... ?

— Inspecteur Pitt.

— Inspecteur Pitt, répéta-t-elle. Je suis Christina Balantyne, mais je suppose que vous le savez déjà. Pourquoi interrogez-vous les domestiques ? Y a-t-il eu un crime ?

Épargnant à Pitt la peine d'inventer une réponse polie et évasive, la porte de la salle à manger s'ouvrit, et un homme, sans doute le général Balantyne, en sortit. Presque aussi grand que Pitt, il était aussi plus noueux, d'un maintien plus rigide. Il avait un visage maigre, lisse et aquilin. Un visage saisissant : trop arrogant pour être beau, aux mâchoires trop carrées.

— Christina ! fit-il sèchement.

Elle se retourna.

— Oui, papa.

— Les rapports entre la police et les domestiques ne présentent aucun intérêt pour toi. N'as-tu pas de lettres à écrire ou de la couture à faire ?

La question, purement rhétorique, était en fait un congédiement. Elle obéit, raide et la lippe boudeuse.

Dissimulant son sourire, Pitt inclina très légèrement la tête.

— Merci, monsieur, dit-il au général après le départ de la jeune fille. Je ne savais comment lui répondre sans la perturber par un récit déplaisant.

La vérité était tout autre, mais il ne tenait pas à dévoiler ses batteries.

Le général émit un grognement.

— Avez-vous terminé ?

— Oui, monsieur. Je cherchais le majordome pour le prévenir.

— Avez-vous appris quelque chose ?

Le général le regarda avec des yeux vifs et intelligents.

— Pas encore, mais je viens seulement de commencer. Qui habite à côté ?

Il désigna la partie sud du square.

— Reggie Southeron. C'est notre voisin le plus proche. Ensuite, il y a le jeune Bolsover de ce côté-ci, Garson Campbell de l'autre, et Laetitia Doran en face de Southeron. La maison juste en face de nous est vide pour le moment. Depuis deux ans environ. Plus loin, il y a Sir Robert Carlton et un vieillard nommé Housmann qui vit en reclus. Pas de femmes parmi son personnel : il les déteste. Rien que des hommes.

— Merci, monsieur, ces renseignements me sont d'une grande utilité. Je vais continuer par Mr. Southeron.

Balantyne prit une inspiration. Pitt attendit, mais il n'ajouta rien.

C'était plus animé chez les Southeron : il entendit des rires d'enfants avant même d'avoir tiré sur le cordon de la sonnette. Ce fut une soubrette qui lui ouvrit, la plus ravissante des créatures.

— Oui, monsieur ? fit-elle sur un ton parfaitement formel.

— Bonjour, je suis l'inspecteur Pitt, de la police. Puis-je parler à Mr. ou à Mrs. Southeron ?

Elle recula.

— Si vous voulez bien entrer, monsieur, je vais demander s'ils peuvent vous recevoir.

Il la suivit dans le vestibule, richement décoré, mais moins spartiate que chez les Balantyne. Il y avait des colifichets sur les draperies, des fauteuils somptueusement houssés et même une poupée négligemment perchée sur un guéridon. Il regarda le dos droit de la femme de chambre : sa jupe virevoltait joliment lorsqu'elle marchait. Il sourit discrètement, puis pria dans un brusque et intense accès de compassion pour que ce ne fût pas elle... que ce ne fût pas le fruit de sa séduction, de son bref moment de faiblesse, qui avait été enterré là-bas, sous les arbres.

Elle l'introduisit dans le petit salon et le laissa seul. Il entendit une cavalcade dans l'escalier... une jeune bonne, un enfant de la maison ? La différence d'âge était quelquefois minime : certaines fillettes étaient placées comme domestiques à onze ou douze ans à peine.

La porte s'ouvrit à la volée, et un petit visage étroit aux yeux bleus parut dans l'entrebâillement. A en juger par sa désinvolture, ce devait être l'une des filles de la maison. Ses cheveux relevés retombaient en une cascade de boucles, et sa frimousse brillait comme un sou neuf.

— Bonjour, dit Pitt gravement.

— Bonjour.

Elle repoussa le battant sans le quitter des yeux.

— Vous avez une très belle maison, fit-il courtoisement, comme s'il s'adressait à une adulte et que la maison fût à elle. C'est vous, la maîtresse ?

Elle pouffa de rire, puis, se rappelant sa position, reprit son sérieux.

— Non, je suis Chastity Southeron. J'habite ici depuis que papa et maman sont morts. Papa était le frère d'oncle Reggie. Et vous, qui êtes-vous ?

— Mon nom est Thomas Pitt, je suis inspecteur de police.

Elle laissa échapper un long soupir.

— Quelqu'un a volé quelque chose ?

— Pas que je sache. Auriez-vous perdu quelque chose ?

— Non. Mais vous pouvez m'interroger.

Elle pénétra dans la pièce.

— J'aurai peut-être des choses à vous apprendre.

C'était une offre.

Il sourit.

— Je n'en doute pas, mais je ne sais pas encore quelles questions je vais poser.

— Ah !

Elle s'apprêtait à s'asseoir quand la porte s'ouvrit à nouveau, et Reginald Southeron fit son entrée. C'était un homme corpulent, au visage florissant et débonnaire.

— Chastity ? fit-il avec une exaspération bon enfant. Jemima doit te chercher partout. C'est l'heure de ta leçon. Remonte immédiatement.

— Jemima est ma gouvernante, expliqua Chastity à Pitt. Il faut que j'aille étudier. Vous reviendrez, dites ?

— Chastity ! répéta Southeron.

Elle esquissa une minuscule révérence à l'intention de Pitt et sortit en courant.

Southeron se raidit légèrement, sans toutefois se départir de sa bonne humeur.

— Mary Ann dit que vous êtes de la police.

Il paraissait vaguement incrédule.

— Est-ce exact ?

— Oui, monsieur.

Une fois de plus, il était inutile de se perdre en préambules. Pitt lui exposa succinctement le but de sa visite.

— Seigneur Dieu !

Reggie Southeron s'assit lourdement ; son visage rubicond était devenu tout pâle.

— Quelle... quelle...

Il parut se raviser et reprit, plus calmement :

— Quelle horreur ! Quelle histoire consternante. Je vous assure, je ne sais rien qui puisse vous aider.

— Naturellement, acquiesça Pitt, hypocrite.

Il contempla la grande bouche de son hôte, ses bajoues lascives, ses mains molles et soignées. Il ignorait peut-être l'existence des cadavres dans le square, mais s'il n'était pas au fait de leur conception, c'était plus une question de hasard que de volonté.

— Mais j'ai besoin de votre permission pour interroger votre personnel.

— Mon personnel ?

Il parut momentanément décontenancé.

— Les potins d'arrière-cuisine n'ont pas de prix, déclara Pitt chaleureusement. Quelqu'un de totalement étranger à l'affaire pourrait très bien avoir entendu quelque chose, un mot par-ci par-là.

— Oui. Oui, certainement. Ma foi, si vous y

tenez. Mais je vous serais obligé de ne pas les perturber plus que de raison : il est si difficile de trouver de bons domestiques de nos jours. Vous me comprenez, j'en suis sûr... quoique... non, non, suis-je bête.

Il ne se rendait même pas compte de ce que son attitude avait de condescendant.

— Bien. J'imagine qu'on n'a pas le choix. Je vais prévenir mon majordome.

Il se remit debout et sortit sans un mot de plus.

Pitt parla à tous les membres du personnel, l'un après l'autre, puis alla trouver le majordome et prit congé. La matinée tirait à sa fin : il était temps de rentrer déjeuner. L'après-midi, il retourna au square. A deux heures, il frappait à la troisième porte, laquelle, selon le général Balantyne, était celle du Dr et de Mrs. Frederick Bolsover. Pendant le déjeuner, il avait revu Stillwell et lui avait demandé s'il connaissait Bolsover professionnellement.

— On n'est pas vraiment du même bord.

Stillwell fit la grimace.

— Il doit gagner plus en trois semaines que moi en un an. Forcément, s'il habite Callander Square. C'est un médecin mondain : son rôle est de réconforter les dames hypocondriaques qui n'ont rien d'autre à faire que de se préoccuper de leur santé. Belle clientèle, à condition d'avoir de la patience et de l'éducation; or d'après ce que j'ai entendu dire, Bolsover ne manque ni de l'une ni de l'autre. Bonne famille, bons débuts, toutes les relations nécessaires.

— Bon médecin? s'enquit Pitt.

— Aucune idée.

Stillwell haussa les sourcils.

— Est-ce important ?

— Pas le moins du monde.

Ce fut une femme de chambre étonnée qui lui ouvrit, vive et menue, à sa manière presque aussi jolie que la précédente. Évidemment, les femmes de chambre étaient sélectionnées pour leur physique. Celle-ci considéra Pitt d'un air quelque peu consterné. Il n'était pas de ceux qu'on laissait entrer par la grande porte, et ce n'était pas l'heure des visites. Il avait au moins une heure, sinon une heure et demie d'avance. D'ailleurs, c'étaient surtout les dames qui se déplaçaient pour les urbanités rituelles de l'après-midi.

— Oui, monsieur ? dit-elle au bout d'un moment.

— Bonjour, puis-je parler à Mrs. Bolsover, si elle est chez elle ? Mon nom est Pitt ; je suis de la police.

— La police ?

— Vous permettez ?

Il s'avança, et elle recula nerveusement.

— Mrs. Bolsover attend des visites, fit-elle précipitamment. Je ne crois pas...

— C'est important, insista Pitt. S'il vous plaît, demandez-lui.

La jeune femme hésita. Elle craignait visiblement qu'il fût toujours là quand les amies de sa maîtresse arriveraient, la plongeant ainsi dans l'embarras. Les gens respectables ne recevaient pas de policiers chez eux, et encore moins à la porte d'entrée.

— Plus vite vous lui parlerez, plus tôt j'en aurai terminé, fit remarquer Pitt, persuasif.

L'argument porta ; elle s'éclipsa, pressée de le voir partir.

Sophie Bolsover était plutôt jolie... un peu à l'image de sa propre femme de chambre, l'eût-on mise au régime, habillée de soie, frisée et coiffée.

— Bonjour, fit-elle rapidement. Polly dit que vous êtes de la police.

— Oui, madame.

Par respect pour ses obligations mondaines, il lui exposa aussi brièvement que possible les raisons de sa venue et lui demanda l'autorisation de parler à ses domestiques, comme il l'avait fait dans les autres maisons. On la lui accorda hâtivement, et il fut presque poussé dans le salon de la gouvernante pour y mener son enquête à l'abri des regards. Il commença par Polly, afin de la rendre à ses devoirs avant l'arrivée de la première visiteuse.

Il n'apprit pas grand-chose, hormis les noms et les visages ; il allait les stocker dans sa mémoire, les examiner, éliminer les impossibilités. Peut-être la tension même, la simple présence d'un policier dans la maison effrayerait-elle quelqu'un au point de l'acculer à l'indiscrétion, à l'erreur. Ou peut-être ne découvriraient-ils jamais l'histoire sordide, le drame secret d'amour et de trahison derrière ces petites morts.

Les Campbell et les Doran, ainsi que le général Balantyne l'avait dit, étaient absents pour le moment. Il passa devant la maison vide, s'assura que Housmann l'ermite n'employait en effet que du personnel masculin et, peu après quatre heures, frappa à la dernière porte, celle de Sir Robert et de Lady Carlton.

Une femme de chambre interloquée lui ouvrit.

— Monsieur ?

— Inspecteur Pitt, police.

Il savait qu'il tombait mal, au moment le plus inopportun pour une visite, celui où l'étiquette rigide de la hiérarchie sociale était observée à la lettre : les subtilités du rang, entrait-on ou laissait-on simplement sa carte, acceptait-on les visites, les rendait-on, qui parlait à qui, et en quels termes. Recevoir la police à cette heure-là était inconcevable. Il s'efforça de rendre sa présence aussi inoffensive que possible. Il n'était pas question de les prendre par surprise ; les langues allaient déjà bon train, lui facilitant la tâche : qui il avait vu, ce qu'il demandait, probablement même son signalement détaillé et l'évaluation précise de son statut social.

La femme de chambre inspira profondément.

— Entrez donc.

Elle recula, le scrutant avec anxiété et réprobation, comme s'il portait le crime en lui à la façon d'une maladie contagieuse.

— Venez avec moi, on va vous trouver un endroit. Madame ne peut pas vous recevoir. Elle a du monde. Lady Townshend, ajouta-t-elle fièrement.

Pitt, qui ignorait l'importance de Lady Townshend, prit un air dûment impressionné. A la vue de son expression, la femme de chambre se radoucit.

— Je vais chercher Mr. Johnson. C'est le majordome.

— Merci.

Pitt s'assit à la place qu'elle lui indiquait, et elle disparut.

A la maison, Charlotte Pitt avait remis de l'ordre dans son intérieur, ce qui lui prit une heure à peine, après quoi elle expédia son unique bonne acheter le journal pour savoir ce que Pitt lui cachait. Avant son mariage, son père lui interdisait ce genre de lecture. Comme la plupart des hommes de son rang, il jugeait cela vulgaire et totalement inconvenant pour une femme. Après tout, ce n'était qu'un salmigondis de crimes et de scandales, et de notions politiques impropres à la considération des personnes du sexe féminin, outre le fait, bien sûr, qu'elles leur étaient intellectuellement inaccessibles. Pour satisfaire sa curiosité, Charlotte devait soudoyer le majordome ou recourir à la complicité de son beau-frère, Dominic Corde. Elle sourit en repensant à son amour pour Dominic, à l'époque où Sarah était encore en vie. Son sourire s'évanouit. La mort de Sarah était un sujet douloureux, et sa passion pour Dominic s'était depuis longtemps muée en amitié. Quelle ne fut pas sa consternation lorsqu'elle avait découvert qu'elle était amoureuse de ce policier balourd et impertinent, qui l'avait troublée par des récits d'un univers dont elle ignorait l'existence, l'univers du crime sordide et d'une misère désespérément écrasante. Son propre confort aveugle était devenu une offense à ses yeux; sa vision du monde avait changé.

Naturellement, ses parents avaient été choqués en apprenant son intention d'épouser un policier, mais ils y consentirent de bonne grâce. Car l'inacceptable franc-parler de Charlotte était un vrai handicap sur le marché du mariage. Certes, elle était charmante — Pitt la trouvait même belle —, mais sa fortune n'était pas suffisante pour pallier son tempérament rebelle et sa langue indisciplinée, défauts majeurs aux yeux de n'importe quel gentleman de son milieu. Sa grand-mère avait renoncé à tout espoir, sombrement convaincue que la pauvre Charlotte allait finir vieille fille. Heureusement, par compensation, Emily avait épousé un lord ! Et puis, stigmatisée par le meurtre commis en son sein, la famille Ellison ne figurait plus au rang des alliances convoitées !

Vis-à-vis de Charlotte, Pitt fit preuve d'une fermeté à laquelle elle ne s'attendait guère. Bien qu'éperdument amoureux, il se révéla aussi autoritaire que tous les autres hommes de sa connaissance. Stupéfaite, elle se rebiffa un peu au début, mais au fond d'elle-même, elle s'en réjouissait. Sans oser se l'avouer, elle avait redouté que le dévouement de Pitt et la différence de leurs positions sociales lui donneraient un ascendant sur lui, le soumettraient à sa volonté. Elle fut secrètement ravie de découvrir qu'il n'en était rien. Bien sûr, elle avait pleuré et tempêté lors de leur première querelle. Mais elle était allée se coucher en exultant intérieurement quand il l'avait approchée avec douceur, la prenant dans ses bras, mais refusant de manière catégorique et définitive de lui céder.

Cependant, il n'avait jamais objecté à ce qu'elle lise les journaux et, sitôt que la bonne revint avec un exemplaire de son quotidien, elle fouilla ses colonnes d'un doigt fébrile à la recherche d'une quelconque mention du crime de Callander Square. Elle ne la trouva pas tout de suite et dut renouveler ses recherches avec plus de minutie avant de tomber sur quelques lignes mentionnant que deux cadavres de nouveau-nés avaient été découverts dans le jardin et qu'on soupçonnait un drame de vie privée parmi les domestiques.

Elle comprit immédiatement pourquoi Pitt le lui avait caché. Elle-même attendait leur premier enfant. La pensée de quelque servante, seule, terrifiée à la perspective de perdre son gagne-pain, abandonnée par son amant, était proprement effrayante. Charlotte en eut froid dans le dos. Néanmoins, en reposant le journal, elle avait déjà résolu de ne pas en rester là. Peut-être pourrait-elle aider la malheureuse, si jamais elle était mise à la porte. C'était une possibilité : non pas elle-même, bien sûr, elle n'avait pas d'emploi à lui offrir. Mais Emily ! Emily était riche... et Charlotte la soupçonnait de s'ennuyer un peu. Mariée depuis deux ans, elle avait déjà rencontré tous les amis haut placés de George Ashworth et exhibé ses toilettes dans tous les endroits à la mode. Cette histoire pourrait l'intéresser. Sur un coup de tête, Charlotte décida d'aller voir Emily : de bonne heure, pour ne pas tomber sur ses visiteuses plus distinguées, et avant qu'Emily ne sorte elle-même.

A deux heures de l'après-midi, elle se présenta donc à la porte de la résidence londonienne d'Emily à Tavistock Square.

La femme de chambre, qui la connaissait, la fit entrer sans lui demander d'explication. Elle l'introduisit dans le boudoir où un feu brûlait déjà et où, à peine deux minutes plus tard, Emily la rejoignit. Elle était habillée pour sortir, superbe dans de la soie vert pomme avec des rubans de velours marron. Cette robe-là avait dû coûter plus que ce que Charlotte dépensait pour s'habiller en six mois. Rose de plaisir, Emily embrassa délicatement sa sœur, avec une chaleur non feinte.

— Bonté gracieuse, si tu entreprends de faire des visites, Charlotte, il faudra que je t'apprenne les horaires. On n'arrive jamais avant trois heures, au plus tôt. Les dames titrées viennent encore plus tard.

— Il ne s'agit pas d'une visite, répondit Charlotte rapidement. Cela ne m'aurait même pas effleurée. J'ai besoin de ton aide, si tu le veux bien, et si ça t'intéresse, évidemment.

Emily haussa ses sourcils couleur de miel, mais ses yeux pétillaient.

— A quel sujet ? Pas pour une œuvre de charité, s'il te plaît !

Charlotte connaissait trop bien sa sœur pour lui adresser une requête pareille.

— Bien sûr que non, rétorqua-t-elle sèchement. Je parle d'un crime...

— Charlotte !

— Je ne te demande pas de le commettre, bécasse, mais de m'aider, une fois qu'il sera élucidé.

Tout le vernis mondain d'Emily ne suffit pas à dissimuler son excitation.

— Et si nous aidions à le résoudre ? Si nous...

— Ce n'est pas un joli crime, Emily, pas un

cambriolage ou quelque chose de propre, répondit Charlotte à la hâte.

— Alors, qu'est-ce que c'est ?

Emily n'avait pas l'air émue. Charlotte avait oublié son sang-froid, son aisance à s'adapter à l'adversité. Le jour où elle avait décidé d'épouser Lord George Ashworth, elle avait franchement reconnu qu'il avait des défauts et qu'elle ne les corrigerait certainement pas tous, mais sa décision était prise, et elle en acceptait les conséquences. Elle ne se plaignait jamais. Mais avait-elle seulement des raisons de se plaindre ?

— Juste ciel, Charlotte, persista Emily. Est-ce si terrible que tu as peine à l'exprimer ? C'est bien la première fois que je te vois à court de mots.

— Non, c'est simplement très triste. Deux cadavres de bébés ont été déterrés dans le jardin au milieu de Callander Square.

Étonnamment, Emily en fut ébranlée.

— De bébés ?

— Oui.

— Mais qui tuerait un bébé ? C'est insensé.

— Une servante qui est seule dans la vie, voyons.

Emily fronça les sourcils.

— Et tu veux savoir qui c'est ? Pourquoi ?

— Je ne veux pas savoir qui c'est, répliqua Charlotte impatiemment. Mais s'ils étaient mort-nés, ce qui est fort probable, tu pourrais peut-être lui trouver une autre place, au cas où elle serait congédiée...

Emily la regarda fixement ; ses pensées se lisaient clairement sur son visage à mesure qu'elles lui traversaient l'esprit.

Charlotte attendait.

— Je connais quelqu'un qui habite Callander Square, dit-elle enfin. Du moins, George le connaît... c'est Brandy Balantyne. Son père est général, je crois. Je suis sûre qu'ils vivent à Callander Square. Il a une sœur, Christina. Je demanderai à George de nous présenter : c'est jouable, en s'y prenant bien. Ensuite, j'irai la voir...

Sa voix commençait à monter dans l'excitation. Ses joues s'étaient colorées ; sa figure respirait la détermination.

— On va découvrir la vérité. Je peux apprendre des choses que la police ne saura jamais, car j'évolue dans les bons cercles. On me parlera sans difficulté. Toi, tu n'auras qu'à causer avec les domestiques... oh, les plus gradés, bien sûr : cuisinière, gouvernante et tutti quanti. Évidemment, tu ne leur diras pas que tu es mariée à un policier. On va commencer tout de suite. Dès que George sera rentré, je lui en toucherai deux mots, et il arrangera ça !

— Emily...

— Quoi ? Tu voulais mon aide, non ? Comment savoir quelle est la meilleure solution si nous ignorons la vérité ? Il vaut toujours mieux connaître la vérité, qu'on choisisse de l'occulter, de la cacher ou de l'oublier carrément. Si nous ne savons pas la vérité en premier lieu, nous risquons de commettre de regrettables erreurs.

Charlotte regarda les yeux brillants d'Emily, et tout ce qu'elle avait de bon sens en elle lui souffla de refuser sur-le-champ.

— Il faudra qu'on soit extrêmement discrètes.

Le bon sens avait fait long feu.

— Naturellement !

Emily prit un ton caustique.

— Ma chère Charlotte, je n'aurais pas survécu en société pendant deux années entières si je n'avais pas appris à parler de tout, sauf de ce que je pense réellement. Je suis la discrétion même. Mais ne perdons pas de temps. Rentre chez toi et vois ce que tu peux découvrir. Tu n'as jamais su être discrète, toi, mais au moins, tâche de ne pas éventer notre plan. Mr. Pitt pourrait ne pas être d'accord.

C'était le moins que l'on pût dire. Néanmoins, Charlotte se leva, fermement résolue à obéir, avec une pointe d'appréhension et un imperceptible frisson d'excitation sans doute transmis par Emily.

2

Le lendemain, Pitt retourna à Callander Square dans l'espoir d'interroger les domestiques des deux dernières maisons, mais ce fut seulement en début d'après-midi qu'ils rentrèrent de leur long week-end à la campagne. Il était donc plus de trois heures quand le majordome des Campbell l'introduisit dans un petit salon où il vit tour à tour les autres serviteurs. Naturellement, ils s'attendaient à ses questions : la nouvelle avait dû les accueillir pratiquement sur le pas de la porte en la personne d'une fille de cuisine, d'une bonne ou d'un groom impatients de leur rapporter les événements, ainsi que leur propre interprétation imagée des faits.

N'ayant rien appris de nouveau, Pitt s'apprêtait à partir quand il rencontra la maîtresse de maison. Fils cadet d'une famille riche et influente, l'honorable Garson Campbell menait un train de vie conforme à sa situation. Mariah Campbell était une femme agréable à regarder ; proche de la quarantaine, elle avait un visage ouvert et de beaux yeux noisette. Elle avait été occupée à défaire les bagages et à organiser l'emploi du temps de sa famille qui, expliqua-t-elle rapidement, comptait un fils, Albert, et deux filles, Victoria et Mary. En découvrant l'objet de la visite de Pitt, elle ne cacha pas son désarroi. Visiblement, les ragots n'étaient pas encore parvenus à ses oreilles, et elle le supplia d'être discret, afin d'épargner les enfants.

— Je vous assure, madame, qu'il ne me viendrait pas à l'idée d'aborder un tel sujet avec un enfant, dit-il sincèrement.

Il omit de préciser que si un enfant lui en parlait le premier, il ne répugnerait pas à l'écouter. Il avait remarqué que, généralement, les enfants étaient beaucoup moins affectés par la mort que les adultes. Et parmi eux, rares étaient ceux qui ne fourraient pas leur nez partout, qui n'étaient pas capables d'extorquer aux domestiques jusqu'au dernier détail, même brodé ou imaginaire.

— Je vous remercie, fit-elle courtoisement. Les enfants sont... vulnérables.

Elle s'était tournée vers la fenêtre.

— Il y a tant de laideur autour de nous. Le moins qu'on puisse faire, c'est de les en protéger aussi longtemps que possible.

Pitt ne partageait guère ce point de vue. Plus on cachait la vérité, pensait-il, plus elle était difficile à affronter quand, finalement, elle rompait toutes les digues, balayant au passage les barrières soigneusement dressées par la société. Il ouvrit la bouche pour objecter qu'à petites doses, cela rendait plus résistant à la douleur, quand il se rappela qui il était. Les policiers n'avaient pas de conseils à donner en matière d'éducation aux dames qui habitaient Callander Square. Les policiers ne philosophaient pas.

— Je crains, madame, qu'ils ne l'apprennent par les domestiques, fit-il avec douceur.

Elle fronça les sourcils.

— Je mettrai les domestiques en garde. Le premier qui en parlera perdra immédiatement sa place.

Pitt eut une pensée pour la servante étourdie qui, dans un moment d'insouciance, de volubilité, céderait à l'insistance enfantine, voire à un chantage mesquin, perdant ainsi travail et logement d'un seul coup. Son enfance à elle ne l'avait pas préservée de la face sombre de la vie.

— Certainement, acquiesça-t-il avec tristesse. Mais il y a d'autres domestiques dans le voisinage, madame, et d'autres enfants.

Il s'attendait à une réaction de colère ; elle le considéra simplement avec une soudaine lassitude.

— C'est vrai, Mr... Pitt, avez-vous dit ? Et les enfants aiment à se raconter des histoires lugubres. Cependant, je reste persuadée que vous n'effrayerez personne inutilement. Vous-même, avez-vous des enfants ?

— Pas encore, madame. Ma femme attend notre premier.

Il l'annonça avec un ridicule sentiment de fierté, guettant son approbation.

— J'espère que ça se passe bien.

Elle avait le regard éteint.

— Y a-t-il autre chose que vous désirez savoir ?

Il était perdu, déboussolé.

— Non, je vous remercie. Je serai certainement obligé de revenir. L'enquête risque d'être longue, à supposer qu'elle aboutisse un jour. Mais ce sera tout pour aujourd'hui.

— Au revoir, Mr. Pitt. Jenkins va vous reconduire.

— Au revoir, madame.

Il s'inclina imperceptiblement et rejoignit le majordome qui attendait pour lui ouvrir la porte donnant sur le square jonché de feuilles mortes.

La maison Doran offrait un contraste saisissant avec toutes les autres résidences de Callander Square. Elle croulait sous les photographies, les broderies et les fleurs séchées, sous verre, pressées, en pot et même des fleurs coupées dans des vases peints. Il y avait aussi au moins trois cages d'oiseaux garnies de franges et de clochettes.

Une femme de chambre d'âge mûr vint lui ouvrir. Elle incarnait une exception à la règle : il était difficile d'imaginer qu'on l'eût choisie pour son physique, sauf qu'elle avait des dents impeccables et une voix aussi riche et onctueuse que la crème du Devon.

— Nous vous attendions, dit-elle calmement, avec une légère pointe d'accent du Sud-Ouest. Miss Laetitia et Miss Georgiana sont en train de prendre le thé. Vous aimeriez sans doute leur parler d'abord.

Visiblement, sa réponse ne l'intéressait pas. Elle pivota, lui laissant le soin de refermer la porte et de la suivre à l'intérieur.

Laetitia et Georgiana étaient effectivement en train de boire le thé. Délicatement étendue sur une chaise longue, maigre comme un clou, Georgiana était exquisément vêtue dans les tons gris et mauves. Sa tasse était posée sur une table à trois pieds à côté d'elle. Elle regarda Pitt sans déplaisir.

— C'est donc vous, le policier ? Quelle drôle d'allure vous avez, franchement ! Surtout, ne soyez pas vulgaire avec moi. Je suis extrêmement fragile. Je suis souffrante.

— Désolé de l'apprendre.

Non sans mal, Pitt réussit à garder son sérieux.

— J'espère ne pas vous déranger trop longtemps.

— Vous m'avez déjà dérangée, mais je m'incline de bonne grâce, au nom de la nécessité. Je suis Georgiana Duff. Et voici...

Elle désigna une réplique un peu plus jeune et mieux conservée d'elle-même dans l'autre fauteuil.

— ... ma sœur Laetitia Doran. C'est elle qui a eu le malheur, ou la mauvaise idée, d'acheter une maison dans ce quartier désastreux. C'est à elle, par conséquent, que vous devez adresser vos remarques.

Pitt se tourna vers Laetitia.

— Toutes mes excuses, une fois de plus, Mrs. Doran, mais compte tenu de la tragique découverte dans le jardin, nous sommes dans l'obligation d'interroger les domestiques, et plus particulièrement les jeunes servantes, de toutes les résidences donnant sur le square.

Laetitia cligna des paupières.

— Évidemment, riposta Georgiana d'un ton cassant. C'est tout ce que vous avez à dire ?

— J'ai besoin de votre permission pour parler à vos serviteurs.

— Vous le ferez de toute façon, grommela Georgiana.

— Je préfère avoir votre autorisation d'abord, madame.

— Ne m'appelez pas « madame ». Je n'aime pas ça. Et ne restez pas là, planté devant moi. Vous me donnez le vertige. Asseyez-vous ou je vais m'évanouir !

Pitt s'assit, réprimant un sourire.

— Merci. M'autorisez-vous à voir vos domestiques ?

Il regarda Laetitia.

— Oui, oui, certainement, répondit-elle, gênée. S'il vous plaît, tâchez de ne pas les contrarier. Il est si difficile de remplacer avantageusement quelqu'un, de nos jours. Et il faut que la pauvre Georgiana soit soignée correctement.

« La pauvre Georgiana », se dit Pitt en son for intérieur, s'arrangerait toujours, au paradis comme en enfer, pour être soignée correctement.

— Bien sûr.

Il se leva et se dirigea vers la porte pour ne pas l'incommoder davantage par sa présence.

— Auriez-vous renvoyé quelqu'un ces six derniers mois, une jeune femme qui aurait quitté la maison ?

— Personne, répliqua Laetitia précipitamment. Rien n'a bougé ici depuis des années ! Des années et des années !

— Vous n'avez pas d'enfants, madame ? Des filles qui se seraient mariées et seraient parties en emmenant une femme de chambre ?

— Absolument pas !

— Je vous remercie. Je ne vous importunerai pas plus longtemps.

Et il sortit, refermant la porte sans bruit.

Il passa deux heures dans la maison Doran, mais n'y apprit rien de plus.

Charlotte ne s'était pas trompée ; Emily commençait à trouver qu'il manquait quelque chose à la vie mondaine, un certain piment qu'elle recherchait de plus en plus. Incontestablement, son existence lui plaisait : elle n'aurait su rêver mieux pour elle. Alors que Charlotte et elle étaient encore à la maison, à Cater Street, chez papa et maman, à l'époque où la pauvre Sarah était en vie, elle savait déjà précisément ce qu'elle voulait. A peine s'étaient-ils rencontrés qu'elle avait résolu d'épouser Lord George Ashworth, union qu'elle jugeait maintenant parfaitement réussie. Naturellement, George avait des défauts, mais qui n'en avait pas ? Sa principale vertu était qu'il estimait Emily et se montrait à la fois généreux et urbain. Il n'était pas vilain garçon, et il lui arrivait même d'avoir de l'esprit. Bien sûr, c'eût été plus agréable s'il jouait un peu moins : quelle scandaleuse perte d'argent c'était ! Mais s'il courtisait d'autres femmes, il le faisait en toute discrétion. Il sortait rarement sans Emily et ne la harcelait pas sur ses occupations ou ses relations féminines. Ce qui était un point considérable en sa faveur. Emily connaissait nombre d'épouses que leurs maris abandonnaient pour se rendre dans des endroits totalement infréquentables, et qui pourtant leur reprochaient leur extravagance ou les réceptions qu'elles organisaient elles-mêmes l'après-midi.

Il y avait cependant une lacune, une certaine

absence de motivation dans son mode de vie quotidien. Depuis qu'elle était devenue Lady Ashworth, elle avait gravi avec une relative aisance les échelons de la hiérarchie mondaine dont elle rêvait et, pour le moment du moins, l'abominable énigme de Charlotte lui offrait justement la diversion souhaitée, avec l'avantage supplémentaire de réellement aider quelqu'un, à supposer qu'on retrouve la malheureuse !

Et puis, elle était très attachée à sa sœur. En société, évidemment, Charlotte était un vrai cauchemar ! Ce n'était pas la peine de songer à l'emmener aux après-midi, aux dîners et aux bals qu'elle fréquentait elle-même ; bien que, dans les grandes occasions, elle se surprît déjà à se demander comment Charlotte aurait réagi en telle ou telle circonstance. Par ailleurs, cette histoire leur offrait l'occasion de faire quelque chose ensemble, ce qui était déjà plaisant en soi.

Lorsque George rentra, juste à temps pour se changer avant le dîner, oubliant sa dignité, elle monta l'escalier quatre à quatre pour le rattraper. Sur le palier, il se retourna, étonné.

— Que se passe-t-il ?

— Je voudrais rencontrer Christina Balantyne, déclara-t-elle de but en blanc.

— Ce soir ?

Un sourire incrédule effleura ses lèvres bien dessinées.

— Elle n'est pas si drôle que ça, je vous assure.

— Je n'ai pas envie de rire. Ce que je veux, c'est être invitée chez elle, ou du moins pouvoir lui rendre visite sans avoir l'air de rechercher sa compagnie trop ostensiblement.

— Mais pour quoi faire ?

Il haussa les sourcils.

— Est-ce Augusta que vous désirez approcher ? Elle est très grande dame, Augusta. Son père était duc, et elle a vécu toute sa vie à l'avenant. Sans trop se forcer, à mon avis.

Bien que ce ne fût pas la vraie raison, le prétexte semblait excellent.

— Oui, c'est ça. S'il vous plaît, George.

Elle lui sourit franchement.

— Vous allez être déçue. Elle ne vous plaira pas.

Il regarda en bas en fronçant légèrement les sourcils.

— Qu'elle me plaise ou non, ça m'est égal. Je veux seulement pouvoir aller chez eux.

— Pourquoi ?

— George, je ne vous interroge pas sur vos fréquentations chez White ou chez Boodle, alors laissez-moi me distraire en fréquentant qui bon me semble.

Elle lui sourit avec un mélange de charme, parce qu'elle avait une réelle affection pour lui, et de sincérité, car s'il y avait comédie entre eux, c'était uniquement par respect des convenances, sans aucune intention de tromperie.

Il lui tapota la joue et l'embrassa.

— Ce ne devrait pas être difficile d'aborder Brandy Balantyne qui est un garçon charmant. Le meilleur, et de loin, de toute la famille. Les autres vous décevront, je vous préviens !

— Peut-être.

Entièrement satisfaite, elle le gratifia d'un sourire angélique.

— Mais j'aimerais pouvoir en juger par moi-même.

Trois jours passèrent avant qu'Emily pût mettre son plan à exécution. Finalement, elle s'habilla avec soin, dans les bruns pastel passementés d'or, avec un manchon fourré contre le froid, et partit rendre visite à Christina Balantyne. Sa mise lui apparaissait comme une juste alliance de dignité et d'assurance, doublée du degré d'amitié qu'une dame de la noblesse pouvait témoigner à quelqu'un qui était presque du même rang qu'elle, mais pas tout à fait. Elle avait également pris la peine de vérifier que Christina serait chez elle dans l'après-midi. Pour ce faire, sa femme de chambre avait dû jouer les limiers ; il se trouvait qu'elle connaissait vaguement la femme de chambre d'une certaine Susanna Barclay qui était une habituée de Callander Square. En fait, il y avait plus de points communs entre Emily et Mr. Pitt que ce dernier ne l'eût imaginé.

Emily fit arrêter son équipage avec ses valets et, à quatre heures moins le quart, se présenta à la porte des Balantyne. Comme tous les après-midi, ce fut une femme de chambre qui lui ouvrit. Emily lui adressa un sourire enjôleur, sortit sa carte de son étui en ivoire et la lui tendit de sa petite main élégamment gantée. Elle était très fière de ses mains.

La servante prit la carte, la lut sans en avoir l'air et lui rendit son sourire.

— Si Madame veut bien se donner la peine d'entrer, Lady Augusta et Miss Christina reçoivent dans le boudoir.

Cet accueil, étonnamment volubile, s'expliquait uniquement par le fait qu'Emily était vicomtesse : c'était sa première visite, et elle s'était déplacée en personne au lieu de laisser sa carte. C'était donc un honneur, et une femme de chambre expérimentée était aussi bien versée dans ces subtiles distinctions sociales que sa maîtresse.

Elle ne frappa pas à la porte — c'eût été vulgaire —, mais la poussa directement et annonça Emily.

— Lady Ashworth.

Bien que dévorée de curiosité, Emily parvint à le dissimuler magnifiquement. Elle fit son entrée, la main tendue, sans regarder ni à droite ni à gauche. Il y eut un léger remous parmi les cinq ou six visiteuses, vite réprimé, protocole oblige. On n'étalait pas un sentiment aussi naïf en public.

Lady Augusta demeura assise.

— Quelle délicieuse surprise ! fit-elle en élevant la voix. Je vous en prie, Lady Ashworth, prenez place. Comme c'est gentil de votre part de venir nous voir !

Emily s'assit, rajustant sa jupe presque machinalement, mais précisément tout à son avantage.

— Je suis sûre que nous avons de nombreux amis communs, dit-elle d'un ton détaché. C'est un pur hasard que nous ne nous soyons pas rencontrées plus tôt.

— En effet.

Augusta ne voulait pas se compromettre non plus.

— Je sais que vous connaissez ma fille Christina.

C'était un constat. Emily regarda le joli minois de Christina, avec son petit menton doux et ses lèvres pulpeuses. C'était un visage peu ordinaire ; bien plus que la beauté, on y lisait de la personnalité et une bonne part de provocation. Les hommes ne manqueraient pas de succomber à son charme. Il promettait à la fois appétit et reddition. On devait admettre que les hommes étaient d'une bêtise incomparable, dès qu'il s'agissait de femmes. Emily avait décelé au premier coup d'œil la dureté dans les contours du nez impertinent et dans la courbure des lèvres. Plus prompte à prendre qu'à donner, décida-t-elle. Elle garda son jugement pour elle et se tourna vers la femme qu'Augusta lui désignait déjà.

— Lady Carlton, disait-elle. Sir Robert est au gouvernement, vous savez, aux Affaires étrangères.

Emily lui sourit. Cette femme-là était entièrement différente : grande bouche, moins jolie, plus chaleureuse. Mais ses mains étaient serrées sur ses genoux, et elle avait d'imperceptibles rides autour des yeux et des lèvres. Plus âgée que Christina, elle devait avoir une trentaine d'années ; on sentait une certaine tension, une nervosité derrière son aimable contenance. Emily et elle échangèrent un signe de la tête et quelques mots polis.

Une fois les présentations terminées, la conversation démarra, d'abord sur le temps, exceptionnellement doux pour un mois d'octobre, ensuite sur la mode, pour se porter enfin sur un sujet réellement intéressant : les derniers potins. Le thé fut servi à quatre heures, apporté par la femme de chambre et versé par Lady Augusta.

Emily s'arrangea pour causer avec Christina et Euphemia Carlton. Très vite, on aborda la découverte des corps dans le jardin.

— Quelle horreur ! frissonna Euphemia. Pauvres petites âmes.

Son visage s'était assombri.

— Ils ne se sont rendu compte de rien, répliqua Christina, prosaïque. C'étaient des nouveau-nés, je crois. Peut-être même étaient-ils déjà morts à la naissance.

— Cela n'empêche pas qu'ils avaient une âme, fit Euphemia, le regard lointain.

Emily dressa instantanément l'oreille, mais à son excitation se mêlait un étrange désarroi. Serait-ce possible... aussi vite, aussi facilement ? Était-ce le remords qu'on lisait sur le visage d'Euphemia Carlton ? Tâche d'en savoir plus sur elle. Pourquoi aurait-elle commis un acte aussi abominable ? Quelle femme de qualité, mariée et riche aurait agi de la sorte ? Il faudrait questionner Charlotte plus en détail sur les bébés. Étaient-ils noirs, présentaient-ils quelque autre particularité témoignant d'infidélité conjugale ?

— Vous n'êtes certainement pas au courant de notre histoire d'horreur, reprit Christina.

— Je vous demande pardon ?

Emily la considéra d'un air innocent.

— Notre horreur, répéta Christina. Les cadavres enterrés dans le square.

— En dehors des quelques bribes que vous avez mentionnées, non, mentit Emily sans le moindre scrupule. S'il vous plaît, si ce n'est point trop pénible pour vous, éclairez-moi.

Christina ne pouvait, certes, lui en apprendre plus que Charlotte, mais elle souhaitait voir la réaction d'Euphemia, et celle de Christina également, le cas échéant.

— Il n'y a pas grand-chose à raconter, commença Christina aussitôt. Les jardiniers creusaient la terre pour planter une espèce d'arbuste quand ils ont découvert ces cadavres de bébés. Naturellement, ils ont appelé la police.

— Comment le savez-vous ? s'enquit Emily.

— Mais par les domestiques, ma chère ! Comment se tient-on informé de ce qui se passe en général ? Et alors, un policier très bizarre est arrivé. Vraiment, on n'a jamais vu ça : tout en bras, jambes et cheveux ! Je parie qu'il ne connaît pas le barbier, et encore moins le peigne ou les ciseaux. Ou peut-être que les classes laborieuses n'ont pas de barbiers. En plus, il était gigantesque !

Emily sourit intérieurement à cette description de Pitt qui ne manquait pas de véracité.

— Imaginez ma surprise, poursuivait Christina, quand il a ouvert la bouche et m'a parlé le plus courtoisement du monde. Si je ne l'avais pas vu, je l'aurais pris pour un gentleman.

— Il ne vous a tout de même pas interrogée ?

Emily prit un air scandalisé, essentiellement pour cacher son hilarité.

— Bien sûr que non ! Je l'ai simplement croisé dans le vestibule. Il était là pour questionner tous les domestiques du square. Je suppose qu'il doit s'agir d'une pauvre fille, incapable de se contrôler.

Elle baissa les yeux, comme en proie à un embarras momentané. Lorsqu'elle releva la tête, son regard brillait à nouveau.

— Quelle aventure, vous pensez, d'avoir des policiers partout ! Évidemment, mère trouve ça macabre ; d'après elle, ça va nuire à la réputation du quartier. Moi, je crois que les gens comprendront. Tout le monde a des domestiques, non ? Ce genre de problème peut arriver à n'importe qui. Le nôtre est juste un peu plus sinistre, c'est tout.

Euphemia était pâle ; à l'évidence, elle ne désirait pas poursuivre cette conversation. Emily vola à son secours.

— Assurément, acquiesça-t-elle. Lady Carlton, Lady Augusta a dit que votre mari était au gouvernement. Je suppose que vous devez faire très attention à vos domestiques et exiger d'eux la plus totale discrétion.

Euphemia sourit.

— Sir Robert rapporte rarement du travail confidentiel à la maison, mais, en effet, il faut que les domestiques restent discrets quant aux conversations entendues à table, par exemple.

— Comme c'est intéressant !

Emily feignit une exaltation juvénile et poursuivit ce sujet jusqu'à ce qu'elle eût fini son thé et que vînt l'heure de prendre congé. Elle reviendrait ; autrement elle allait passer pour une farfelue. Une femme cultivée ne se bornait jamais à une seule visite. Elle venait encore au moins une fois et laissait sa carte à deux autres occasions.

Elle s'excusa, cherchant fébrilement un prétexte pour retourner à Callander Square, de préférence dans le courant de la semaine.

— C'était charmant, murmura-t-elle à Lady Augusta. George m'a tant parlé de vous... j'ai été ravie de vous rencontrer.

C'était pour lui rappeler que George était un ami de Brandy Balantyne et qu'ils évoluaient dans les mêmes cercles.

— Très aimable à vous, répondit Augusta distraitement. Nous organisons un petit divertissement vendredi après-midi. Si vous n'avez pas d'autres projets, peut-être serez-vous des nôtres ?

— Avec plaisir, dit Emily tout aussi nonchalamment. Je tâcherai de passer.

Et elle quitta la pièce en proie à une immense satisfaction.

Le lendemain après-midi, elle mit une simple robe verte, prit un seul valet sans livrée et se rendit directement chez Charlotte. C'était bien plus facile que d'attendre sa visite. Premièrement, parce qu'elle n'avait pas d'équipage à elle et devait louer un cab. Et deuxièmement, bien sûr, parce qu'Emily ne tenait pas en place.

Elle fit irruption chez sa sœur qu'elle trouva en plein raccommodage.

— Mais que fais-tu, voyons ? Pose ça et écoute-moi !

Charlotte leva le torchon qu'elle tenait à la main.

— Je croyais que les femmes du monde ne se déplaçaient pas avant trois heures. Or il n'est que deux heures moins le quart, observa-t-elle avec un sourire.

Emily s'empara du torchon et le jeta sur le canapé.

— J'ai appris des tas de choses ! s'exclama-t-elle. Je suis allée chez les Balantyne ; j'ai fait la connaissance de Christina et de Lady Augusta, mais surtout d'une certaine Lady Euphemia Carlton qui supporte mal d'entendre parler des bébés du square ! Je la soupçonne d'être au courant de quelque chose. On la sent tourmentée, je te le jure. Charlotte, crois-tu que j'aie déjà résolu le mystère ?

Charlotte la regarda sérieusement.

— Lady Carlton n'est pas mariée ?

— Bien sûr que si ! rétorqua Emily impatiemment. Mais peut-être qu'elle a un amant. Les enfants, les bébés, risquaient peut-être de la trahir. Avaient-ils des signes particuliers tels qu'une peau foncée ou des cheveux roux, par exemple ?

Emily reprit sa respiration et enchaîna sans laisser à Charlotte le temps de réagir.

— Son mari est au gouvernement. Elle pourrait avoir une liaison avec un étranger, un Grec ou un Indien. Il pourrait y avoir des secrets en jeu. Qu'en penses-tu, Charlotte ? Elle a beaucoup de charme, tu sais ; elle n'est pas belle, mais elle est très chaleureuse. Tout à fait du style à tomber amoureuse et à commettre des folies.

Charlotte la contemplait d'un air songeur.

— Il faudra que je demande à Thomas, mais je doute qu'il me réponde...

— Allons, ne sois pas aussi velléitaire, s'écria Emily avec exaspération. Ne me dis pas que tu n'arriveras pas à l'amadouer ! Cet homme-là est fou de toi. Invente un prétexte ! Il faut que je sache, sinon pourquoi aurait-elle fait ça ? Une femme ne tue pas ses propres enfants, ne les enterre pas même quand ils sont mort-nés, sans quelque impérieuse raison.

— C'est vrai, admit Charlotte sagement. Mais je doute que Thomas prenne mon intérêt pour de la simple curiosité. Il n'est pas aussi commode que George, ni aussi innocent, ajouta-t-elle.

Emily n'avait jamais considéré George Ashworth comme quelqu'un d'innocent, mais, à la réflexion, elle comprit ce que Charlotte entendait par là. Seulement, ce n'était pas tant de la naïveté que de l'insouciance. Il pensait savoir exactement comment Emily se comporterait dans une situation donnée et faisait confiance à son jugement. Pitt, en revanche, était bien trop lucide pour se fier à quelque chose d'aussi chaotique que le jugement de Charlotte.

— Essaie quand même, insista-t-elle.

Charlotte sourit, perdue dans ses pensées.

— Bien sûr. Je me suis toujours intéressée à son travail. Je serai ravie de l'aider.

Son sourire s'élargit.

— D'un point de vue féminin, qu'il n'obtiendra évidemment pas de ses collègues de la police.

Emily poussa un soupir de soulagement, et Charlotte se mit à rire.

Lorsque, vendredi après-midi, Emily arriva à Callander Square, elle savait déjà par Charlotte que le second bébé ne présentait malheureusement aucun signe particulier. Le premier, cependant, celui qui avait été enterré plus en profondeur, avait une tête difforme. Elle avait repris espoir quand Charlotte lui avait fait remarquer que, les infortunés corps ayant séjourné sous terre depuis quelque temps déjà, il était impossible de se prononcer sur la couleur de leur peau ou de leurs cheveux. Emily n'avait pas songé à la putréfaction, et cette idée l'affecta inexplicablement. Naturellement, la chair ne subsistait pas. D'après Pitt, lui dit Charlotte, seule la nature argileuse du sol les avait conservés jusque-là. C'était une évocation extrêmement désagréable.

Elle n'y pensait déjà plus quand elle sonna à la porte des Balantyne. On lui ouvrit aussitôt et on l'introduisit dans la grande salle de réception où se pressaient les invités, hommes et femmes. Un énorme et luisant piano à queue se dressait au milieu de la pièce, les pieds pudiquement camouflés. Au premier coup d'œil, Emily aperçut Christina, Euphemia Carlton, Lady Augusta et plusieurs autres personnes qu'elle comptait également parmi ses relations mondaines. Elle reconnut aussi Brandy Balantyne, grand, mince et brun comme sa mère et sa sœur, mais au visage plus plaisant, plus ouvert. Il se retourna et, à la vue d'Emily, un sourire illumina ses traits.

— Lady Ashworth, quel plaisir de vous voir !

Il vint à sa rencontre.

— Vous connaissez Alan Ross ? Non ? Hélas pour lui.

— Mr. Ross, le salua-t-elle gracieusement.

Il s'inclina d'un air quelque peu emprunté. Agé d'une trentaine d'années, il était d'une constitution frêle, mais avec un visage expressif et délicat, d'une gravité peu commune.

— Très honoré, Lady Ashworth.

Il s'abstint de tout autre compliment, ce dont elle lui sut gré. A la longue, la flatterie devenait assommante. Ce n'était, finalement, qu'une formule de politesse dans la bouche de la plupart des hommes, un réflexe comme bonjour ou au revoir.

La conversation tourna autour d'un sujet anodin, auquel chacun ne prêta qu'un minimum d'attention polie. Le regard d'Emily s'arrêta sur Euphemia Carlton. Dépitée, elle dut s'avouer que cette dernière avait une mine superbe ; on pouvait même dire sans exagération qu'elle rayonnait. La tension, le remords qu'Emily avait perçus chez elle étaient-ils dus à une indisposition passagère ? Emily chassa cette pensée. Il était trop tôt pour en juger.

Elle accepta un rafraîchissement raffiné des mains d'une soubrette au tablier empesé. Il y avait un valet devant la porte, bel homme au regard lourd et à la physionomie lascive. Elle avait déjà vu cet air-là chez les dandys et les noceurs qui sortaient du club de George, perdants et gagnants confondus. N'étaient-ce les hasards de la naissance, cet homme aurait pu faire partie du nombre. A présent, il se tenait dos au mur dans la maison d'un général, vêtu d'une livrée, pour servir les dames et les quelques gentlemen qui n'avaient rien de mieux à faire de leur après-midi. Elle vit Christina Balantyne passer en riant devant lui, sans plus se soucier de lui que s'il avait été un meuble ou une vasque à fleurs.

Le divertissement commença, d'abord par une valse de Chopin exécutée avec davantage de précision que de lyrisme ; puis une contralto mal assurée chanta trois ballades. La mine passionnément absorbée, Emily laissa vagabonder ses pensées.

Bien qu'elle n'eût pas été présentée à Sophie Bolsover, elle avait entendu son nom dans une conversation et appris qu'elle habitait également Callander Square. Elle lui lança un coup d'œil oblique, d'une part par curiosité, et d'autre part parce qu'il était plus facile de garder son sérieux sans plonger son regard dans les yeux candides de la contralto. Sophie Bolsover appartenait à cette catégorie avec laquelle elle avait eu le temps de se familiariser ces deux dernières années : encore très jeune, suffisamment gâtée par la nature pour être capable de masquer ses défauts et faire ressortir ses avantages. Issue d'une bonne famille, sa fortune lui avait permis d'espérer faire un beau mariage. Elle n'avait pas craint de rester vieille fille, dépendante des autres ; elle n'avait pas dû se battre pour devancer les innombrables sœurs dans une maison envahie par les femmes. Tout cela, Emily le comprit à son assurance tranquille et somme toute superficielle.

Sitôt le concert terminé et dûment applaudi, elle se fit un devoir de lier connaissance avec Sophie. Emily était charmante, habile et passée maître dans l'art des mondanités. Au bout de cinq minutes, elle causait avec Sophie de mode, de relations communes et se demandait avec elle qui allait épouser qui. Emily orienta la conversation sur les habitants du square en commençant par un compliment à l'adresse de Christina.

— Très belle fille, acquiesça Sophie en souriant.

Emily n'était pas vraiment d'accord avec le choix

des mots. Christina était sophistiquée, séduisante, aux yeux des hommes en tout cas, mais certainement pas belle.

— En effet, renchérit-elle sur le ton de la confidence. A mon avis, elle ne manquera pas de prétendants.

— A un moment, j'ai cru qu'elle épouserait Mr. Ross.

Sophie inclina imperceptiblement la tête en direction d'Alan Ross, absorbé dans une discussion avec Euphemia Carlton.

— Mais à vrai dire, il n'a jamais oublié la pauvre Helena.

Emily dressa l'oreille.

— Helena ? répéta-t-elle en feignant magistralement l'indifférence. Lui est-il arrivé quelque malheur ?

— On n'en parle jamais, répondit Sophie avec une certaine inconséquence.

L'intérêt d'Emily grandit encore.

— Mon Dieu, mais c'est passionnant ! Qui n'en parle jamais ?

— Laetitia Doran, voyons.

Sophie ouvrit de grands yeux.

— Helena était son unique enfant. A l'époque, évidemment, Georgiana n'habitait pas chez elle.

— Elle est venue... après ?

Emily s'efforçait d'y voir clair.

— Oui, pour la consoler.

— La consoler de quoi ?

— De quoi ? Mais après qu'Helena s'est enfuie. S'est fait enlever... dit-on. Comment peut-on être aussi stupide et irresponsable ! Et quelle honte pour sa mère !

— Qui l'a enlevée ? Pourquoi ne l'a-t-elle pas épousé ? Bonté gracieuse, ce n'était quand même pas un domestique ?

— Qui sait ? Personne ne l'a vu.

— Quoi ? Vous voulez rire ?

Emily n'en croyait pas ses oreilles.

— Était-il tellement affreux qu'elle n'osait pas... oh, ciel ! Il n'était pas déjà marié ?

Sophie pâlit.

— Seigneur, j'espère que non. Ce serait horrible. Mais non, je ne le pense pas. Elle était très belle, Helena, vous savez. Elle aurait pu choisir parmi... oh, je ne sais pas combien de prétendants. Le pauvre Mr. Ross a été complètement anéanti quand elle est partie.

— Il l'a su ?

— Bien sûr. Elle a laissé un mot pour dire qu'elle se sauvait. Il suffisait d'un peu de bon sens pour comprendre qu'elle avait un soupirant. Les femmes sentent ces choses-là. Sur le moment, je me souviens, j'ai trouvé ça très romantique. Je ne pensais pas que ça finirait aussi tragiquement.

— Je ne vois pas ce qu'il y a de tragique, répliqua Emily en fronçant les sourcils, si elle s'est enfuie pour l'épouser quelque part ailleurs. C'était peut-être quelqu'un que sa mère n'acceptait pas, mais qui l'aimait. D'accord, c'est un peu stupide, surtout s'il était sans le sou, mais pas totalement dramatique. Les amours romantiques manquent de pragmatisme dans le quotidien, quand il s'agit de payer la cuisinière, la couturière et autres. Mais quand on a du bon sens, c'est supportable. L'une de mes sœurs a fait une mésalliance flagrante, et elle nage dans un bonheur tout à fait écœurant. Mais elle est spéciale, je suis la première à le reconnaître.

— Est-elle réellement heureuse ?

Surprise et intriguée, Sophie haussa les sourcils.

— Oh oui ! Mais pour vous et moi, ce serait un cauchemar. Si Helena est comme elle, et si elle craignait la réaction de sa mère, elle a peut-être choisi la solution la plus simple.

Le visage de Sophie s'anima.

— Quelle charmante idée ! Elle est probablement en Italie, mariée à un pêcheur ou à un gondolier.

— Avez-vous beaucoup de gondoliers en circulation dans Callander Square ? s'enquit Emily poliment.

Sophie s'esclaffa, puis regarda autour d'elle, atterrée par son propre impair... le rire spontané, non la question idiote.

— Vous êtes d'une fraîcheur délicieuse, Lady Ashworth, fit-elle entre ses doigts. Je n'ai jamais rencontré quelqu'un d'aussi drôle.

Ravalant la réplique cinglante qui lui montait aux lèvres, Emily se contenta de sourire.

— Pauvre Mr. Ross, dit-elle d'un ton détaché. J'imagine qu'il tenait beaucoup à elle. C'était il y a longtemps ?

— Bien plus d'un an, oui, je dirais même presque deux.

Une vague de découragement submergea Emily. Helena Doran lui apparaissait comme la suspecte idéale. Mais la réponse de Sophie la reléguait au rang des improbabilités. Instinctivement, elle risqua un coup d'œil en direction d'Euphemia. Il y avait un homme à ses côtés qu'Emily n'avait pas encore vu, un homme excessivement distingué, proche de la soixantaine.

— Cet élégant gentleman, là-bas, avec Lady Carlton, qui est-ce ? demanda-t-elle.

Le regard de Sophie suivit le sien.

— Ah, c'est Sir Robert. Ne le saviez-vous pas ?

— Non.

Emily secoua légèrement la tête. Il devait avoir au moins vingt ans de plus que sa femme... détail fort intéressant.

— Je pense que j'aurais été mal à l'aise avec un mari aussi imposant, hasarda-t-elle. Il a l'air d'un grand personnage. Il est au gouvernement, je crois ?

— En effet. J'ai la même impression que vous, vous savez. Vous êtes très perspicace. Vous avez su exprimer exactement ce que je ressentais sans m'en rendre compte.

Emily était lancée.

— Il ne doit pas être drôle tous les jours.

— Non.

Sophie l'enveloppa du regard et se rapprocha un peu. Sentant venir la confidence, Emily, dont le sang bouillonnait, l'encouragea d'un sourire.

— Elle est très... — Sophie hésita — attirée par Brandy Balantyne. C'est un garçon charmant, Brandy. Si je n'étais pas aussi attachée à Freddie, je jure que je serais moi-même tombée amoureuse de lui !

Emily prit une profonde inspiration. Son cœur battait la chamade.

— Vous voulez dire, fit-elle, incrédule, qu'elle est la maîtresse de Brandy ?

Sophie mit un doigt sur ses lèvres, mais ses yeux dansaient.

— Et elle est enceinte ! ajouta-t-elle. De deux mois ou plus !

3

Ce fut seulement trois jours après qu'Emily put aller voir Charlotte pour lui raconter son vendredi après-midi et lui annoncer l'incroyable nouvelle. Le week-end était totalement exclu, non seulement parce que George avait déjà établi leur programme : une journée aux courses samedi suivie d'un dîner chez des amis, et un mariage mondain dimanche, avec l'inévitable banquet; mais surtout, parce que Pitt serait à la maison. Ayant atteint le grade d'inspecteur, il n'était pas tenu de travailler ces jours-là, sauf en cas d'urgence. Or la mort de deux nouveau-nés, fruits probablement illégitimes des amours d'une servante, n'entraient pas dans cette catégorie.

Emily n'avait aucunement honte de ce qu'elle faisait, mais elle préférait que Pitt n'en sût rien, du moins pour le moment.

Lundi cependant, n'y tenant plus, elle prit la décision inouïe de réclamer son équipage à dix heures du matin et se fit conduire droit chez Charlotte.

Charlotte l'accueillit d'un air à la fois incrédule et amusé. Elle ouvrit elle-même la porte, vêtue d'une simple robe en laine et d'un tablier.

— Emily ! Pour l'amour du ciel, que fais-tu ici ?

Elle ne lui demanda pas s'il était arrivé une catastrophe. Emily rayonnait ; à vrai dire, Charlotte ne lui avait pas vu une mine aussi radieuse depuis le jour où elle avait annoncé qu'elle allait épouser George Ashworth... lequel, à l'époque, ne se doutait évidemment de rien.

— J'ai une nouvelle époustouflante pour toi ! clama Emily, repoussant presque Charlotte pour pouvoir entrer. Tu ne vas pas me croire.

Charlotte comprit immédiatement de quoi il s'agissait.

— Ça te réussit de jouer les limiers, dit-elle, les yeux agrandis. Tout compte fait, c'est toi qui aurais dû épouser Thomas !

Emily la considéra d'un air sceptique, puis atterré. Il lui fallut un moment pour se rendre compte que Charlotte la taquinait.

— Voyons, Charlotte... tu...

Elle ne trouvait pas de mot assez fort pour décrire ses sentiments sans dépasser les limites de la bienséance.

Charlotte rit.

— Allons, raconte-moi ce que tu as découvert, avant d'exploser !

Emily aurait voulu distiller ses informations afin de faire monter la tension, mais ce fut au-dessus de ses forces.

— Euphemia Carlton a un amant ! déclara-t-elle fièrement, s'attendant à une réaction de stupeur de la part de Charlotte.

Elle ne fut pas déçue. Les yeux écarquillés, Charlotte lâcha le chiffon à poussière.

— Là !

Emily respirait la satisfaction.

— Pitt n'était pas au courant, n'est-ce pas ? Il s'agit de Brandy Balantyne, et ce n'est pas tout !

Elle marqua une pause pour soigner son effet.

Charlotte s'assit.

— Eh bien ?

Emily prit place à côté d'elle.

— Elle est enceinte ! Depuis deux mois déjà !

Charlotte était sincèrement impressionnée. Que ce fût exact ou non, Pitt l'ignorait, elle en était sûre.

— Comment l'as-tu su ?

C'était une curieuse révélation à faire à quelqu'un qu'on connaissait à peine.

— Par Sophie Bolsover. C'est une petite sotte inoffensive : elle ne s'est absolument pas rendu compte de ce que ça signifie.

— Ou alors elle sait que ça ne signifie rien du tout.

Charlotte ne voulait pas gâcher le plaisir d'Emily, mais la vérité sortait de sa bouche sitôt qu'elle lui venait à l'esprit, et elle n'avait pas encore appris à se contrôler. Du reste, il était plus charitable de ne pas la laisser s'emballer sans avoir examiné son hypothèse.

— Comment aurait-elle découvert ça ? s'exclama Emily. Si Euphemia est la maîtresse de Brandy Balantyne, l'enfant est sûrement de lui. Autre chose que je ne t'ai pas dite... J'ai vu Sir Robert Carlton. Il est assez âgé. Très imposant, très distingué, mais effroyablement sinistre. Il est blond aux yeux clairs. Brandy est très brun : cheveux noirs et yeux marron foncé.

Charlotte ne bronchait pas.

— Euphemia est blonde ! éclata Emily, excédée. Elle a une chevelure magnifique, d'un blond vénitien. Si l'enfant est brun, tu imagines le scandale ? Pas étonnant qu'elle ait peur.

Elle cligna des paupières.

— Dieu merci, George est brun, et moi, je suis blonde. Quel que soit mon enfant, il ne soulèvera pas de commentaires, observa-t-elle au passage.

Par-dessus tout, Emily était une personne pragmatique.

Charlotte accepta sa remarque comme telle.

— C'est extrêmement important, dit-elle avec sérieux. Je veux parler d'Euphemia et de Brandy Balantyne.

Emily s'épanouit. Elle avait beau avoir plus de sens pratique, plus d'assurance que Charlotte, il y avait quelque chose chez sa sœur, peut-être une sorte de certitude intérieure, qui conférait une valeur particulière à ses compliments.

— Tu vas le dire à Mr. Pitt ?

— Je pense qu'il le faut. Tu ne le crois pas ?

— Bien sûr que si. Sinon, pourquoi t'en aurais-je parlé ? Tu n'imagines tout de même pas, ma chère, que je t'aurais confié un secret ?

Elle avait froissé Charlotte ; cela se lisait sur son visage.

— Pas parce que tu le trahirais, ajouta Emily précipitamment. Mais tu es incapable de mentir. Il suffirait d'un coup d'œil sur ta mine déconfite pour savoir que tu es au courant de quelque chose. Tu serais obligée de jurer de garder le silence ; ce serait affreux, et toute l'affaire prendrait plus de proportions que le secret lui-même.

Charlotte la regarda fixement.

— Moi, je mens très bien, déclara Emily. C'est un atout pour quiconque veut mener une enquête, surtout quand on n'est pas de la police et donc qu'on n'a pas intérêt à être franc. Dès que j'aurai du nouveau, je te préviendrai.

Charlotte réfléchit un instant, puis dit avec circonspection :

— Essaie peut-être de savoir depuis combien de temps dure cette liaison. Mais je t'en supplie, Emily... sois prudente ! Ne te laisse pas griser par tes succès. Si l'on te démasque, ils risquent de t'en vouloir.

Elle prit une profonde inspiration.

— Plus que de t'en vouloir, même. Comme tu dis, il y aura un scandale épouvantable. Sir Robert est au gouvernement. Si Euphemia était prête au mieux à enterrer ses enfants morts sans aucun rite chrétien et, au pire, à les tuer pour protéger sa réputation, elle ne se laissera pas faire facilement !

Pas un instant, Emily n'avait envisagé un quelconque danger pour elle-même ; en fait, il ne lui était pas venu à l'esprit que cette affaire pourrait l'affecter personnellement. Tout à coup, elle eut très froid. Son scénario était devenu réalité.

Charlotte vit son visage pâlir, ses mains se crisper involontairement. Elle sourit et posa ses doigts sur les siens.

— Fais attention, c'est tout. Mener une enquête n'est pas une simple gymnastique de l'esprit, tu sais. Les êtres humains sont réels, et l'amour et la haine sont dangereux.

Lorsque Pitt rentra ce soir-là, Charlotte l'accueillit presque sur le pas de la porte. La découverte d'Emily avait mijoté dans sa tête toute la journée et, quand elle entendit les pas de Pitt sur le trottoir, elle la sentit arriver à ébullition. Elle le saisit par les revers de son pardessus et l'embrassa rapidement.

— Emily est passée ce matin ! annonça-t-elle au moment même où elle le lâchait. Elle a découvert quelque chose de prodigieux. Venez, je vais vous expliquer.

C'était presque un ordre. Se dégageant de son étreinte, elle pénétra dans le séjour et se posta au milieu pour observer sa réaction pendant qu'elle débitait sa tirade.

Il entra ; son visage singulier reflétait une certaine appréhension.

— Emily a appris qu'Euphemia Carlton était la maîtresse du jeune Brandon Balantyne ! déclara-t-elle d'un ton théâtral. Et qu'elle attendait un enfant !

Si elle avait eu l'intention de le choquer, elle pouvait s'estimer pleinement satisfaite. L'expression de Pitt se figea tandis qu'il digérait l'information, puis se teinta de doute.

— Êtes-vous bien sûre qu'elle ne...

Il haussa les sourcils.

— ... ne colporte pas les ragots, les rumeurs à scandale ?

— Évidemment qu'elle colporte des ragots,

rétorqua-t-elle avec humeur. Connaissez-vous un autre moyen de s'informer ? A vous de déterminer si c'est vrai ou non. C'est pourquoi elle est venue me voir, pour que je vous en parle. Ce ne devrait pas être difficile...

Elle s'interrompit car il riait maintenant.

— Qu'est-ce qui vous amuse ?

— Mais vous, ma chère. Où Emily a-t-elle glané ce précieux... racontar ?

Il alla s'asseoir près de la cheminée.

Elle le suivit et s'agenouilla à ses pieds, réclamant son attention.

— Auprès de Sophie Bolsover, apparemment inconsciente de son importance. Et ce n'est pas tout. Sir Robert, paraît-il, est beaucoup plus vieux qu'Euphemia, en outre très imposant et sinistre. Et il a les cheveux blonds.

— Les cheveux blonds ? répéta Pitt, dardant sur elle un regard perçant.

Le cœur de Charlotte bondit dans sa poitrine. Elle sut qu'elle avait éveillé son intérêt.

— Oui !

— Si j'ai bien compris, Brandon Balantyne est brun ?

— Très. Vous voyez ?

— Bien sûr que je vois. Euphemia a une magnifique chevelure blond-roux et le teint très clair. Vous ne pouvez pas le savoir, mais naturellement, Emily vous l'a déjà dit.

Elle sourit, comblée.

Il effleura sa joue du bout du doigt, repoussant une mèche échappée de sa coiffure, mais son visage était inhabituellement sévère.

— Charlotte, il faut mettre Emily en garde. Les gens de la haute société tiennent énormément à leur réputation, plus que nous ne saurions l'imaginer. Ils risquent de le prendre très mal, si jamais Emily se mêle...

— Je sais, le rassura-t-elle avec empressement. Je le lui ai dit. Elle va juste essayer de découvrir depuis combien de temps dure cette liaison, s'ils étaient déjà amants au moment de la mort des deux bébés.

— Non. Laissez-moi faire. Allez la voir demain pour lui recommander la prudence.

Sa main retomba, et il l'agrippa par l'épaule tandis qu'elle se raidissait d'appréhension.

— Il y a des chances pour qu'on la prenne simplement pour une commère, dont le passe-temps favori est de faire circuler les rumeurs, mais si Robert Carlton est un homme influent...

— Sir Robert ?

Surprise, elle ne voyait pas où il voulait en venir.

— Mais oui, Robert, ma chère. S'il a été trois fois cocu, je doute qu'il ait envie de le crier sur les toits. Être mêlé à un scandale, c'est une chose, mais être un objet de risée, c'est tout autre chose. Emily pourrait vous le confirmer.

— Je n'y avais pas pensé.

Elle se sentait très malheureuse. Finie, la soudaine gloire d'Emily, balayée en un éclair ! Quelles dindes elles avaient été, à jouer les détectives.

— J'irai la voir demain matin. Et, si elle ne m'écoute pas, je parlerai à George. Il lui fera entendre raison.

Il la gratifia d'un petit sourire indéchiffrable.

— Mais l'information elle-même est utile ?

Elle revint à la charge.

— Extrêmement, oui.

Son approbation était sincère.

— Il se peut même qu'elle nous conduise à la solution. Le problème, maintenant, est de situer cette histoire dans le temps et de savoir si elle a eu d'autres enfants.

Il grimaça, de plus en plus férocement à mesure que la réponse lui échappait.

— C'est facile.

Charlotte se leva : elle commençait à avoir des fourmis dans les pieds.

— Vous n'avez qu'à causer avec sa femme de chambre...

— Les femmes de chambre sont d'une loyauté exemplaire, et elles tiennent également à conserver leur situation. Je la vois mal m'expliquer que sa maîtresse a un amant et qu'elle a déjà eu deux bébés qui ont disparu depuis !

Arrivée à la table, Charlotte se retourna, tortillant son pied pour le dégourdir.

— Évidemment ! lâcha-t-elle avec dédain. Pas de propos délibéré ! Débrouillez-vous pour savoir la taille de ses vêtements, si elle a augmenté dernièrement, ainsi qu'il y a deux ans et il y a six mois. Vérifiez les coutures de ses corsages. Si j'avais pu les voir, je vous aurais dit tout de suite si elles avaient été défaites.

Pitt eut un grand sourire.

— N'est-ce pas de l'investigation ? interrogea-t-elle fougueusement. Et demandez si elle est allée à la campagne.

Elle fronça les sourcils.

— Non, puisque les corps ont été enterrés à Callander Square, c'est peu probable.

Son visage s'éclaira à nouveau.

— Voyez si elle a été malade, si elle a eu des nausées, des évanouissements. A-t-elle bon ou mauvais appétit ? Si elle a trop mangé et grossi, vous avez la réponse ! Surtout si elle a eu des envies qui ne correspondaient pas à ses goûts en temps ordinaire. Inspectez ses habits vous-même et ne questionnez pas sa femme de chambre sur les malaises et l'appétit, ou elle saura sans difficulté ce que vous avez derrière la tête. Parlez nourriture à une fille de cuisine, et santé à une bonne quelconque.

Il souriait toujours.

Elle le regarda et commença à douter elle-même. Pourtant, au moment où elle les dispensait, ces conseils lui avaient paru excellents.

— N'est-ce pas une bonne approche ?

Elle cilla.

— Très professionnelle. Je me demande comment on a fait pour résoudre les crimes sans une seule femme dans la police.

— A mon avis, vous vous moquez de moi !

— Très certainement. Mais vos conseils n'en sont pas moins judicieux, et j'ai bien l'intention de les suivre.

— Parfait.

Se détendant, elle lui adressa un sourire éblouissant.

— J'aime à croire qu'il m'arrive parfois de me rendre utile.

Il accueillit cet aveu d'un grand éclat de rire.

Le lendemain matin, comme convenu, Charlotte se rendit chez Emily. Elle la mit très solennellement en garde, lui parla de la vengeance qu'elle risquait de s'attirer ou même d'attirer sur George si, volontairement ou non, elle faisait courir des bruits au sujet d'Euphemia Carlton.

Emily l'écouta d'un air calme et docile et jura de ne plus poursuivre ses investigations, de se limiter aux simples relations mondaines. Charlotte la remercia et repartit avec l'inexplicable sentiment d'avoir échoué. Pour commencer, cela avait été beaucoup trop facile. Elle n'avait décelé, dans les yeux d'Emily, nulle trace de peur susceptible de justifier une capitulation aussi soudaine, mais elle pouvait difficilement exiger plus d'une promesse à la fois. De retour chez elle, elle infligea à son séjour un furieux nettoyage de printemps, malgré le fait qu'on était déjà au mois de novembre et qu'il pleuvait dehors.

Pitt retourna à Callander Square où, à dix heures et quart, il frappa chez les Carlton et demanda à s'entretenir de nouveau avec les domestiques. On l'introduisit dans le salon de la gouvernante, et l'on fit venir la femme de chambre chargée du service au rez-de-chaussée.

— Entrez.

Pitt s'assit dans l'un des gros fauteuils pour ne pas l'écraser de sa haute taille.

— Prenez place. J'espère que cette histoire ne vous a pas trop remuée.

Elle le regarda, intimidée.

— Non, je vous remercie, monsieur. Enfin, si, ajouta-t-elle après réflexion. Je veux dire, c'est affreux, n'est-ce pas ? Je n'imagine vraiment pas qui ça pourrait être !

— Et votre maîtresse ? Elle a dû être bouleversée, non ?

— Pas plus que ça. Elle était triste, bien sûr. Mais en ce moment, elle se porte comme un charme. Je ne l'ai jamais vue en aussi bonne forme.

— Son appétit n'en a pas souffert ? Ça arrive quelquefois, chez les personnes de constitution délicate.

— Lady Carlton n'est pas délicate, monsieur, elle est solide comme un bœuf, pardonnez-moi l'expression. Ce n'est pas elle qui aurait des vapeurs... enfin...

Il haussa les sourcils avec un air d'intérêt amical.

— Ma foi, elle a eu un petit malaise une fois ou deux, mais à mon avis, ce doit être plutôt son état. Oh, mince !

La main sur la bouche, elle le considéra avec des yeux ronds.

— Vous m'avez eue !

— Mais non, répondit-il avec douceur. C'est le passé qui m'intéresse, pas le futur.

Il dissimula sa contrariété. Il n'était plus possible de soutirer d'autres informations à cette fille sans éveiller sa méfiance. Mieux valait s'adresser ailleurs, avant qu'elle ne donne l'alerte, même sans le vouloir.

Il monta voir la femme de chambre personnelle de Madame, malgré les protestations indignées de la gouvernante, car il tenait à examiner sa garde-robe lui-même... sous quel prétexte, il n'en savait encore rien.

Il trouva la femme de chambre de Lady Carlton occupée à brosser un habit de cavalière et à nettoyer la jupe là où la boue d'automne l'avait éclaboussée. A sa vue, elle lâcha tout, alarmée.

— Ne vous fatiguez pas, madame.

Il ramassa lui-même l'habit et le palpa, admiratif, sans le lui rendre.

— En voilà de la belle étoffe.

Il le rabattit, de sorte à le tenir par la taille.

— La coupe est excellente également.

Il tâta rapidement les coutures. Rien. Sur les conseils de Charlotte, il jeta un coup d'œil sur la ceinture. Il remarqua immédiatement l'extension, à l'aide d'une pièce rapportée. Négligemment, il remit l'habit à la femme avec un sourire.

— C'est agréable de voir une dame joliment vêtue.

— Oh, celui-ci est de l'année dernière, répliqua-t-elle précipitamment. Une vieillerie en quelque sorte. Lady Euphemia en a de beaucoup mieux que ça !

— Vraiment ? J'aimerais bien les voir.

Une note poliment incrédule se glissa dans sa voix.

— Car c'est du très beau tissu, réellement.

Elle s'approcha d'une gigantesque armoire et ouvrit ses portes. Les reflets de lumière jouèrent sur la soie mauve, fuchsia et vert d'eau.

— C’est magnifique, dit-il, sincère.

Il effleura les étoffes douces et brillantes, oubliant momentanément sa mission. Il y avait là une robe dans les tons ambrés, presque dorée à la lumière, et d’un fauve flamboyant dans la pénombre. Elle devait être splendide sur Euphemia Carlton, mais il la vit sur Charlotte. Son cœur se serra à l’idée qu’il n’avait pas les moyens de la lui offrir. Il ne pensait plus ni à la femme de chambre ni à Callander Square ; fébrilement, il réfléchissait à une solution, une autre activité qui lui permettrait de gagner plus d’argent.

— C’est joli, n’est-ce pas ?

La voix de la femme de chambre, empreinte de mélancolie elle aussi, le ramena brutalement à la réalité. Il la contempla, engoncée dans sa robe en lainage foncé avec un tablier blanc.

— Oui, très joli.

Rapidement, il chercha les coutures à la taille, les côtés qu’on aurait lâchés.

— Ça demande beaucoup d’entretien, j’imagine.

Jusque-là, il n’avait rien trouvé.

— Vous devez être très habile de vos doigts.

Ce compliment la fit sourire.

— En général, les hommes ne pensent pas à ces choses-là. J’ai pas mal de travail, c’est vrai, mais quand elle sort d’ici, c’est un bonheur de la voir. Je ne la laisse pas partir si tout n’est pas parfait.

Pitt profita de l’aubaine pour examiner ouvertement les points minuscules. A n’en pas douter, la taille avait été desserrée, de quatre ou cinq centimètres.

— Vous êtes une véritable artiste.

Il le pensait en partie. Que devait ressentir une femme qui consacrait tous ses efforts, tout son amour, à rendre une autre femme belle ? Tout cela pour la regarder partir aux réceptions et aux bals, danser toute la nuit et se faire admirer, pendant qu'elle-même restait à la maison en attendant de récupérer les toilettes, les nettoyer et les raccommoder pour la fois suivante.

— Vous avez tout à fait raison d'en être fière.

Il laissa retomber la soie et referma les portes de l'armoire.

Elle s'empourpra de plaisir.

— Oh, merci bien, balbutia-t-elle.

Il devait lui demander quelque chose, sinon elle finirait par avoir des soupçons. Il fouilla son cerveau à la recherche d'une question plausible.

— Votre maîtresse donne-t-elle ses vieux vêtements aux servantes méritantes, par exemple ?

Il connaissait déjà la réponse : aucune maîtresse ne voudrait voir sa servante, aussi méritante fût-elle, porter des habits du même style et de la même qualité que les siens.

— Oh non, monsieur ! Lady Euphemia les expédie à la campagne, à une cousine à elle qui n'y connaît rien, à la mode, et qui est bien contente de les avoir.

— Je vois. Merci.

Il la gratifia d'un sourire rassurant et se rendit aux cuisines.

Ni la cuisinière ni ses aides ne lui apprirent rien de concluant, sinon qu'Euphemia avait parfois de brusques accès de fringale, après quoi, ayant pris du poids, elle se mettait au régime. Elles l'attribuaient à son solide appétit, son goût pour les sucreries qu'elle sacrifiait ensuite à un regain de vanité et aux exigences de la mode. Il n'y avait rien pour confirmer ou infirmer leurs dires. Il les remercia et quitta la maison, en attendant de revenir à une heure où Sir Robert Carlton et Lady Euphemia seraient chez eux pour le recevoir.

Il repassa peu après six heures. Le moment était mal choisi, mais existait-il seulement un moment propice pour le genre de questions auxquelles il cherchait une réponse ?

Le valet l'accueillit fraîchement et le conduisit dans la bibliothèque. Plusieurs minutes s'écoulèrent. Finalement, la porte s'ouvrit ; Sir Robert Carlton entra et la referma sans bruit. De taille légèrement supérieure à la moyenne, il était mince et raide. Son visage, comme l'avait dit Charlotte, était extrêmement distingué, mais, du fait de son expression placide, totalement dépourvu d'arrogance.

— Vous désirez me voir, je crois ? fit-il doucement.

Sa voix, claire et précise, ne masquait pas son étonnement.

— Oui, monsieur. S'il vous plaît. Je m'excuse de venir à cette heure-ci, mais je voulais être sûr de vous trouver chez vous.

Carlton attendait poliment. Pitt poursuivit :

— J'ai tendance à penser que la mère des nouveau-nés découverts dans le jardin pourrait faire partie de la maisonnée...

Il s'interrompit, prêt à affronter l'indignation, les protestations. Mais, pour toute réaction, les hautes pommettes de Carlton se contractèrent, comme dans l'anticipation de la douleur. Pitt se demanda brièvement s'il savait déjà ou, du moins, s'il soupçonnait son épouse. Était-il possible qu'il eût accepté la situation, ayant livré depuis longtemps sa propre bataille intérieure ?

— Je suis désolé, murmura Carlton. Pauvre femme!

Pitt le dévisagea fixement.

Carlton se tourna vers lui. Son regard anxieux reflétait la compassion. C'était une chose qui échappait à sa compréhension, mais qu'il s'efforçait d'imaginer et qui le rendait profondément malheureux. Pitt éprouva une bouffée de colère contre Euphemia et contre le jeune Brandon Balantyne qu'il ne connaissait pas encore. Carlton s'était remis à parler.

— Avez-vous la moindre idée de son identité, Mr. Pitt ? Et du sort qui l'attend ?

— Ça dépend des circonstances, Sir Robert. Si les enfants étaient mort-nés, il n'y aura probablement pas de poursuites judiciaires. Mais elle perdra son emploi et, à moins d'un coup de chance, elle n'en retrouvera pas d'autre.

— Et s'ils n'étaient pas mort-nés ?

— Dans ce cas, elle sera inculpée pour meurtre.

— Je vois. C'est sûrement inévitable. Et la malheureuse sera pendue.

Pitt comprit trop tard qu'il n'aurait pas dû s'engager, qu'il aurait fallu laisser planer le doute. Cet unique faux pas risquait de le priver du soutien de Carlton. Il tenta de faire machine arrière.

— Ce n'est qu'une opinion. Il peut y avoir des circonstances atténuantes...

Personnellement, il en voyait un certain nombre, mais aucune qui pût convaincre les juges.

— Vous avez dit quelqu'un de la maison, reprit Carlton comme s'il n'avait pas parlé. Vous ne savez donc pas encore qui c'est ?

— Non, monsieur. Peut-être Lady Carlton, connaissant mieux les domestiques, pourra-t-elle m'éclairer.

— Je suppose qu'on ne peut pas éviter de la mêler à ça.

— Vous m'en voyez navré.

— Très bien.

Carlton tendit la main vers le cordon de la sonnette. Quand le valet parut, il le pria d'aller chercher Lady Euphemia. Ils attendirent son arrivée en silence. Elle referma la porte et se tourna vers eux. Son visage lisse respirait l'innocence, même lorsqu'elle aperçut Pitt. Si elle avait commis une faute quelconque, elle était soit une actrice accomplie, soit l'un de ces rares êtres qui se préoccupent sincèrement et exclusivement de leurs intérêts.

— Ma chère, l'inspecteur Pitt pense que la mère de ces infortunés enfants pourrait faire partie de la maisonnée, dit Carlton courtoisement. Je regrette, mais il a besoin de votre aide.

Elle pâlit légèrement.

— Oh, mon Dieu, je suis désolée. Ça ne change

rien au fond du problème, mais je ne voudrais pas que ce soit quelqu'un que je connais. En êtes-vous sûr, inspecteur ?

Elle se retourna vers lui. Elle avait beaucoup de charme ; la chaleur qui émanait d'elle avait infiniment plus d'attrait que la beauté.

— Non, madame, mais j'ai des raisons de le croire.

— Quelles raisons ?

Pitt inspira profondément et se jeta à l'eau.

— Il semblerait que quelqu'un ici ait une aventure, une aventure galante.

Il observait son visage. Au début, elle demeura parfaitement sereine, juste intéressée ; puis ses mains se crispèrent imperceptiblement sur la soie prune de sa robe. Sa gorge se colora faiblement. Pitt jeta un regard sur Carlton, mais ce dernier n'avait apparemment rien remarqué.

— Ah oui ? fit-elle après une fraction de seconde.

— Il y a de fortes chances, continua-t-il, pour qu'à la suite de cette liaison, elle se soit retrouvée enceinte.

Une rougeur pénible lui monta aux joues. Elle détourna la tête afin de garder son visage dans l'ombre.

— Je comprends.

Carlton ne voyait toujours rien, sinon l'inquiétude d'une maîtresse de maison pour ses servantes.

— Vous devriez peut-être vous renseigner, ma chère. C'est bien ce que vous souhaitez, inspecteur ?

— Si Lady Carlton pense qu'elle pourrait découvrir quelque chose.

Pitt la regarda, choisissant délibérément ses mots pour qu'elle saisisse le message, malgré son apparente nonchalance.

Le visage d'Euphemia était toujours dans l'ombre.

— Que désirez-vous savoir au juste, Mr. Pitt ?

— Depuis combien de temps dure cette... liaison, répondit-il calmement.

Elle prit une profonde inspiration.

— Il ne s'agit pas forcément...

Elle chercha en vain la bonne expression.

— ... de la situation ou des... sentiments que vous décrivez.

— Les sentiments ne nous intéressent pas, ma chère, fit Carlton doucement. Et la situation est claire, puisqu'on a trouvé deux enfants morts dans le square.

Elle fit volte-face, les yeux agrandis d'horreur.

— Vous n'imaginez pas... enfin, vous ne déduisez pas tout de suite... parce que quelqu'un est... a une aventure, qu'il est responsable de ces... morts ! Il y a des tas de gens dans le square qui doivent avoir des relations, des...

— Il y a un monde entre un simple flirt et une idylle qui engendre deux enfants, Euphemia.

Carlton ne s'était toujours pas départi de sa courtoisie, de son attitude raisonnable, presque indifférente.

— Nous ne parlons pas de quelque admirateur secret.

— Bien sûr que non ! rétorqua-t-elle sèchement.

Voyant la surprise se peindre sur les traits élégants de son mari, elle se ressaisit avec effort. Pitt, qui se tenait à côté d'elle, vit les muscles de sa gorge se contracter, le tissu de sa robe se tendre tandis qu'elle retenait son souffle. Carlton était-il aussi insensible à son tourment qu'il en avait l'air ? Ils formaient un couple mal assorti, et pas seulement à cause de la différence d'âge. Avait-elle été contrainte, par des parents ambitieux ou désargentés, à un mariage de convenance... leur convenance ? Une pensée fugace lui traversa l'esprit : qu'aurait ressenti Charlotte, qu'aurait-elle fait à la place d'Euphemia ? Il résolut de rencontrer le jeune Brandon Balantyne le plus tôt possible.

— Je tâcherai de découvrir ce que je peux, Mr. Pitt.

Elle le regarda en face, plongeant ses yeux dorés dans les siens.

— Mais si quelqu'un sous mon toit entretient une liaison de cette sorte, je ne suis au courant de rien.

— Merci, madame.

Il savait ce qu'elle essayait de lui dire : qu'elle l'avait compris et qu'elle niait la durée de sa propre aventure, mais il ne pouvait se permettre de la croire sur parole. Il s'excusa et prit congé avec le même sentiment de tristesse qu'il avait déjà éprouvé à maintes reprises, lorsqu'il lui était arrivé d'entrevoir la réalité d'un drame qui s'était soldé par un crime.

Emily n'avait strictement aucune intention de suivre les instructions de Charlotte, si ce n'était prendre plus de précautions qu'elle n'avait fait jusque-là. Elle ne poserait plus de questions directes, bien qu'avec Sophie Bolsover ce ne fût guère nécessaire. Elle se contenterait de cultiver ses relations ; dans cette optique, elle retourna à Callander Square, cette fois spécialement pour voir Christina. Elle s'était renseignée sur une couturière qui, elle le savait, intéressait la jeune fille. Elle prit donc la liberté de lui rendre visite dans la matinée afin d'échapper au rituel mondain de l'après-midi.

Ce fut Max, le valet, qui lui ouvrit.

— Bonjour, Lady Ashworth, dit-il, à peine surpris.

Son regard sombre s'attarda un instant sur son habit avant de revenir se poser sur son visage. Elle le toisa avec froideur.

— Bonjour. Miss Balantyne est-elle là ?

— Oui, madame. Si vous voulez bien entrer, je vais la prévenir de votre arrivée.

Il ouvrit la porte en grand et s'effaça. Elle le suivit dans le vestibule, puis dans le boudoir où brûlait déjà un feu.

— Désirez-vous quelque chose, madame ?

— Non, merci, rétorqua-t-elle, évitant délibérément de le regarder.

Il sourit imperceptiblement, inclina la tête et la laissa.

Au bout de dix minutes, elle commençait à s'impatienter quand finalement Christina parut. Se retournant pour la saluer, Emily fut étonnée de la voir aussi négligée, débraillée presque. Des mèches brunes s'échappaient de sa coiffure, et elle était d'une pâleur maladive.

— Ma chère, je vous surprends peut-être à un moment inopportun.

Emily avait failli lui demander si elle était souffrante, mais suggérer à une femme qu'elle avait mauvaise mine n'était guère flatteur, or elle ne tenait pas à compromettre son amitié précaire avec Christina.

— J'avoue...

Christina s'appuya sur le dossier d'un fauteuil.

— ... que je ne me sens pas au mieux de ma forme, ce matin. Ce qui n'est pas franchement dans mes habitudes.

— Asseyez-vous donc.

Emily s'approcha d'elle et lui prit la main.

— J'espère sincèrement qu'il s'agit d'une indisposition passagère, un léger refroidissement, peut-être ? On a vite fait d'attraper froid à la suite d'un changement de temps.

Elle n'y croyait pas vraiment ; Christina était quelqu'un d'extrêmement robuste et ne présentait aucun symptôme propre à un coup de froid : fièvre, gorge irritée ou nez qui coule.

La jeune fille se laissa glisser dans le fauteuil. Elle était blanche comme un linge ; un fin voile de sueur perlait sur son front.

— Une petite tisane ? suggéra Emily. Je vais appeler le valet.

Christina secoua la tête, protesta, mais Emily avait déjà sonné. Elle resta à côté de la sonnette et, quand Max entra, lui parla par-dessus la tête de Christina.

— Miss Balantyne ne se sent pas très bien. Dites

à la cuisinière de lui préparer une tisane, voulez-vous ?

Le regard lourd de l'homme se posa sur Christina, et Emily l'intercepta. Il se détourna précipitamment et battit en retraite.

— Je regrette de vous trouver dans cet état, déclara Emily avec toute la jovialité et la sympathie dont elle était capable. J'étais juste venue vous donner le nom de la couturière que vous m'aviez demandé. Bien qu'elle croule sous les commandes, j'ai réussi à la convaincre de s'occuper de nous deux. Elle crée des modèles tellement ingénieux que la plus laide des créatures en vient à paraître gracieuse.

Elle regarda le visage blême de Christina et sourit.

— Et les finitions sont très soignées : pas de fils ou de boutons à moitié cousus. Elle est tellement habile qu'elle peut cacher les centimètres en trop sans que votre propre mère s'aperçoive que vous avez grossi.

Christina rougit subitement et violemment.

— De quoi parlez-vous, voyons ? Je n'ai pas grossi.

Elle croisa les mains sur son estomac.

Les pensées d'Emily tourbillonnaient.

— Vous avez de la chance, répondit-elle d'un ton léger. Moi, je prends toujours du poids en hiver.

C'était une pure invention de sa part.

— Ça ne rate jamais. Tous ces puddings chauds, vous comprenez... et puis, j'ai un faible pour la sauce au chocolat.

— Si vous voulez bien m'excuser.

Christina se leva, les mains toujours devant elle.

— Je crois que je vais remonter. L'idée de nourriture me donne la nausée. Je vous serais obligée de ne pas le dire à Max. Vous n'avez qu'à boire la tisane vous-même. Oh, mon Dieu !

Emily la rattrapa.

— Je suis désolée. Laissez-moi vous aider ; vous n'êtes pas en état de rester seule. Je vais au moins vous reconduire dans vos appartements, et votre femme de chambre pourra s'occuper de vous. Dois-je demander qu'on fasse venir le docteur ?

— Non !

Les yeux de Christina lançaient des éclairs.

— Je vais très bien. Ce n'est rien du tout. J'ai dû manger quelque chose qui ne m'a pas réussi. S'il vous plaît, n'en parlez pas. Je le tiendrai pour une véritable preuve d'amitié si vous gardez cet incident pour vous.

Elle agrippa Emily d'une petite main glacée.

— Bien sûr, la rassura Emily. Vous pouvez compter sur moi. Qui aime étaler ses petites indispositions en public ? C'est une affaire personnelle, après tout.

— Je vous remercie.

— Il faut que vous remontiez, maintenant.

Elle la raccompagna jusqu'au grand escalier ; sur le palier, elles croisèrent la femme de chambre qui prit Christina en main.

Emily redescendit. Au pied des marches, elle manqua entrer en collision avec un homme de haute taille, à la carrure athlétique, qui la bouscula presque sur son passage.

— Perkins ! cria-t-il, irrité. Perkins, nom d'un chien !

Emily se figea.

Il pivota sur lui-même et l'aperçut. Il ouvrit la bouche comme pour crier à nouveau, quand il se rendit compte qu'elle n'était pas l'introuvable Perkins. Il avait un visage saisissant, tout en os. A l'idée de s'être donné en spectacle, il s'empourpra légèrement et se redressa encore plus.

— Bonjour, madame. Puis-je vous être utile ? Qui cherchez-vous ?

— Général Balantyne ? demanda-t-elle avec un calme olympien.

— A votre service, fit-il avec raideur, dissimulant à grand-peine sa mauvaise humeur.

Emily le gratifia d'un sourire dévastateur.

— Emily Ashworth.

Elle lui tendit la main.

— J'étais venue voir Miss Balantyne, mais comme elle est très légèrement indisposée ce matin, je m'apprêtais à prendre congé. Vous avez perdu votre majordome ? Je crois l'avoir vu partir dans cette direction.

Elle esquissa un vague geste de la main. C'était totalement faux, mais elle voulait passer pour quelqu'un de serviable et même, si possible, engager la conversation avec le général.

— Non. La bonne. Une vraie calamité, celle-là : elle déplace toujours mes papiers. A vrai dire, je ne me souviens plus si elle se nomme Perkins, mais Augusta appelle toutes les bonnes Perkins, quel que soit leur nom.

— Vos papiers ?

Une idée brillantissime commençait à germer dans l'esprit d'Emily.

— Seriez-vous en train d'écrire quelque chose ?

— L'histoire de la famille, madame. Depuis deux cents ans, les Balantyne ont pris part à toutes les grandes batailles de la nation.

Emily reprit son souffle, faisant appel à tous ses talents de comédienne pour manifester un intérêt vraisemblable. En réalité, les récits de guerre l'ennuyaient à mourir, mais il fallait bien qu'elle trouve une remarque intelligente.

— Comme c'est passionnant ! répondit-elle. L'histoire de nos guerriers est l'histoire de notre race.

Elle fut très fière de son image ; c'était une excellente observation.

Il la regarda attentivement.

— Vous êtes la première femme que je rencontre à penser cela.

— C'est grâce à ma sœur, dit-elle rapidement. Elle s'est toujours beaucoup intéressée à ces choses-là. C'est elle qui m'a fait découvrir leur importance. On ne s'imagine pas... mais je vous distrais de votre travail. Si je ne peux pas vous être utile, au moins que je ne vous retarde pas. Il vous faudrait quelqu'un pour vous aider, pour mettre de l'ordre dans vos documents... quelqu'un qui soit versé dans le sujet, qui suive vos recherches de près et éventuellement prenne des notes, qu'en pensez-vous ? Ou peut-être l'avez-vous déjà ?

— Si je l'avais, madame, je ne serais pas en train de courir après une bonne pour savoir ce qu'elle a fait de mes papiers !

— Une personne de ce genre pourrait donc vous rendre service ?

Elle fit de son mieux pour prendre un ton négligent.

— Trouver une femme qui s'y connaît en histoire militaire serait non seulement une aubaine, madame, mais surtout un événement quasi incroyable.

— Ma sœur est très compétente, monsieur. Et, comme je vous l'ai dit, elle se passionne depuis fort longtemps pour les faits d'armes. Mon père, naturellement, ne voyait pas cela d'un bon œil ; elle n'a donc pas pu donner libre cours à son penchant. Mais personne, j'en suis sûre, ne verra d'inconvénient à ce qu'elle consacre un peu de temps à aider quelqu'un comme vous.

Elle s'abstint évidemment de préciser que Charlotte était mariée à un policier.

Il l'examina de son regard perçant. Une femme de moindre trempe qu'Emily eût probablement flanché devant lui.

— En effet. Eh bien, si votre père est d'accord, cela pourrait certainement m'être utile. Soyez gentille de lui poser la question et de soumettre la proposition à votre sœur. Si elle accepte, qu'elle vienne me voir, et nous trouverons un arrangement susceptible de nous satisfaire tous les deux. Je suis votre obligé, Miss...

Il avait oublié son nom.

— Ashworth.

Emily sourit à nouveau.

— Lady Ashworth.

— Lady Ashworth.

Il s'inclina légèrement.

— Je vous souhaite le bonjour.

Emily esquissa une petite révérence et se hâta de sortir, transportée de joie.

Elle grimpa dans sa voiture et ordonna au cocher de la conduire séance tenante chez Charlotte. Peu lui importait l'heure; elle brûlait de dévoiler son projet et d'informer pleinement Charlotte de la part qu'elle allait y jouer.

Elle avait complètement oublié les mises en garde de sa sœur et la promesse qu'elle lui avait faite.

— Je rentre à l'instant de Callander Square ! annonça-t-elle dès que Charlotte lui eut ouvert la porte.

Elle passa devant elle et, pénétrant dans le séjour, fit volte-face.

— J'ai appris des choses inouïes ! Tout d'abord, Christina Balantyne est indisposée : nausées dès le matin ! Et elle a bien failli me mordre quand j'ai suggéré qu'elle pouvait grossir. Elle m'a suppliée de ne le dire à personne ! M'a implorée ! Qu'en penses-tu, Charlotte ? Vrai ou non, quelle que soit la réalité, j'ai compris parfaitement ce qu'elle redoutait. Il n'y a qu'une explication possible. Et elle n'a pas voulu que j'appelle le médecin.

Charlotte était pâle. Les yeux agrandis, elle se tenait sur le pas de la porte.

— Emily, tu m'avais promis !

Emily ne voyait absolument pas de quoi elle parlait.

— Tu avais promis, répéta Charlotte avec force. Imagine la réaction des Balantyne, s'ils découvrent que tu es au courant d'une chose pareille. D'après le portrait que tu m'as brossé de Lady Augusta, je doute qu'elle te laisse ruiner la réputation de Christina. N'as-tu donc pas une once de bon sens ? Je vais le dire à George ; peut-être réussira-t-il à t'empêcher de te conduire comme une idiote !

Emily balaya ses arguments d'un geste.

— Oh, pour l'amour du ciel, Charlotte ! Crois-tu que je ne sais pas me tenir en société ? J'ai grimpé plus d'échelons que tu n'en graviras jamais, essentiellement parce que tu ne veux pas t'en donner la peine. Si toi, tu es incapable de garder secrètes tes opinions, penses-tu que je te ressemble ? Je peux mentir sans que Mr. Pitt s'en rende compte, et Augusta Balantyne, encore moins. Je n'ai aucune intention de me saborder, ni de saborder George.

« Maintenant, écoute bien ce que j'ai à te dire à propos de Christina. Je ne vois pas du tout qui est l'homme dans cette affaire, mais, pendant que j'étais là-bas, une occasion s'est présentée à moi, et j'ai eu une idée de génie. Naturellement, j'en ai profité. Le général Balantyne rédige l'histoire militaire de sa famille, dont il semble tirer une fierté extraordinaire. Il a besoin d'aide pour organiser son travail, prendre des notes et ainsi de suite.

Elle s'interrompit pour reprendre sa respiration, les yeux rivés sur Charlotte. Pour la première fois, il lui vint à l'esprit que cette dernière pourrait refuser.

— Et alors ?

Charlotte fronça les sourcils.

— Je ne vois pas le rapport entre les mémoires du général Balantyne et les angoisses de Christina.

— Mais c'est la solution idéale, voyons !

Dépitée par une attitude aussi obtuse, Emily frappa sa jupe.

— Je lui ai proposé ton assistance ! Tu es exactement la personne qu'il lui faut. En plus, tu aimes bien les histoires militaires... tu te rappelles qui a combattu qui, dans quelle bataille, alors que la plupart des gens ne savent même pas pourquoi et s'en moquent certainement. Tu iras là-bas et...

Le visage de Charlotte s'allongea, incrédule.

— Emily, tu as perdu la tête ! Moi, aller travailler pour le général Balantyne ? C'est grotesque !

Mais, alors même qu'elle prononçait ces paroles, son indignation retomba. Emily sentit que, malgré la virulence de sa réaction, elle ne rejetait pas complètement son idée. En fait, tout en fustigeant son absurdité, elle envisageait déjà l'invraisemblable perspective de l'accepter.

— Thomas ne voudra jamais, dit Charlotte, prudente.

— Et pourquoi donc ?

— Ce serait... inconvenant.

— Pourquoi ? Tu n'as pas besoin de te faire payer, si c'est au-dessous de ta dignité. Il suffit qu'il sache que tu aides un ami parce que le sujet t'intéresse. Songe à ce que tu pourrais découvrir ! Car tu seras sur place, jour après jour.

Charlotte ouvrit la bouche pour protester, mais son regard se perdit au loin, au-delà d'Emily, dans les abysses de son imagination. Ses yeux s'étaient illuminés, et Emily comprit qu'elle avait gagné. Elle n'avait toutefois pas le temps de pavoiser.

— Je passe te chercher demain matin, à neuf heures et demie. Mets ta plus belle robe, la lie-de-vin : elle est suffisamment récente, et la couleur te va bien...

— Je n'y vais pas pour le séduire, objecta Charlotte machinalement.

— Ne sois pas stupide. Une femme qui veut réussir est toujours obligée de séduire un homme d'abord. De toute façon, quel que soit ton but, ça ne peut pas faire de mal !

— Emily, tu es la plus sournoise des créatures.

— Toi aussi, seulement tu n'oses pas te l'avouer.

Emily se leva.

— Je te laisse. J'ai d'autres visites qui m'attendent. S'il te plaît, sois prête demain à neuf heures et demie. Raconte ce que tu veux à Pitt.

Elle cligna des paupières.

— Bien entendu, je n'ai pas précisé au général Balantyne que tu étais mariée à un policier, et encore moins à l'inspecteur chargé d'enquêter sur les cadavres dans le jardin. J'ai dit que tu étais ma sœur. Tu n'auras qu'à redevenir Miss Ellison.

Elle sortit avant que Charlotte ne songe à protester, bien qu'en réalité celle-ci fût trop absorbée par le projet pour formuler des objections ; elle méditait déjà l'explication la plus judicieuse à offrir à Pitt et la meilleure façon de satisfaire aux exigences professionnelles du général.

Le lendemain matin, pendant que Charlotte s'inspectait devant la glace, rajustant sa robe pour la dixième fois et vérifiant encore et toujours que sa coiffure était en ordre et mettait sa chevelure en valeur, Augusta Balantyne dévisagea son mari, assis en face d'elle à la table du petit déjeuner.

— Si je vous ai bien compris, Brandon, vous avez engagé une jeune femme d'origine indéterminée et aux ressources limitées pour qu'elle vienne ici vous aider à rédiger...

Elle prit un ton glacial.

— ... votre chronique familiale ?

— Non, vous ne m'avez pas bien compris, Augusta. Lady Ashworth qui, me semble-t-il, figure parmi vos amies, m'a recommandé sa sœur, une personne convenable et intelligente qui pourrait mettre de l'ordre dans mes papiers et prendre des notes sous ma dictée. On ne vous demande pas de la recevoir ; d'ailleurs, je ne vois vraiment pas ce qui vous inquiète. Elle ne saurait être plus ordinaire ou plus sotte que certaines de vos connaissances.

— Parfois, Brandon, j'ai l'impression que vous dites ça uniquement pour me provoquer. On ne peut pas choisir ses fréquentations en fonction de leur physique ni, malheureusement, de leur intelligence.

— Moi, je trouve ces critères tout aussi valables que la fortune ou la naissance.

— Ne soyez pas naïf, riposta-t-elle sèchement. Vous savez parfaitement ce qui compte en société, et ce qui ne compte pas. Cette jeune personne ne prendra pas ses repas dans la salle à manger, j'espère ?

Il haussa les sourcils, surpris.

— Je n'avais pas pensé aux repas. Mais maintenant que vous le dites, peut-être la cuisinière pourra-t-elle lui préparer une collation qui lui sera servie dans la bibliothèque, comme à la gouvernante dans le temps.

— La gouvernante mangeait dans la salle de classe.

— Il n'y a que l'appellation qui change.

Il se leva.

— Que Max la conduise à la bibliothèque dès son arrivée. Vous savez, je n'aime pas du tout cet homme-là. Un petit passage à l'armée lui ferait du bien.

— C'est un excellent valet ; un « passage à l'armée » le briserait. S'il vous plaît, ne vous mêlez pas de l'organisation domestique de cette maison. C'est ce pour quoi nous employons Masters ; qui plus est, vous n'y connaissez rien.

Il lui lança un regard noir et sortit, refermant la porte d'un coup sec.

Augusta s'arrangea pour se trouver dans le couloir à dix heures précises, au moment de l'arrivée de Charlotte. Elle vit Max ouvrir la porte et observa la scène avec intérêt, contemplant la jeune femme avec un curieux mélange de condescendance et d'approbation involontaire. Elle s'était attendue à quelqu'un de mal fagoté, à la figure maigre et soumise ; or elle aperçut une robe chatoyante lie-de-vin, un peu démodée mais toujours seyante, et un visage tout sauf soumis. En fait, il se dégageait de ce visage-là une impression de force peu commune, mais en même temps la bouche, l'arrondi de la joue, la courbe harmonieuse de la gorge respiraient la douceur. Ce n'était définitivement pas une femme qu'elle souhaitait voir sous son toit, une femme qu'elle pourrait apprécier ou comprendre ; une femme qui se plierait aisément aux règles de la société qui gouvernaient la vie d'Augusta, règles qui lui avaient permis de mener et de gagner ses innombrables et complexes batailles.

Elle s'avança, drapée dans la froideur.

— Bonjour, Miss... ?

Elle haussa un sourcil interrogateur.

Charlotte soutint son regard sans ciller.

— Miss Ellison, Lady Augusta, mentit-elle spontanément.

— Vous m'en direz tant.

Son sentiment d'antipathie s'accrut ; elle sourit à peine.

— Je crois que mon mari vous attend.

Elle jeta un coup d'œil sur Max qui, docilement, alla ouvrir la porte de la bibliothèque.

— Car vous venez bien pour des travaux d'écriture, n'est-ce pas ?

Autant lui faire comprendre tout de suite où était sa place.

— Miss Ellison.

Le regard lourd de Max suivit Charlotte, s'attardant sur ses épaules et sa taille.

La porte se referma derrière elle, et elle s'immobilisa, attendant que le général lève les yeux. Elle ne tremblait plus intérieurement : l'attitude hautaine de Lady Augusta avait transmué sa peur en colère.

Le général Balantyne trônait derrière un énorme

bureau. Elle vit sa belle tête, son visage à l'ossature longiligne. Son intérêt s'éveilla d'emblée. Son imagination lui dépeignit la longue suite de batailles qui s'étendait derrière lui : Crimée, Waterloo, Corunna, Plassey, Malplaquet...

Il se redressa. Son expression de politesse impersonnelle s'évanouit : il la regarda fixement. Elle en fit autant.

— Comment allez-vous, Miss...

— Comment allez-vous, général Balantyne ? Ma sœur, Lady Ashworth, estime que je pourrais vous être utile. J'espère que c'est vrai.

— Oui.

Il se leva, clignant des paupières et, sans la quitter des yeux, fronça légèrement les sourcils.

— Elle dit que vous vous intéressez aux récits militaires. Je suis en train de mettre en forme l'histoire de ma famille qui s'est distinguée dans toutes les grandes batailles depuis l'époque du duc de Marlborough.

Charlotte réfléchit rapidement à la meilleure réponse à apporter.

— Vous devez en être très fier, déclara-t-elle avec sincérité. C'est bien de tout consigner par écrit, surtout en prévision du futur, quand les témoins de nos grandes batailles ne seront plus là.

Il ne dit rien, mais carra les épaules en la regardant ; un imperceptible sourire jouait aux coins de sa bouche.

Le reste de la maisonnée vaquait à ses occupations quotidiennes : les femmes de chambre s'affairaient frénétiquement à tous les étages. Augusta les supervisait personnellement, car elle recevait des hôtes de marque à dîner, et parce qu'elle n'avait rien d'autre à faire. A dix heures et demie, elle n'arrivait pas à mettre la main sur la petite bonne. La malheureuse avait laissé une traînée visible de poussière sur les cadres des tableaux du palier — la trace grise sur le doigt d'Augusta en témoignait —, et maintenant, elle était introuvable.

Augusta connaissait depuis longtemps la cachette favorite des domestiques fainéants, entre le garde-manger et l'office, et ce fut là qu'elle dirigea ses pas. Si la gamine traînait avec les grooms ou les valets, elle lui passerait un savon qu'elle ne serait pas près d'oublier.

A la porte du garde-manger, elle s'arrêta : il y avait quelqu'un dans la petite pièce. Elle entendit un murmure, mais sans distinguer les paroles — elle n'aurait même pas su dire s'il s'agissait d'un homme ou d'une femme — puis le bruissement... de la soie sur une servante ?

Elle entrouvrit la porte sans bruit et vit les bras d'un habit noir autour d'un corsage en taffetas, et, au-dessus d'une épaule gracile, les yeux veloutés, le visage sensuel de Max, les lèvres sur un cou blanc. Elle reconnut ce cou, ces élégantes torsades de cheveux bruns. C'était Christina.

Dieu merci, ils ne l'avaient pas vue ! En cet instant, elle eût été incapable de regarder quelqu'un en face. Son sang se glaça ; son cœur cognait douloureusement dans sa poitrine. Elle recula. Sa fille, gloussant dans les bras d'un valet ! L'horreur paralysait son cerveau d'ordinaire agile. Le temps parut se figer avant qu'elle pût même commencer à songer aux mesures à prendre pour anéantir une monstruosité pareille, l'effacer à jamais. Cela demandait des efforts, de l'habileté, mais il fallait le faire. Sinon, Christina était perdue ! Quel homme de qualité, sain d'esprit, l'épouserait si cela venait à se savoir ?

4

Assis dans sa bibliothèque, Reggie Southeron fixait les arbres dénudés de Callander Square. Les nuages gris défilaient dans le ciel bas de novembre, et les premières grosses rafales de pluie martelaient le carreau. Un grand verre de brandy était posé sur une petite table à portée de sa main, et la carafe scintillait agréablement à la lueur des flammes. En d'autres circonstances, il eût été parfaitement heureux, mais cette déplorable affaire du jardin le rongeait insidieusement. Évidemment, il ne voyait pas du tout qui avait fait cela... ç'aurait pu être n'importe qui ! Il y avait peu de distractions dans l'existence d'une servante, et tout le monde savait que les filles, surtout celles qui venaient de la campagne pour s'élever dans l'échelle sociale, ne répugnaient pas à se divertir. C'était bien connu, du moins de ceux qui menaient un certain train de vie. Mais il était fort possible que la police, qui ne valait guère mieux que les marchands ou les serviteurs eux-mêmes, voie les choses d'un tout autre œil. Certes, bien des policiers, à la campagne notamment, savaient se montrer discrets, mais ce n'était pas pareil à Londres, où ils avaient souvent affaire au milieu criminel et où personne, probablement, n'avait la moindre notion du rang social ou du raffinement.

C'était cela qui inquiétait Reggie. Comme la plupart des hommes, dans son opinion, il se permettait de batifoler de temps à autre avec une jolie femme de chambre. Du reste, quel homme dans la force de l'âge, réveillé chaque matin dans son lit par une enfant gironde au teint clair, ne serait pas tenté ? Et si elle n'était pas trop farouche, comme c'était presque toujours le cas, pourquoi résister ? Son épouse, Adelina, n'était pas déplaisante, et elle lui avait donné trois enfants, bien que, malheureusement, le garçon ne vécût pas. Mais elle n'aimait pas ça ; elle endurait ses attentions avec stoïcisme, accomplissant ce qu'elle estimait être son devoir. Les servantes, en revanche, en redemandaient, riaient et réagissaient d'une façon inconcevable pour une femme de qualité.

Naturellement, on n'épousait pas une servante. Bien que ce genre de situation fût monnaie courante, il fallait se conduire avec discrétion. Personne n'avait envie d'alimenter les commérages ni de mettre sa femme dans l'embarras. Les spéculations étaient une chose, et les faits établis, une autre.

Mais ainsi qu'il s'en était déjà rendu compte, la police ne comprendrait pas forcément les rouages du mécanisme qui fonctionnait à la satisfaction de tous les intéressés. Ce serait très gênant si cet individu, Pitt, découvrait le penchant actuel de Reggie pour sa femme de chambre, Mary Ann. Il pourrait tout interpréter de travers. Cette fille était d'une beauté rare, comme Reggie n'en avait encore jamais vu, et elle était à leur service depuis trois ans déjà.

Bonté gracieuse ! Serait-ce possible qu'elle... justement... ? Malgré le feu, Reggie se couvrit de sueur froide. Il vida promptement le brandy et emplit à nouveau son verre. Pour l'amour du ciel, calme-toi, vieux ! Rappelle-toi la taille fine, le postérieur rebondi. Jamais elle n'avait été enceinte dans cette maison. Il n'était tout de même pas distrait au point de n'avoir rien remarqué ! C'était une fille robuste. Sa silhouette aurait-elle subi une transformation visible ? Il fallait bien l'admettre, il n'était pas très constant dans ses assiduités. Il lui arrivait de s'absenter pendant plusieurs semaines... non, c'était ridicule ! Quelqu'un s'en serait aperçu. Il se tracassait pour rien.

Simplement, il devait s'assurer que la police ne se hâterait pas d'en tirer des conclusions stupides et totalement injustifiées. Ce type, Pitt, était-il intelligent ? Avait-il de l'expérience ? Certains membres des classes laborieuses pouvaient être étonnamment bornés : tout à fait vulgaires dans leur manière de parler et de se tenir à table, sans mentionner l'habillement, mais d'une pudibonderie inimaginable dès qu'il était question de vie privée. Il était très pénible alors d'avoir affaire à eux. Dommage que l'enquête n'eût pas été confiée à un gentleman qui aurait tout compris, sans même avoir besoin d'explications.

Autant anticiper en allant voir les autres résidents du square, ceux qui pourraient être dans la même situation que lui, afin de convenir d'une attitude commune. A eux tous, ils devraient réussir à éviter le gros des ennuis.

Une fois sa décision prise, il se sentit considérablement plus à l'aise. Juste à ce moment-là, on frappa à la porte. Il en fut surpris. Les domestiques ne frappaient pas. S'ils avaient quelque chose à faire, ils entraient directement et s'acquittaient de leur tâche.

— Oui, répondit-il en pivotant face à la porte.

Celle-ci s'ouvrit sur Jemima, la gouvernante.

Reggie se redressa avec un sourire. Jolie fille, Jemima, bien qu'un peu maigrichonne. Il aimait les poitrines plus rondes, les épaules plus enrobées, mais elle avait du charme, du caractère — ça se voyait à son port de tête — et une ossature délicate. Bien des fois il avait failli l'enlacer, alléché par la fragile féminité de son dos, mais elle s'esquivait toujours, ou alors quelqu'un d'autre apparaissait.

Debout devant lui, elle le regardait posément.

— Oui, Jemima? dit-il, jovial.

— Mrs. Southeron m'a conseillé de m'adresser à vous pour les leçons de musique de Miss Faith, monsieur. Miss Faith souhaite apprendre le violon au lieu du piano...

— Eh bien, soit. Vous avez des compétences en la matière, non?

Pourquoi diantre Adelina l'ennuyait-elle avec des questions aussi triviales?

— Oui, Mr. Southeron. Mais puisque Miss Chastity joue déjà du violon, cela nous fera deux violons et un violoncelle. Or il y a très peu de partitions pour ce genre de trio.

— Ah oui, je vois. Alors peut-être Chastity aimerait-elle apprendre le piano ?

— Ça m'étonnerait, sourit Jemima.

Elle avait un sourire charmant, qui illuminait tout son visage. Elle aurait fait une excellente femme de chambre, si elle avait été un peu plus enveloppée.

— Envoyez-la-moi, je vais tâcher de la convaincre.

Se calant dans son fauteuil, Reggie étendit les jambes en direction du feu.

— Bien, monsieur.

Jemima se dirigea vers la porte. Elle avait une jolie façon de marcher, le dos droit et la tête haute. Comme beaucoup de filles de la campagne, elle avait la démarche élastique. Elle lui faisait penser à un grand ciel bleu et à un rivage dépouillé, battu par le vent, spectacle plaisant à contempler de son fauteuil en hiver, ou bien sur un tableau. Elle était très agréable, cette Jemima.

Cinq bonnes minutes s'écoulèrent avant l'arrivée de Chastity.

— Entre.

Reggie sourit et se redressa légèrement.

Elle obéit, l'air grave ; ses cheveux tirés en arrière lui agrandissaient démesurément les yeux.

— Assieds-toi.

Reggie lui indiqua le fauteuil en face du sien.

Au lieu de se percher sur le bord comme les autres enfants, elle se pelotonna au fond à la manière d'un chat, les jambes repliées, sans se départir de son expression docile. Elle attendait qu'il parle.

— Aimerais-tu jouer du piano, Chastity ?

— Non, merci, oncle Reggie.

— C'est un art extrêmement utile. On peut chanter en même temps. Mais on ne chante pas en s'accompagnant au violon, observa-t-il.

Elle leva le menton.

— Je ne sais pas chanter, répliqua-t-elle sans ambages. Même en m'accompagnant.

Elle hésita, le regard pensif.

— Faith, elle chante très bien.

L'argument porta, et il lut dans ses yeux brillants et directs qu'elle en avait conscience.

— Pourquoi Faith ne jouerait-elle pas du violoncelle ? persista-t-elle. Alors Patience pourrait apprendre le piano. Elle aussi, elle sait chanter.

Il la considéra d'un œil torve.

— Et si je te disais de te mettre au piano ?

— Je n'y arriverais pas, affirma-t-elle avec conviction. Il n'y aurait pas de trio, et ce serait dommage.

Les yeux étrécis, il se versa un autre brandy, admirant son chatoiement couleur de topaze brûlée dans les reflets du feu.

— Ce serait malheureux.

Chastity continuait à le fixer d'un air placide.

— Parce que tante Adelina aime bien quand on joue pour ses invités, certains après-midi.

Il capitula. Il allait essayer une autre tactique, la ruse, la subornation, quand le valet ouvrit la porte pour annoncer l'inspecteur Pitt.

Reggie étouffa un juron. Il n'avait pas encore réfléchi à sa défense. Chastity se blottit tout au fond du fauteuil. Il la regarda.

— Tu peux partir maintenant. On en discutera une autre fois.

— Mais c'est le policier à la tignasse hirsute, oncle Reggie. Et moi, je l'aime bien.

— Quoi ?

Il était déconcerté.

— Je l'aime bien. Ne puis-je pas rester pour lui parler ? Je lui apprendrai peut-être quelque chose.

— Non, c'est hors de question. Tu ne sais absolument rien qui puisse lui être utile. Allez, va boire ton thé. Ce doit être l'heure. Il commence à faire sombre.

Elle s'extirpa du fauteuil à contrecœur et se dirigea en zigzag vers la porte que Pitt lui tenait ouverte. S'arrêtant, elle rejeta la tête en arrière pour le regarder.

— Bonjour, Miss Southeron, dit-il avec gravité.

Elle esquissa une révérence, accompagnée d'un petit sourire oblique.

— Bonjour, monsieur.

Comme elle s'attardait, Reggie l'apostropha d'un ton sec. Elle se retira alors, drapée dans sa dignité, ce qui était une peformance quand on portait une jupe courte et un tablier. Pitt ferma la porte.

— Toutes mes excuses, fit Reggie, affable. Cette enfant est une plaie.

Il jeta un coup d'œil sur le visage de Pitt, sur son accoutrement plutôt débraillé. Et décida sur-le-champ de jouer la carte de la franchise, de faire de lui son allié ou du moins son confident.

— Les enfants sont prompts à tout interpréter de travers, ajouta-t-il en souriant. Comme la plupart des gens, d'ailleurs. Mais vous, vous êtes un homme d'expérience ; vous connaissez la vie et savez démêler le vrai du faux. Un verre de brandy ?

Dommage d'offrir son meilleur brandy à un policier, probablement incapable de faire la différence avec la bibine servie dans les tavernes. Mais l'investissement pourrait s'avérer payant à long terme.

Pitt hésita, se décida rapidement et accepta.

— Asseyez-vous, l'invita Reggie, expansif. Sale histoire! Je ne vous envie pas. Ce doit être sacrément dur de faire la part de la vérité parmi toutes les inventions.

Pitt sourit lentement et lui prit le brandy des mains.

— Les domestiques racontent forcément des bobards, poursuivit Reggie. C'est normal. Elles lisent trop de romans à quatre sous ; elles ont trop d'imagination. Elles ne se rendent pas compte du mal que ça peut causer.

Pitt haussa les sourcils d'un air interrogateur et but une gorgée de brandy.

Le voyant si bien disposé, Reggie résolut de battre le fer tant qu'il était chaud. Autant mettre les choses au clair pour anticiper sur les ragots qu'il ne manquerait pas d'entendre à l'office, où il se rendrait certainement avec le temps.

— C'est facile à comprendre.

Il tenta d'adopter le ton de la plaisanterie sans avoir l'air condescendant.

— Elles n'ont pas une vie très passionnante, les pauvres. Quelqu'un d'instruit s'ennuierait à mourir. Alors elles brodent, pour embellir la réalité.

— Ça peut être fâcheux, concéda Pitt.

Son regard clair sourit à Reggie.

Brave type, pensa Reggie. Il ne devrait pas être bien difficile de détourner son attention des choses déplaisantes que l'on risquait de lui conter.

— Tout à fait. Je vois que vous comprenez. Vous avez déjà dû rencontrer ça dans le passé. Ça arrive souvent, hein ?

Pitt avala une autre gorgée de brandy.

— Pas dans les mêmes conditions. Pas dans les quartiers aussi... distingués.

— Oui, oui, bien sûr. Heureusement, eh ? Mais vous avez dû en rencontrer, des servantes qui ont déjà eu ce genre d'ennuis.

Reggie rit.

Pitt le regarda, flegmatique ; son visage d'ordinaire si expressif ne trahissait aucune émotion.

— J'ai vu toutes sortes de gens à problèmes, acquiesça-t-il.

— Ah, mais vous voyez bien les ennuis dont je parle.

Un instant, Reggie se demanda s'il n'avait pas affaire à un imbécile. Peut-être faudrait-il être plus explicite.

— Ces bébés, c'est sûrement une servante qui les a mis au monde. L'homme ne voulait pas l'épouser, ou alors, elle ne savait même pas qui c'était, ha !

Les yeux de Pitt s'agrandirent légèrement.

— Vous en avez, des filles avec ce tempérament-là, à votre service, monsieur ?

— Ciel, non !

Reggie se raidit d'indignation, puis se rendit

compte avec colère qu'il venait de contrer son propos.

— Enfin, je veux dire, pas à ma connaissance. Mais il suffit d'une erreur ! Une fille qui caresse des rêves romantiques, qui se croit supérieure aux autres ou... je ne sais pas, moi !

Il s'interrompit, à court de suppositions.

— D'après vous, une personne comme celle-ci pourrait...

Pitt chercha la bonne formule.

— ... prendre ses rêves pour des réalités et causer du tort par inadvertance ?

— Absolument !

Reggie bondit sur l'occasion. Enfin, le visiteur semblait avoir saisi le message.

— C'est exact. Vous m'avez parfaitement compris. Ce serait gênant, non ?

— Très, répondit Pitt. Et très difficile à démentir.

Il sourit avec candeur, et Reggie éprouva un vif sentiment de malaise. Les paroles de l'inspecteur contenaient une part — fort déplaisante — de vérité.

— Il doit y avoir des lois contre ce genre de... d'irresponsabilité, déclara-t-il fougueusement. Il existe sûrement un moyen pour protéger les honnêtes gens !

— Mais tout à fait, le rassura Pitt. Un procès en diffamation, ça finit toujours au tribunal.

— Au tribunal ? Ne soyez pas ridicule, mon vieux ! Quel homme a déjà traîné une de ses servantes en justice parce qu'elle l'accuse d'avoir couché avec elle ? Il serait la risée de tout le monde !

— Sans doute parce que dans la plupart des cas ce serait vrai.

Pitt contempla le brandy couleur de bronze dans son verre.

— Personne ne croirait à son innocence ; de toute façon, je pense que cela n'aurait pas grande importance.

Reggie se couvrit de sueur froide.

— Il y a certainement une loi, quelque chose, pour empêcher ça ! C'est monstrueux ! On ne peut pas ruiner quelqu'un comme ça !

Il fit claquer ses doigts de rage, mais la chair molle refusa d'obéir.

— Damnation ! jura-t-il, dépité.

— Je suis d'accord.

Pitt termina le brandy et reposa son verre.

— Il faut faire très attention lorsqu'on engage la réputation d'autrui. Les dommages peuvent être incalculables. Bien sûr, il peut y avoir réparation financière, mais quand le mal est fait, il n'y a pas de retour en arrière possible.

Reggie s'était ressaisi, du moins en apparence.

— Je congédierai sans références quiconque parmi les domestiques s'avisera de répandre des calomnies ou des propos malveillants, décréta-t-il d'un ton sans appel.

— Sans références, répéta Pitt.

Son visage reflétait une certaine amertume. Reggie n'y comprenait plus rien. Quel drôle de type! En tout cas, pas très fiable.

— Certainement, confirma-t-il. Celui ou celle qui se conduit de la sorte est un individu dangereux, impropre au service. Mais enfin, vous le savez déjà. La diffamation, vous connaissez, hein ? Après tout, c'est un crime, et le crime est votre gagne-pain, pardi.

Pitt ne discuta pas. Il demanda simplement la permission de parler à nouveau aux domestiques et, quand celle-ci lui fut accordée, prit congé. Ce fut seulement dans la soirée, longtemps après son départ, que Reggie se demanda pourquoi diable Pitt avait voulu le voir. Peut-être le spectacle du brandy et du feu lui avait-il juste donné envie de profiter d'un moment de détente. C'était bien connu, chez les masses laborieuses : ces gens-là, dès qu'ils trouvaient une occasion pour fainéanter, ils s'empressaient d'en profiter. Mais enfin, ce n'était pas entièrement leur faute. Leur existence n'était que grisaille. Il aurait fait pareil.

Cette pensée continua à le hanter après le dîner. Dans quel but le bougre était-il venu ? Aurait-il déjà entendu jaser ? Il fallait étouffer l'affaire dans l'œuf, avant qu'elle ne prît de l'ampleur. Une telle accusation, dans un certain milieu, pouvait le tourner en ridicule, l'exposer à la risée générale. S'offrir du bon temps avec une femme de chambre, c'était communément admis : la moitié de Londres devait en faire autant. Mais qu'on en parle ouvertement, c'était une autre histoire. La discrétion et le bon goût étaient les deux piliers d'une attitude de gentleman. Il existait des fonctions que tout le monde connaissait, mais dont on ne s'entretenait pas en société. Assouvir ses instincts avec les servantes en faisait partie. C'était normal, c'était dans la nature d'un homme : même si l'on vous soupçonnait de vous livrer à cette activité, cela ne méritait pas de commentaires. Mais il suffisait qu'on l'apprenne autrement que par vos propres allusions, et vous passiez pour un débauché, un individu méprisable. Pis que ça, on vous taxait de mauvais goût.

Mieux valait réagir tout de suite. La soirée était agréable, pour une fin de mois de novembre. Il décida de traverser le square à pied pour se rendre chez Freddie Bolsover. C'était un chic type, Freddie, une tête. Enfin quoi, nom d'une pipe, les médecins étaient censés connaître la vie, l'homme dans tous ses états, sans fard ni paillettes, non ?

Il trouva Freddie au salon, en train d'écouter Sophie jouer du piano. Quand Reggie entra, il se leva promptement en souriant. C'était un grand jeune homme svelte au visage ouvert et régulier. Sophie et lui formaient un couple charmant, bien assorti.

— Reggie, quelle bonne surprise ! Tout va bien, j'espère ? Vous avez l'air plutôt en forme.

— Oh, ça peut aller.

Reggie s'empara de sa main et la serra un instant.

— B'soir, Sophie, trésor.

Il déposa un baiser sur son bras, au-dessus du coude, en le pressant légèrement. Joli morceau, Sophie, à sa manière, belle chevelure, plus belle que celle d'Adelina, mais un peu maigre aux épaules, pas assez de poitrine au goût de Reggie.

— Et vous ? ajouta-t-il comme s'il venait juste d'y penser.

— Ça va très bien, répondit Sophie.

Freddie hocha la tête.

— J'ai un petit problème d'un autre genre, vieux.

Reggie jeta un bref coup d'œil en direction de Sophie pour signifier qu'il s'agissait d'une affaire entre hommes et qu'il faudrait la congédier poliment.

Freddie obtempéra, et Sophie partit vaquer à quelque occupation improvisée.

Freddie se rassit, étendant les jambes vers le feu. C'était une belle pièce ; Reggie savait, par Adelina, que les tentures et les meubles dernier cri étaient tout neufs. Il accepta le porto que Freddie lui offrit. Excellent, ce porto, et fichtrement vieux.

— Alors ? demanda Freddie.

Reggie fronça les sourcils, cherchant à formuler ses pensées sans trop se trahir. Freddie était un brave garçon, mais il n'était pas utile de lui révéler ce qu'il n'avait pas besoin de savoir.

— Ce type de la police, il est encore revenu fouiner chez vous ? fit-il en levant les yeux.

Freddie haussa ses sourcils blonds d'un air étonné.

— Je n'en sais rien. J'imagine qu'il doit interroger les domestiques. Moi, je ne l'ai pas vu et, de toute façon, je n'ai rien à lui dire. Je ne suis pas de près les idylles d'arrière-cuisine ! sourit-il.

— Oui, bien sûr. C'est normal. Mais avez-vous songé aux dégâts que des ragots malveillants pourraient provoquer dans notre entourage ? J'ai discuté avec ce policier. Il est assez courtois, mais, évidemment, ce n'est pas un gentleman. Ses idées, ce sont celles des classes laborieuses. Il ne doit pas avoir de domestiques, à part une femme de ménage pour le gros du travail...

Il s'interrompit, ne sachant pas trop si Freddie l'avait suivi.

— Des dégâts ?

Freddie avait l'air perplexe.

— Vous voulez dire, s'ils racontaient des bêtises à cet individu, des mensonges et autres ?

— Ça, acquiesça Reggie, ou bien... oh, allons, Freddie ! On a tous pincé quelques fesses, embrassé une jolie bonne, pris du bon temps, quoi !

Freddie parut recouvrer la mémoire.

— Ah oui, c'est vrai. Vous êtes inquiet à cause de Dolly ? C'est bien comme ça qu'elle s'appelait, non ?

Reggie se sentit profondément gêné. Il avait espéré que Freddie avait oublié cette histoire. Dolly était morte ; c'était du passé maintenant. Bien sûr, c'était triste. La pauvre fille n'aurait jamais dû aller voir une faiseuse d'anges. Il se serait occupé d'elle, lui aurait trouvé une place quelque part à la campagne où personne ne la connaissait, loin de Callander Square. Elle n'avait aucune raison de s'affoler de la sorte. Ce n'était tout de même pas sa faute à lui ! Malgré tout, il eût préféré que Freddie oublie. Il avait été obligé de faire appel à lui. La fille était morte sous son toit, et il n'avait pas eu le temps de faire venir un médecin ordinaire. Freddie était juste à côté. Il était resté un long moment avec elle avant sa mort. Reggie n'avait aucune idée de ce qu'elle avait pu lui baver à cette occasion. Plût au ciel qu'il n'en crût pas un mot.

— Oui, dit-il, se souvenant à son tour.

Freddie attendait toujours sa réponse.

— Oui, Dolly. Mais ça n'a rien à voir avec notre affaire. C'était il y a des années, la pauvre petite. Voilà quatre ans qu'elle est morte. Mais vous connaissez les domestiques ; elles enjolivent tout. Si ce type les interroge, quelque sotte fille pourrait commettre une indiscrétion. Dire que j'avais un faible pour elle. Et la police risque de prêter plus de crédit à ses racontars qu'ils ne le méritent.

— Effectivement, acquiesça Freddie. On ne peut pas leur demander de comprendre.

— Ça nous ferait du tort, à chacun d'entre nous. Pensez donc au scandale. Le square a une mauvaise réputation : on en souffrira tous. Ça déteint forcément. La boue, ça colle à la peau.

— Tout à fait.

Le visage de Freddie s'assombrit : il songeait aux paroles de Reggie et aux inconvénients qui en découleraient pour eux tous.

Reggie se demanda s'il avait envisagé les retombées sur sa jeune carrière prometteuse, qui reposait en grande partie sur les principes de la probité et de la discrétion. Fallait-il lui mettre les choses au clair ? Il tâta délicatement le terrain.

— L'ennui, c'est que tout le monde connaît tout le monde. Bigre, les femmes passent leurs après-midi à jacasser...

— Oui.

Le visage plaisant de Freddie se plissa.

— Oui. Mieux vaut prévenir que guérir. Il suffit de faire attention, d'empêcher les bavardages, et ils n'auront rien à se mettre sous la dent. Peut-être serait-il judicieux d'en parler au majordome pour s'assurer qu'à l'avenir, il soit là chaque fois que ce Pitt interrogera une servante.

Reggie fut submergé de soulagement.

— C'est une sacrée bonne idée, Freddie, mon garçon. La voilà, la solution. Je verrai ça avec Dobson, pour qu'aucune femme ne soit...

Il sourit légèrement.

— ... harcelée, hein ? Merci, Freddie, vous êtes un type bien.

— Il n'y a pas de quoi.

Freddie lui sourit du fond de son fauteuil.

— Encore un peu de porto ?

Reggie s'installa confortablement et remplit son verre.

Le lendemain soir, il jugea bon de consolider sa position en allant voir Garson Campbell pour lui glisser également un mot discret. Campbell était un homme d'expérience, un homme d'affaires, habitué à prendre les choses en main. Dehors, il tombait de la neige fondue ; à plusieurs reprises, son regard alla de la fenêtre où, dans l'obscurité tumultueuse, tourbillonnaient les feuilles mouillées, les pavés luisant sous les réverbères, au feu dans la cheminée, avec l'idée que cela pouvait bien attendre un jour de plus. Puis il se rappela que ce satané policier risquait de revenir fouiner à l'office ; Dieu sait ce qu'il allait entendre, et il serait alors trop tard pour réagir.

Avec un dernier coup d'œil nostalgique sur son fauteuil confortable, il but deux doigts de brandy, prit son pardessus des mains du valet et sortit. C'était à moins de deux cents mètres, mais lorsqu'il arriva à l'abri du porche des Campbell, il grelottait déjà, peut-être plus à cause de l'idée qu'il se faisait du froid que du froid lui-même.

Le valet des Campbell ouvrit la porte, et Reggie entra prestement, se débarrassant de son manteau presque avant que l'homme eût le temps de le lui prendre.

— Mr. Campbell est là ?

— Je vais voir, Monsieur.

C'était la formule d'usage. Naturellement, il savait si Campbell était là ou non ; il s'agissait plutôt de s'enquérir s'il désirait recevoir Reggie. On l'introduisit au petit salon où des braises rougeoyaient encore dans l'âtre, et il resta dos à la cheminée pour se réchauffer les jambes jusqu'au retour du valet qui le pria de le suivre.

Il fut reçu dans le grand salon d'apparat. Campbell se tenait devant le feu qui flambait à mi-hauteur du foyer ; c'était un homme large de torse, au nez long, ni laid ni beau. Son charme résidait dans la dignité de son maintien et dans un raffinement à la fois des manières et de sa personne.

— Bonsoir, Reggie, dit-il cordialement. Il doit y avoir urgence pour que vous désertiez votre coin du feu par un soir pareil. Que se passe-t-il, vous êtes à court de porto ?

— Si jamais ça se produit, je vire le majordome.

Reggie le rejoignit devant la cheminée.

— Sale temps. Je hais l'hiver à Londres, sauf que c'est encore pire à la campagne. Les gens civilisés devraient aller en France ou ailleurs. Sauf que les Français sont des barbares, hein ? Ne savent pas se tenir. A Paris, il fait aussi mauvais qu'ici, et, dans le Sud, il n'y a rien à faire !

— Et l'hibernation, y avez-vous songé ?

Campbell haussa un sourcil sardonique.

Reggie se demanda vaguement s'il ne se moquait pas de lui, mais cela ne le gênait pas. Campbell avait tendance à cultiver l'ironie. Cela faisait partie de son personnage. Allez savoir pourquoi ! Les gens se donnaient toutes sortes de genres, et Reggie n'était pas susceptible.

— Souvent, répondit-il avec un sourire. Malheureusement, les affaires réclament une certaine présence, de temps à autre. Comme cette sordide histoire de cadavres dans le square, un immonde gâchis.

— Absolument. Mais qui ne nous concerne guère. Nous n'y pouvons rien, si ce n'est faire davantage attention à nos domestiques. Il y a toujours moyen d'aider la fille, j'imagine, s'il s'avère que l'enfant était mort-né. Lui trouver une place à la campagne, où personne n'a entendu parler d'elle. C'est ça que vous voulez ? J'ai des tas de parents qui seraient heureux de me rendre ce service.

— Pas tout à fait.

Reggie se rapprocha du feu. Pourquoi donc ce diable d'homme ne lui offrait-il pas à boire ? Il risqua un coup d'œil sur le visage caustique de Campbell et surprit son regard bleu sur lui. Le bougre savait très bien qu'il avait soif et, délibérément, ne lui proposait rien. Il avait un sens de l'humour fort déplaisant, l'honorable Garson Campbell.

— Ah ?

Campbell attendait.

— Je me fais un peu de souci, à cause de la police.

Évitant son regard, Reggie prit un air absorbé, comme s'il savait quelque chose que Campbell ignorait.

— Ils viennent fouiner à l'office. Je me demande à quel point on peut leur faire confiance. Ce sont des gens ordinaires, le prolétariat, quoi. Ils seraient bien capables de faire courir des ragots stupides sans se rendre compte des conséquences. Freddie est d'accord avec moi.

Campbell tourna la tête pour mieux le voir.

— Freddie ?

— Je l'ai vu hier, lâcha Reggie négligemment. Je lui ai parlé des répercussions sur nous tous, si le square était réputé pour son ambiance de débauche, ses domestiques immoraux, le mauvais goût en général, et tout. Ce n'est pas bon, vous savez. On n'a pas envie d'être la cible des commérages, même si ce ne sont que des suppositions.

La bouche de Campbell s'affaissa légèrement.

— Je vois ce que vous voulez dire, répondit-il d'une voix grinçante. Ce pourrait être ennuyeux. Même si les gens n'y croient pas, ils vont le répéter. On va nous fuir dans les clubs, rire de nous.

Son visage prit une expression orageuse.

— Sacré nom d'un chien ! Quelque idiote qui...

Sa colère retomba tout aussi soudainement.

— C'est ça, la vie. Pauvre petite garce! Au fait, pourquoi êtes-vous venu me voir, la commisération mise à part ?

Reggie inspira profondément.

— La commisération ne sert pas à grand-chose...

— A rien du tout, acquiesça Campbell.

— Mieux vaut prévenir que guérir.

Pour la première fois, Campbell parut manifester un certain intérêt.

— Que suggérez-vous, Reggie ?

— Un mot discret, au majordome ou à la gouvernante, parler au reste des domestiques. Veiller à ce que l'un ou l'autre soit présent chaque fois que la police interroge quelqu'un du personnel. Qu'ils se débrouillent pour qu'il n'y ait pas de propos... stupides. C'est normal, non ? D'empêcher qu'on malmène les petites servantes. De les protéger, hein ?

Campbell eut un sourire rogue.

— Tiens, tiens, Reggie, je ne vous soupçonnais pas tant de subtilité... ni de bon sens.

— Vous le ferez ?

— Mon cher nigaud, ma domesticité a déjà été avertie qu'un mot de trop pourrait leur coûter leur place ; mais j'avoue que la présence du majordome ou de la gouvernante offre une protection supplémentaire, si jamais ce... comment s'appelle-t-il ?... Pitt revenait. Personnellement, je pense qu'après un déploiement de forces convaincant, ils vont laisser tomber. Au fond, qui se soucie de savoir qu'une servante a mis au monde deux enfants mort-nés ? Il n'y a pas de quoi crier au scandale dans un quartier comme le nôtre. Il sait qu'il ne découvrira rien d'intéressant et indisposera un tas de gens qui pourraient lui compliquer singulièrement la vie, s'il le cherche. Ne vous mettez pas martel en tête, Reggie.

Ils vont s'agiter pour créer une impression d'efficacité, puis l'affaire sera discrètement classée. Désirez-vous un verre de porto ?

L'idée mit un moment à faire son chemin dans l'esprit de Reggie, soulagé, avant qu'il ne se rende compte que Campbell lui avait enfin offert le porto.

— Volontiers, accepta-t-il gracieusement. Merci, c'est très aimable à vous.

— Pas du tout.

Réprimant un sourire, Campbell alla chercher la carafe sur la desserte.

Augusta avait remarqué l'indisposition de Christina et, au début, ne s'en était pas inquiétée outre mesure. Elle avait bu ou mangé quelque chose qui ne lui avait pas réussi : rien de plus simple. Mais après avoir surpris sa fille dans les bras de ce misérable, Max, elle repensa à l'incident avec une anxiété croissante. Lorsque la même chose se reproduisit une semaine plus tard, et qu'elle sut par la femme de chambre que Christina allait garder le lit toute la matinée, elle s'alarma pour de bon.

Elle préférait ne pas en parler au général Balantyne : si jamais ses pires craintes se confirmaient, il ne leur serait d'aucun secours ; dans le cas contraire, il était inutile de l'affoler. Ils prenaient leur petit déjeuner quand elle apprit la nouvelle ; après un moment de panique silencieuse, elle remercia poliment la femme de chambre et l'envoya s'occuper de Christina, puis elle pria le général de lui passer la marmelade d'orange pour tartiner son toast.

— Dommage, fit le général doucement en lui

tendant le pot. Pauvre petite! J'espère que ce n'est pas grave. Désirez-vous qu'on fasse venir le médecin ? On peut toujours demander à Freddie de faire un saut, si elle ne veut pas d'histoires.

— Il ne pourra rien contre un coup de froid, répondit-elle posément.

Juste ciel, la dernière personne qu'il leur fallait, c'était un médecin !

— Aussi charmant soit-il, il est incapable d'influer sur le temps. L'automne est l'époque de tous les miasmes. Je lui ferai préparer une décoction ; ce sera tout aussi efficace. D'ici un jour ou deux, il n'y paraîtra plus.

Il lui jeta un regard surpris, mais plutôt que de discuter, retourna à ses rognons sauce moutarde, ses œufs au bacon et ses toasts.

Lorsqu'elle eut terminé son repas, sans se presser afin de ne pas avoir l'air d'accorder une importance exagérée à la faiblesse passagère de Christina, elle s'excusa et monta à l'étage. S'il n'y avait pas de quoi s'alarmer, tant mieux, mais si le pire était à craindre — elle se souvint avec un frisson glacé de la familiarité de cette étreinte dans le garde-manger, de l'aisance avec laquelle les mains avaient caressé le corsage en soie au-dessous des seins —, si c'était vrai pour de bon, alors elle devait trouver une solution. Pour avoir une chance de sauver la situation, il fallait agir immédiatement. Chaque jour qui passait ne faisait qu'aggraver le problème.

Si elle échouait — une nature plus faible eût sans doute fui cette pensée, mais même ses ennemis, et elle en avait, reconnaissaient le courage d'Augusta —,

Christina ne pouvait s'attendre qu'à une longue vie de souffrance. Avoir un enfant illégitime était un péché impardonnable dans la société où elle évoluait, où elle avait grandi et où elle avait tous ses amis, la seule société, au fond, qui lui permettait de mener l'existence qui lui convenait. Il était possible, avec un peu d'imagination et de l'argent distribué à droite et à gauche, de l'éloigner sous un quelconque prétexte de Londres le temps nécessaire, et de faire élever l'enfant à la campagne, adopté par quelque brave servante. Cela exigeait du doigté, mais ce n'était pas irréalisable : d'autres l'avaient certainement déjà fait avant ! Christina ne serait pas la première ni la dernière à se retrouver dans le pétrin.

Si seulement il n'y avait que ça !

Mais il y avait Max, un individu ambitieux et sans scrupules. Bien sûr, elle avait senti le jour où elle l'avait engagé qu'il tenait par-dessus tout à s'élever au-dessus de sa condition. Cela en ferait un excellent valet, avait-elle pensé. Les serviteurs ambitieux étaient les meilleurs ; du reste, Max l'avait prouvé : toujours impeccable, toujours ponctuel, toujours courtois à l'extrême. Elle n'avait eu que des compliments à son sujet. A présent, elle se reprochait de n'avoir pas compris que son ambition le pousserait à utiliser n'importe quel moyen pour se propulser vers le haut, quitte à coucher avec la fille de son employeur. Elle n'était pas dupe : d'un côté comme de l'autre, il n'était pas question d'affection. Elle aurait dû mieux connaître sa fille ; elle aurait décelé sa faiblesse et l'en aurait protégée. Sinon, à quoi servait une mère ?

Max s'était forgé une arme. S'il choisissait de s'en servir, de répandre les ragots, peu à peu, comme un poison lent, Christina était perdue. Aucun homme de son rang n'accepterait de l'épouser, quel que fût le montant de sa dot. Il y avait une flopée de jeunes filles de belle allure sur le marché du mariage, et Christina ne présentait aucun avantage particulier, du moins qui pût l'emporter sur sa réputation de catin. Avoir du tempérament était une chose, être une traînée et donner naissance à l'enfant d'un valet en était une autre. Le seul univers qu'elle connaissait et où elle était capable de survivre lui serait aussi fermé que la Banque d'Angleterre.

Max devait être réduit au silence, mais pas au moyen de l'argent. Il suffisait de lui céder une fois, et ils seraient ses otages pour le restant de leurs jours. Non, il fallait le menacer d'une catastrophe d'ampleur égale. Pas seulement pour le bien de Christina, mais pour celui de toute la famille : le général, le jeune Brandy, ainsi qu'elle-même, évidemment. Si Brandy tombait amoureux ou s'intéressait simplement à une jeune fille bien née, quels parents donneraient leur fille à un homme issu de la même famille que Christina ?

Elle leva la main pour frapper à la porte de Christina quand la pire de toutes les pensées lui traversa l'esprit. Elle en défaillit presque d'horreur. Max était à leur service depuis six ans. Elle était sincèrement persuadée que si un pareil désastre s'était produit plus tôt, elle l'aurait su... mais si elle se trompait ? Et la police, la croirait-elle ? Pourrait-elle seulement se permettre de la croire ? Sauf erreur de sa part, ce jeune homme, Pitt, était d'une intelligence peu commune. Il poursuivrait ses investigations, interrogerait Christina, peut-être même découvrirait que c'était Max et tirerait de lui toute la sordide vérité. Que penserait-il alors des cadavres dans le square ? Que devait-elle en penser, elle ?

Sa main retomba sur le bois et, sans attendre la réponse de Christina, elle poussa la porte.

Pâle et les traits tirés, Christina était couchée dans son lit, ses cheveux bruns répandus sur l'oreiller autour d'elle.

Augusta ressentit de la pitié pour elle, mais cela ne dura pas, et elle banda sa volonté pour affronter une souffrance plus grande encore.

— Barbouillée ? demanda-t-elle simplement.

Christina hocha la tête.

Augusta entra et ferma la porte. Inutile de tourner autour du pot. Elle s'assit au pied du lit et regarda sa fille.

— Est-ce Max qui t'a transmis cette maladie ? s'enquit-elle en la fixant droit dans les yeux.

Christina essaya d'éviter son regard, en vain. Elle obtenait toujours ce qu'elle désirait, à force de charme ou d'autorité, mais jamais, depuis son enfance, elle n'avait réussi à tenir tête à sa mère.

— Que... que voulez-vous dire, maman ? fit-elle, l'air compassé.

— Cesse de tergiverser, Christina. Si tu es enceinte, nous avons beaucoup à faire. Je ne voudrais pas t'effrayer inutilement, mais, à mon avis, tu n'as pas conscience de la gravité de la situation.

Christina ouvrit la bouche et la referma.

Augusta attendit.

— Je n'en sais rien, murmura-t-elle.

Sa voix chevrotait ; elle dut lutter pour ne pas fondre en larmes. Seul l'orgueil l'en empêcha, et le fait de savoir que sa mère, elle, n'aurait pas pleuré.

Augusta posa alors la question fatidique. Elle avait l'intention d'aller jusqu'au bout.

— Est-ce la première fois ?

Christina ouvrit des yeux immenses, d'abord avec une indignation incrédule, puis avec horreur quand elle comprit à quoi Augusta faisait allusion. Elle était blanche comme la mort.

— Oh, mère ! Vous n'imaginez pas que j'aie... oh non !

— Parfait. Non, je ne le pensais pas. Mais ce n'est pas mon opinion qui compte, c'est celle de la police. Si elle a des raisons d'envisager l'hypothèse...

— Mère... !

— Je m'en occupe. Tu ne reverras plus Max. Tant que je ne me serai pas assuré son silence, tu garderas le lit. Tu as attrapé froid. Est-ce clair ?

— Oui, maman.

Elle était trop choquée, trop effrayée pour protester.

— Croyez-vous que... la police... je veux dire... ?

— Je veillerai à ce qu'ils ne sachent rien qui puisse les influencer dans un sens ou dans l'autre. Pour cela, tu feras exactement ce que je te dis.

Christina hocha silencieusement la tête. Augusta contempla son visage pâle, se rappelant ce qu'elle avait ressenti les premières semaines, quand elle-même avait été enceinte, de Christina, justement. C'était, semblait-il, il y a une éternité. Brandy était tout petit à l'époque — il portait encore des robes —, et son père était plus jeune, la figure moins décharnée, quelques kilos en moins, mais aussi droit que maintenant, les épaules aussi larges et raides. Comment pouvait-on changer aussi peu ? Sa voix, ses manières, voire ses pensées semblaient être les mêmes.

— Ça passera, dit-elle avec douceur. C'est une question de semaines ; après, ça ira mieux. Je vais te faire préparer du bouillon.

— Merci, maman, chuchota Christina en fermant les yeux.

Augusta se creusait la cervelle à la recherche d'un moyen pour faire taire Max sans lui fournir une arme dont il se servirait dans le futur. Mais le lendemain matin, elle n'avait réussi qu'à éliminer toutes les impossibilités, sans plus. Elle n'était guère d'humeur à recevoir Pitt lorsqu'il arriva à dix heures et quart.

C'était Max qui lui avait ouvert. En l'apprenant, elle fut saisie de panique, puis se dit que l'ambition de Max ne lui permettrait pas de gaspiller les précieux renseignements en les donnant à Pitt sans aucune contrepartie, avant de les proposer à Augusta moyennant rétribution, financière d'abord, pour ensuite négocier un avancement et atteindre Dieu sait quels sommets de la cupidité.

Elle trouva Pitt au petit salon, se réchauffant les mains devant le feu. Il faisait un temps de chien : un violent vent d'est soufflait en rafales de la mer du Nord, crachant de la neige fondue. On pouvait difficilement reprocher à quiconque de rechercher la chaleur ; pourtant, la vue de ce policier devant son feu l'incommoda. Il ne bougea pas car il ne l'avait pas entendue entrer.

— Bonjour, Mr. Pitt, dit-elle froidement. C'est à quel sujet, cette fois ?

Pris au dépourvu, il s'accorda quelques secondes pour se ressaisir avant de faire volte-face.

— Bonjour, madame. Nous n'avons malheureusement pas encore découvert la vérité concernant les cadavres dans le square...

— Croyez-vous sérieusement, Mr. Pitt, que vous la découvrirez un jour ?

Elle haussa un sourcil incrédule.

— Peut-être pas, madame, mais je dois redoubler d'efforts avant d'abandonner l'enquête.

— En effet. Je trouve que c'est un gaspillage de fonds publics.

— Il y a eu gaspillage de vies humaines, qui sont infiniment plus précieuses.

— Et infiniment moins rares, observa-t-elle, caustique. Mais vous devez sans doute accomplir votre devoir, tel que vous l'entendez. Alors, en quoi selon vous puis-je vous être utile ?

— Permettez-moi de m'entretenir à nouveau avec votre personnel, ainsi que peut-être avec Miss Christina Balantyne. Elle a pu observer un certain comportement, quelque signe sans importance qu'étant trop occupée, vous n'auriez pas remarqué.

Augusta sentit son estomac se nouer. Aurait-il

déjà appris quelque chose ? Se pouvait-il que Max... non, certainement pas ! Max était ambitieux avant tout. Il voulait profiter de son avantage, et non le laisser filer.

— Je regrette, vous pouvez parler aux domestiques... bien que je vous demande de ne pas les perturber inutilement ; à cette fin, je vous ferai accompagner par quelqu'un de responsable, mais ma fille est souffrante et doit garder la chambre. Naturellement, elle n'est pas en état de voir qui que ce soit.

— J'en suis navré.

Le visage expressif de Pitt prit un air compatissant. Était-il sérieux ? Elle n'en avait pas la moindre idée.

— J'espère qu'il s'agit d'un mal passager.

— Très sûrement. Ce doit être la saison. On est souvent sensible au changement de temps. Combien de domestiques désirez-vous voir ? Seulement les femmes, j'imagine ?

— Avec votre permission.

Elle tendit la main vers la sonnette.

— Le majordome vous assistera.

— J'aurais préféré leur parler en tête à tête. Sa présence risque de les intimider ; elles se sentiront moins libres de...

— Peut-être. Mais, pour leur protection, le majordome restera avec vous. Je ne veux pas que des jeunes filles placées sous ma responsabilité cèdent à l'intimidation, même involontaire, au point de tenir des propos qu'elles regretteront par la suite. Vous n'avez pas idée combien certaines d'entre elles sont jeunes et ignorantes, très influençables et faciles à manipuler.

— Lady Augusta...

— Dans ces conditions seulement, vous pouvez les interroger, Mr. Pitt. Cela ne me paraît pas déraisonnable.

Il n'avait pas d'autre argument à lui opposer sans dévoiler les soupçons qu'il pouvait nourrir à l'égard d'une personne précise et, à ce stade, elle le mettait au défi de le faire.

— Madame, acquiesça-t-il, lui concédant la victoire avec un léger sourire.

Eût-il été un gentleman, elle l'aurait presque trouvé sympathique.

Elle n'éprouvait en revanche aucune sympathie pour Charlotte Ellison qui arriva peu avant midi pour aider le général dans son travail. Elle ne pouvait se prendre d'amitié pour quelqu'un comme Miss Ellison que son tempérament trop passionné, trop imprévisible rendait dangereuse. On ne savait jamais à quoi s'attendre avec elle car elle ne suivait pas les règles du jeu. Pourtant, elle avait l'air plutôt inoffensive. Elle allait et venait sans bruit ; elle était polie et, du moins selon les apparences, bien élevée. Mais enfin, quel intérêt une jeune personne avait-elle à aider un général d'un certain âge, plongé dans ses papiers parlant de batailles et de régiments, plutôt que de se chercher un mari ? Si elle avait été moins préoccupée, c'était une question qu'elle n'aurait pas manqué d'examiner de près.

En l'occurrence, elle se contenta de demander à Brandon à l'heure du déjeuner quelle sorte de créature elle était et si elle lui donnait entière satisfaction en tant qu'assistante.

— Oui, répondit-il, un peu surpris. Elle m'a l'air d'une intelligence rare, pour une femme.

— Vous voulez dire que, pour une femme, elle professe un intérêt rare pour les sujets qui vous passionnent ? fit Augusta avec une pointe d'acidité.

— N'est-ce pas plus ou moins ce que j'ai dit ?

— Non. La plupart des femmes sont parfaitement intelligentes dans les principaux domaines, comme par exemple l'organisation de la vie quotidienne ; simplement, elles ne se consacrent pas à la dissection des batailles qui ont concerné d'autres gens dans d'autres pays et à d'autres époques. Pour ma part, je trouve ce penchant très excentrique et tout à fait déplacé chez une jeune personne bien éduquée.

— Sottises ! répliqua-t-il énergiquement. Tout être doué d'intelligence devrait apprécier l'histoire grandiose de notre pays. Nous sommes la plus grande nation militaire du monde ; nous avons étendu notre civilisation à toutes les terres, à tous les climats que Dieu a créés. Nous avons fondé un empire, l'envie et la bénédiction de la planète. Toute femme qui a du sang britannique dans ses veines devrait en être fière.

— Fière, bien entendu, répliqua-t-elle, agacée, en se servant du pâté d'anchois. Mais pas préoccupée par les détails !

Il prit le dernier toast sans se donner la peine de répondre.

Après cette conversation, Augusta consacra toutes ses pensées exclusivement à la question du silence de Max et, finalement, aboutit à une solution satisfaisante. Ce fut à un moment paisible précédant le dîner qu'elle décida de la mettre en pratique. Elle se rendit au petit salon où elle était sûre de ne pas être dérangée et envoya chercher Max.

Quand il entra, sa vue lui inspira une aversion irrépressible, quasi suffocante. Il avait la mine placide, comme si elle l'avait convoqué pour discuter d'un menu problème domestique. Jamais encore elle n'avait remarqué à ce point-là l'insolence de son regard voilé. Il fallait absolument qu'elle garde une parfaite maîtrise d'elle-même.

— Bonsoir, Max, dit-elle sèchement.

— Bonsoir, Madame.

— Il est inutile de se perdre en préliminaires. Je vous ai fait venir afin de régler une question sinon à notre avantage mutuel, du moins de sorte à ne pas nous désavantager tous les deux. Le résultat dépend de vous.

— Madame ?

Son visage restait impénétrable.

— Vous avez été assez sot pour avoir une aventure avec ma fille. A partir de maintenant, vous ne lui adresserez plus un seul regard. Vous allez quitter cette maison et prendre un emploi en Écosse, emploi que je vous trouverai et pour lequel je vous fournirai des références...

— Je n'ai aucune envie de travailler en Écosse, Madame.

Solidement campé devant elle, il la considérait d'un air vaguement amusé.

— Peut-être. Mais ça, je m'en moque. J'ai de la famille dans le Stirlingshire : ils seront ravis de me rendre ce service. L'autre solution, c'est la prison, qui doit être encore plus froide et barbare que l'Écosse.

— La prison, Madame ?

Il haussa un sourcil étonné.

— Coucher avec une femme de qualité, surtout, dois-je ajouter, quand elle est plus que consentante, est peut-être malséant, voire insultant aux yeux de certains, mais ce n'est pas un crime. Et quand bien même c'en serait un, je doute que vous cherchiez à m'en accuser.

Un rictus distinct lui tordit la bouche.

— Certes, non. Mais voler de l'argenterie à ses maîtres est un crime.

Elle soutint son regard sans ciller.

Il se figea un instant ; une lueur de compréhension perça dans ses yeux.

— Je n'ai pas volé d'argenterie, Madame.

— Non. Mais si des couverts viennent à manquer et qu'on les retrouve dans vos affaires, vous aurez beaucoup de mal à vous disculper.

— C'est du chantage.

— Comme vous êtes perspicace ! J'étais sûre que nous nous comprendrions facilement.

— Si j'étais victime d'une telle accusation, je serais obligé, à ma décharge, d'en fournir la raison.

Il l'observait attentivement, guettant le moindre signe de faiblesse.

Mais elle ne broncha pas.

— Soit, répondit-elle froidement. Ce serait stupide, car on vous jugerait pour diffamation par-dessus le marché. Qui croira-t-on, selon vous : Lady Augusta Balantyne, aux prises avec un serviteur malhonnête en proie à un sentiment de supériorité, ou ledit serviteur, furieux d'avoir été découvert ? Allons, Max, vous êtes tout sauf un sot.

Il l'enveloppa d'un regard malveillant ; son visage lascif transpirait la haine.

Elle ne baissa pas les yeux, mais le toisa tout aussi fixement.

5

Le général Balantyne était très content de la progression de ses mémoires. L'histoire militaire de sa famille était réellement remarquable et, plus il mettait de l'ordre dans ses papiers, plus il percevait son caractère exceptionnel. Pareil héritage de rigueur et de sacrifice, n'importe qui en serait fier. Qui plus est, il s'en dégageait une effervescence, une fièvre bien plus palpable que les détails mesquins et la courtoisie factice de sa routine quotidienne à Callander Square. Pendant que les premières pluies d'hiver inondaient les pavés gris du dehors, son imagination lui dépeignait les averses des Quatre-Bras et de Waterloo où, presque soixante-dix ans plus tôt, son grand-père avait perdu un bras et une jambe, pataugeant dans la boue des champs belges sur les traces du Duc de Fer; les tuniques rouges et bleues, la charge des Écossais, la chute d'un empire et le début d'une ère nouvelle.

Le feu de la cheminée lui soufflait sa chaleur sur les jambes, et il y sentait la brûlure du soleil des Indes; il songeait au sultan du Mysore et au Trou noir de Calcutta où avait péri son arrière-grand-père.

La fournaise, il connaissait. Sa blessure à la cuisse, infligée par une lance à peine trois ans plus tôt, lors des guerres contre les Zoulous, n'était pas entièrement guérie. Dès qu'il faisait froid, elle se rappelait à son souvenir. C'était peut-être sa dernière bataille, comme l'enfer de Crimée avait été la première. Il en avait gardé, au fond de sa mémoire, la terreur du froid glacial lors du massacre de Sébastopol : les morts éparpillés dans tous les sens, cadavres rongés par le choléra, déchiquetés par les balles, gelés dans des positions grotesques, certains recroquevillés comme des enfants endormis. Et les chevaux ! Dieu sait combien de chevaux avaient été sacrifiés, pauvres bêtes. C'était idiot de se préoccuper autant des chevaux.

Il avait dix-huit ans à Balaklava. Il était arrivé avec un message de son commandant pour Lord Cardigan, juste à temps pour assister à l'inoubliable charge. Il se rappelait le vent qui lui soufflait au visage, l'odeur du sang et de la poudre, la terre labourée par six cent soixante-treize cavaliers s'élançant au galop sur les positions retranchées des Russes. Debout à côté de ces vieillards chenus, étourdi par le vacarme, plein de colère, il avait vu deux cent cinquante hommes et six cents chevaux se faire massacrer pour avoir obéi aux ordres. Son père faisait partie du onzième hussards : il était de ceux qui n'étaient pas revenus en titubant du champ de bataille.

Son oncle, qui était dans le quatre-vingt-treizième Highlanders, avait défendu la fameuse « fine ligne blanche », cinq cent cinquante hommes barrant le passage vers Balaklava à trente mille Russes. Comme beaucoup d'autres, il était tombé sur place. Ce fut lui, Brandon, qui, à l'abri d'une tranchée glaciale, avait dû écrire à sa mère pour lui annoncer la mort de son frère et de son époux. Il se souvenait encore du supplice qu'il avait vécu à essayer de trouver les mots. Puis il était parti se battre à Inkerman et assister à la chute de Sébastopol. On eût dit que toute l'Asie déferlait alors sur eux, entraînant la moitié de la terre dans son sillage.

Assurément, les générations à venir entendraient dans leur cœur les canons de ces batailles-là, ressentiraient la fierté et la douleur, la confusion... et le souffle de l'histoire ? Pouvait-on être incohérent au point de l'avoir vécu soi-même, sans avoir su transmettre ce goût dans la bouche, les pulsations du sang, les larmes à la fin ?

Cette jeune personne, Miss Ellison, avait l'air compétente et plutôt agréable. Quoique « agréable » ne fût pas le terme exact. Elle était trop tranchée dans ses attitudes et ses opinions pour lui plaire vraiment. Mais qu'elle fût intelligente, cela ne faisait pas l'ombre d'un doute. Il n'avait pas besoin de multiplier les explications ; en fait, plus d'une fois, il s'était rendu compte qu'elle avait cerné le problème avant même qu'il eût fini de donner ses instructions. Il s'en était trouvé vaguement contrarié. Pourtant, elle n'était ni méchante ni prétentieuse. Ainsi, elle semblait parfaitement heureuse de prendre ses repas à l'office, plutôt que d'obliger la cuisinière à lui faire monter un plateau à part.

A plusieurs reprises, elle lui avait fait des suggestions qu'il avait eu beaucoup de peine à accepter. Mais force lui fut d'admettre que ses idées étaient bonnes ; à dire vrai, lui-même n'avait pas su trouver mieux. En ce moment même, assis dans la bibliothèque, il réfléchissait à ce qu'il allait écrire et à ce que Miss Ellison lui aurait conseillé à ce sujet.

A son grand dam, Max l'interrompit pour lui annoncer que Mr. Southeron était dans le petit salon et demandait à le voir... Monsieur était-il chez lui ?

Il hésita. La dernière chose dont il avait envie, c'était de s'encombrer de Reggie Southeron, mais en tant que voisin, il était bien obligé de le supporter. Autrement, il risquait de déclencher toute une suite de réactions et pourrait provoquer nombre de menus désagréments.

Max attendait en silence. Sa mise impeccable et son sourire tranquille ennuyaient le général presque autant que l'objet de sa requête. Si seulement Augusta voulait bien se débarrasser de lui et trouver quelqu'un d'autre !

— Oui, bien sûr, répliqua-t-il d'un ton revêche. Et apportez-nous à boire... du madère, mais pas le meilleur.

— Bien, Monsieur.

Max se retira et, l'instant d'après, Reggie fit son entrée, massif, affable, les habits confortablement froissés, bien qu'il dût les avoir enfilés à peine deux heures plus tôt.

— B'jour, Brandon, lança-t-il, jovial.

Son regard fit le tour de la pièce, notant le feu, les fauteuils profonds et moelleux, cherchant la carafe et les verres.

— Bonjour, Reggie. Qu'est-ce qui vous amène chez nous, un samedi matin ?

— Ça fait un moment que je veux vous voir.

Reggie s'assit dans le fauteuil le plus proche de la cheminée.

— Je n'en ai pas eu l'occasion, toujours quelque chose sur le feu, eh ? Ce n'est plus un square ici, c'est une ruche.

Balantyne qui, jusque-là, l'écoutait d'une oreille distraite perçut une certaine tension dans la voix de Reggie. Sa bonhomie apparente semblait dissimuler une angoisse qu'il avait visiblement besoin de partager. Max n'allait pas tarder à arriver avec le madère ; d'ici là, il était inutile de songer à aborder un sujet sérieux.

— Vous étiez occupé, je présume, fit-il sur le ton de la conversation.

— Moi, pas vraiment. Mais ces satanés policiers, on ne voit plus qu'eux. Ce je-ne-sais-quoi Pitt fouine chez les domestiques, met la maison sens dessus dessous. Dieu, que je déteste la pagaille ! Les domestiques sont en ébullition. Bon sang, vieux, vous savez combien il est difficile de recruter du personnel correct, de le former à votre goût, pour qu'il vous donne entière satisfaction. Ça prend du temps. Or il suffit d'une histoire absurde comme celle-ci, et pan ! c'est la débandade. C'est déjà assez dur comme ça de garder un bon domestique. Avec leurs rêves de grandeur, ils veulent tous travailler pour un comte ou un duc. Ils ont tous envie de voyager à l'étranger. Du moment qu'ils ne passent pas la saison à Londres, l'été à la campagne et le pire de l'hiver dans le sud de la France, ils se croient mal lotis ! Et ils sont d'une susceptibilité ! A la moindre broutille, ils claquent la porte. Dieu sait pourquoi, la plupart du temps ; la loyauté n'est plus ce qu'elle était. Mais il ne faut pas être bien malin pour savoir qu'ils partiront tous, si ce fichu Pitt continue à les harceler de questions sur leur vie privée et leurs mœurs, sans parler de ses indiscrétions et ses insinuations.

Il se tut, exaspéré par la morne perspective de devoir former de nouvelles servantes parfaitement inefficaces, ce qui signifiait pièces froides, repas brûlés et habits non repassés.

Balantyne ne croyait pas un instant à une telle issue. Il est vrai que s'il n'attachait pas une grande importance à son confort personnel, il tenait en revanche à sa tranquillité d'esprit. L'idée du conflit domestique qu'une crise pareille pouvait provoquer était effectivement très pénible à envisager. Il n'aimait pas beaucoup Reggie — ils étaient aux antipodes l'un de l'autre —, mais il lui faisait pitié, même si ses craintes n'étaient probablement pas fondées.

— A votre place, je ne m'inquiéterais pas, observa-t-il nonchalamment.

Max entra avec la carafe et les verres, les posa et sortit, refermant la porte sans bruit. Reggie se servit sans y avoir été invité.

— Ah oui ? fit-il, mi-angoissé, mi-vexé.

— Je pense que c'est peu probable.

Balantyne refusa le madère. Il n'aimait pas ça, et, de toute façon, il était trop tôt pour boire de l'alcool.

— Une bonne domestique ne vous donnera pas sa

démission parce qu'on lui a posé quelques questions, à moins d'avoir déjà une autre place en vue. Et puis, ce type, Pitt, est extrêmement courtois. Chez nous, personne ne s'est plaint.

— Pour l'amour du ciel, vieux ! Qu'en savez-vous ?

Reggie finit par perdre patience.

— Augusta dirige votre maisonnée comme un régiment. C'est la femme la plus efficace que je connaisse. Même s'il y avait une émeute, elle ne vous en parlerait pas. Elle prendrait les choses en main, et votre dîner serait servi à l'heure, comme les autres jours.

Balantyne lui en voulut de sous-entendre qu'il était un élément inutile sous son propre toit, mais il le mit sur le compte de la peur, même s'il ne voyait pas ce qui pouvait l'effrayer tant.

— Je doute qu'une des filles parte maintenant, dit-il calmement. Ce serait se rendre suspecte aux yeux de la police et se compliquer la vie bien plus qu'en restant et en continuant comme d'habitude.

Curieusement, malgré sa logique imparable, cet argument ne parut pas soulager Reggie. Tassé dans le fauteuil, il fixait sombrement son verre.

— Sale histoire, déclara-t-il d'un ton lugubre. Ça m'étonnerait qu'ils trouvent qui c'est. Ils perdent leur temps. Il n'en sortira que des tas de spéculations et de commérages.

Il leva les yeux.

— Ça pourrait nous porter préjudice, Brandon. Ce n'est pas bon d'avoir la police à demeure. Les gens vont croire qu'il y a anguille sous roche.

Balantyne comprenait son inquiétude, mais, d'une part, ils n'y pouvaient rien, et, d'autre part, il était enclin à penser que Reggie exagérait.

— Je vous parie dix contre un que Carlton sera d'accord, dit Reggie précipitamment, haussant la voix. « Au-dessus de tout soupçon », vous savez, la « femme de César » et tout ça. Les étrangers sont quelquefois bizarres. On doit garder une réputation irréprochable.

Là-dessus, il avait probablement raison. Fronçant les sourcils, Balantyne considéra Reggie, les yeux plissés. Ce dernier s'était servi un autre verre ; sauf erreur de sa part, ce ne devait pas être son deuxième, ni même son troisième de la journée. Mais de quoi donc avait-il si peur ?

— Qu'en dit-il ? persista Reggie.

— Je ne lui en ai pas parlé, répondit Balantyne honnêtement.

— Il serait peut-être bon de le faire.

Reggie essaya de sourire, mais ne réussit qu'à montrer les dents.

— Je l'aurais fait moi-même, mais je ne le connais pas aussi bien que vous. C'est un homme influent, Carlton. Il pourrait arriver à raisonner la police. Ils ne retrouveront jamais cette femme, jamais de la vie. Il s'agit sûrement d'une servante qui est partie depuis. Qui a envie de se faire pendre, pardi ?

— La police a dû envisager cela. Nous n'avons renvoyé personne, et personne ne nous a quittés ces deux dernières années. Et vous ?

Brusquement, la mémoire lui revint, en un éclair. Tout devenait d'une clarté lumineuse.

— Ça fait combien de temps que Dolly est morte ? interrogea-t-il de but en blanc.

Le sang déserta le visage de Reggie, et Balantyne crut qu'il allait s'évanouir. Sa peau prit une teinte gris sale.

— L'enfant qui l'a tuée, était-ce le vôtre, Reggie ?

Reggie ouvrit la bouche comme un poisson et la referma sans mot dire. Il ne trouvait pas de mensonge convenable.

— Ça remonte à plus de deux ans, me semble-t-il, poursuivit Balantyne.

— Mais bien sûr !

Les lèvres rigides, Reggie recouvra enfin l'usage de la parole.

— C'était il y a quatre ans. Ça n'a rien à voir. Mais vous savez comment sont les gens : qui veut noyer son chien... Ils vont penser que... parce que...

S'empêtrant dans ses mensonges, il se resservit un verre de madère.

Inutile de le cuisiner désormais : elle n'était que trop évidente, la raison pour laquelle il voulait éloigner la police du square, des domestiques bavards. Pauvre imbécile !

— A mon avis, ils ne tarderont pas à abandonner d'eux-mêmes, dit Balantyne, apitoyé et fâché de l'être. Mais à l'occasion, je tâcherai de sonder Carlton là-dessus. Je doute que ce Pitt s'obstine à explorer une impasse. Ce sera mauvais pour sa carrière.

— C'est vrai.

Reggie se ragaillardit considérablement.

— On n'a sûrement pas besoin de lui expliquer ça.

Son élocution était légèrement brouillée.

— Mais essayez tout de même de parler à Carlton. Il connaît du monde ; quelques mots à qui de droit, et l'affaire sera classée. Ça nous épargnera bien des médisances, et l'État économisera de l'argent. Quelle perte de temps, cette histoire !

Il se leva, chancelant.

— Merci, vieux. Je savais bien que vous comprendriez.

Christina ne descendit pas déjeuner ; Brandy passait la semaine à la campagne chez des amis, et Balantyne se retrouva seul à table avec Augusta.

— Christina ne va pas mieux ? s'enquit-il avec une pointe d'anxiété. Pourquoi n'a-t-elle pas vu un médecin ? Demandez à Freddie qu'il jette un œil sur elle, si Meredith n'est pas libre.

— Ce n'est pas la peine.

Augusta tendit la main vers le saumon froid.

— C'est juste un refroidissement. La cuisinière lui a préparé un plateau. Goûtez donc ce saumon. C'est celui que Brandy a pêché le week-end dernier dans le Cumberland. Il est très bon, qu'en dites-vous ?

Il prit une tranche et se coupa un morceau.

— Excellent. Êtes-vous sûre que ce n'est pas plus grave ? Elle est alitée depuis un certain temps déjà.

— Tout à fait sûre. Quelques jours au lit ne lui feront pas de mal. Elle s'est beaucoup dépensée ces temps-ci. Trop de réceptions. A ce propos, vous souvenez-vous que nous dînons chez les Campbell, ce soir ?

Il l'avait oublié. Bah, ç'aurait pu être pire. Garson

Campbell était un type intéressant, pince-sans-rire, voire un brin cynique, et Mariah, quelqu'un de particulièrement sensé. Contrairement à la plupart des femmes, elle n'était portée ni sur les commérages ni sur la coquetterie.

— N'est-ce pas Reggie Southeron qui est passé dans la matinée ? demanda Augusta.

— Si.

— Que voulait-il, un samedi matin ?

— Pas grand-chose. Il se fait du souci parce que la police perturbe les domestiques en les harcelant de questions et d'insinuations.

— Perturbe les domestiques ? répéta-t-elle, incrédule.

Il la regarda par-dessus le plat de saumon.

— Eh bien, oui. Pourquoi ?

— Ne soyez pas ridicule, Brandon. Reggie se moque éperdument des domestiques, les siens ou ceux des autres. Qu'attendait-il de vous, de toute façon ?

Il sourit malgré lui.

— Qu'est-ce qui vous fait croire ça ? Qu'il attendait quelque chose de moi ?

— Il n'était pas venu ici boire votre madère. Vous lui offrez toujours ce que vous avez de pire, et il le sait. Que voulait-il ?

— Que je parle à Robert Carlton pour voir s'il ne pourrait pas convaincre la police d'abandonner ses investigations. Ils ne découvriront sans doute jamais la vérité ; ils ne réussiront qu'à perdre leur temps et à faire jaser. Il a probablement raison.

— Il a raison, acquiesça-t-elle sèchement. Mais à

mon avis, ce n'est pas ça qui l'inquiète. Et je doute que ce curieux jeune homme — il s'appelle Pitt, je crois — abandonne l'enquête sans avoir poussé ses recherches beaucoup plus loin qu'il ne l'a fait jusqu'à présent. Enfin, vous pouvez toujours essayer, si ça vous chante. Pour éviter à Reggie de se couvrir de ridicule. Ça risquerait de déteindre sur nous tous. Sans parler de la position gênante d'Adelina, la pauvre.

— Pourquoi Reggie se couvrirait-il de ridicule ?

Il n'avait aucune intention de lui parler de Dolly. Ce n'était pas un sujet à aborder avec une honnête femme.

Augusta soupira.

— Quelquefois, Brandon, j'ai l'impression que vous affectez d'être obtus uniquement pour me contrarier. Reggie préfère éviter que la police questionne ses domestiques de trop près, vous le savez aussi bien que moi.

— J'ignore de quoi vous parlez.

Il n'avait guère envie de se lancer dans des explications susceptibles de la choquer ou de la heurter. Elle trouverait cela sordide, à raison sans doute, cette simple faiblesse humaine que les femmes, qui en étaient les victimes, avaient tendance à juger différemment, et sans la compassion qu'elle pouvait inspirer à un homme.

Augusta renifla et repoussa son assiette vide. On apporta le pudding. Lorsqu'ils furent à nouveau seuls, elle le regarda avec froideur.

— Je vais vous le dire alors, avant que vous ne commettiez un impair qui nous mettrait tous dans l'embarras. Comme Reggie couche avec ses femmes de chambre, il a sûrement peur que la police ne le découvre et ne se laisse aller à des indiscrétions. A moins qu'on ne lui prête des faits moins avouables encore.

Il était abasourdi. Elle en parlait comme s'il s'agissait d'une bagatelle.

— Comment diable le savez-vous ? demanda-t-il d'une voix rauque.

— Mon cher Brandon, tout le monde le sait. On n'en discute pas, bien sûr, mais ce n'est un mystère pour personne.

— Et Adelina ?

— Pour elle non plus. La prenez-vous pour une sotte ?

— Et ça ne la... gêne pas ?

— Je n'en ai pas la moindre idée. On ne lui pose pas la question et, naturellement, elle n'en parle pas.

Il n'en croyait pas ses oreilles. Aucune réponse cohérente ne lui venait à l'esprit. Il avait toujours su que les femmes, dans leur manière de penser et leurs sentiments, fonctionnaient selon un mode incompréhensible pour les hommes, mais jamais encore il n'y avait été confronté avec autant de force.

Augusta ne le quittait pas des yeux.

— J'aimerais qu'il soit possible de cacher la vérité à ce policier afin d'épargner Adelina, mais jusque-là, je n'y avais pas vraiment réfléchi. Il serait peut-être bon, en effet, que vous essayiez d'approcher Robert Carlton pour voir s'il arrive à faire clore l'enquête. Elle ne sert plus à grand-chose maintenant, même dans le cas improbable où ils découvriraient la pauvre fille qui a fait ça.

— Il y a le petit problème de la justice, rétorqua-t-il avec indignation.

Il n'en revenait pas. Comment diantre pouvait-elle en parler comme d'un détail secondaire, comme s'il ne s'agissait pas d'enfants, d'êtres humains, morts, assassinés peut-être ?

— Franchement, Brandon, vous faites mon désespoir, dit-elle en lui passant la sauce au caramel. Vous êtes l'homme le moins pragmatique que je connaisse. Pourquoi les soldats sont-ils aussi rêveurs ? Quand on commande une armée, on est censé avoir le sens pratique, à défaut d'autre chose, non ? soupira-t-elle. Ou peut-être pas, tout compte fait, vu que la guerre est la plus absurde des occupations.

Il la dévisagea comme si elle avait changé de forme sous ses yeux pour se transformer en une parfaite étrangère.

— Bien sûr, vous ne comprenez rien à la guerre.

C'était un sujet qui ne nécessitait pas de discussion.

— Mais même si la justice est un concept trop abstrait pour vous, vous qui êtes une femme, qui avez eu des enfants aussi, vous êtes tout de même capable d'éprouver de la compassion ?

Elle posa sa fourchette et sa cuillère et se pencha en avant.

— Ces enfants sont morts. Qu'ils soient morts à la naissance ou bien après, nous ne pouvons plus rien pour eux. Leur mère a dû vivre un calvaire que ni vous ni moi non plus sans doute ne saurions imaginer. Qui qu'elle soit, elle l'aura payé de son chagrin dans cette vie-ci et en répondra devant Dieu dans la prochaine. Que lui demander de plus ? Son exemple n'empêchera pas la même histoire de se reproduire, croyez-moi, aussi longtemps qu'il y aura des hommes et des femmes en ce monde.

« Oui, votre notion de la justice est beaucoup trop abstraite pour moi. Ce mot a une sonorité ronflante et agréable pour vous, mais vous n'avez pas idée de ce qu'il peut signifier au quotidien ; votre soif d'idéal est satisfaite, et c'est quelqu'un d'autre qui doit la payer de sa peau.

« Mieux vaut enterrer toute l'affaire. C'est bien dommage, pour commencer, que ces hommes aient voulu planter leur arbre. Si vous arrivez à convaincre Robert Carlton d'user de son influence pour que la police abandonne l'enquête, vous pourrez considérer que vous n'avez pas perdu votre journée.

« Maintenant, si vous avez l'intention de manger votre pudding, faites-le avant qu'il ne refroidisse, ou vous aurez une indigestion. Moi, je monte voir Christina.

Elle se leva et quitta la pièce sous le regard médusé de son époux.

L'après-midi, Balantyne travailla sur ses papiers militaires car, au moins, c'était quelque chose dont il était sûr. Avec le temps, Augusta finirait probablement par s'expliquer, ou alors la question tomberait aux oubliettes et n'aurait plus d'importance.

En début de soirée, alors qu'il faisait déjà noir et très froid, Max annonça Robert Carlton. Balantyne aimait bien Carlton, sa tranquille assurance et sa dignité du parfait Anglais qui suivait les militaires aux quatre coins de l'empire pour gouverner et enseigner la civilisation là où elle était jusqu'alors inconnue. Ils défendaient tous deux la même cause et, pensait-il, se comprenaient d'instinct car ils avaient un sens inné du devoir et de la justice.

Lassé par la somme de travail, il fut ce soir-là particulièrement content de voir Carlton. Sa tâche s'avérait plus ardue en l'absence de Miss Ellison et, à dire vrai, ne lui procurait pas la satisfaction coutumière. Il se leva en souriant, la main tendue.

— Bonsoir, Robert, entrez donc ! Venez vous réchauffer : c'est le plus beau feu de la maison. Vous prendrez bien un sherry ou un whisky si vous préférez ? Ce doit être l'heure.

Il jeta un coup d'œil sur la grosse horloge en cuivre sur le manteau de la cheminée. Comme il détestait la pendule du salon en similor, avec ses angelots joufflus : elle n'était même pas capable de donner l'heure exacte !

— Non, merci, pas tout de suite.

Balantyne le regarda, étonné, et vit son visage clairement pour la première fois. Il avait des cercles gris sous les yeux et, dans l'ensemble, semblait plutôt abattu. Augusta, elle, savait être subtile. Lui en était incapable.

— Buvez un coup, tudieu, j'ai l'impression que vous en avez besoin. Que vous arrive-t-il ?

Debout près de la cheminée, Carlton hésita, ne sachant par où commencer, et Balantyne comprit qu'en mettant le doigt sur une préoccupation cachée, inexprimée jusque-là, il l'avait plongé dans l'embarras. A son tour, il fut embarrassé par sa propre maladresse. Pourquoi ne pouvait-il être plus chaleureux, plus intuitif ? Il savait agir en cas de crise, mais très souvent, il ne savait quoi dire.

Le silence se prolongeait, devenait encore plus douloureux.

Ce fut Carlton qui le rompit.

— Désolé. Oui, je veux bien un whisky. Je suis un peu contrarié ce soir...

Il s'interrompit, toujours sans regarder Balantyne, les yeux rivés sur les flammes.

— Je vous empêche de vous changer pour le dîner ?

— Non, non. J'ai tout mon temps. On va chez les Campbell.

— Ah oui, c'est vrai. Nous aussi. J'avais oublié.

Balantyne leur servit deux whiskies de la carafe sur le buffet et lui en tendit un. Il allait bien finir par parler. N'était-ce pas ce pour quoi il était venu ?

— Quelque chose ne va pas ? demanda-t-il.

— Ce policier, Pitt... il est revenu.

Balantyne ouvrit la bouche pour s'enquérir s'il avait ennuyé les domestiques, mais se dit qu'un dérangement aussi mineur ne saurait expliquer la détresse qu'il avait cru déceler chez son visiteur. Il demeura donc silencieux, attendant que Carlton exprime ce qu'il avait sur le cœur.

Cela mit quelques minutes à venir, mais ce silence-là était dicté par la patience.

— Je pense qu'il soupçonne Euphemia, dit Carlton finalement.

Balantyne fut frappé de stupeur. Il ne trouvait rien

de cohérent à répondre. Comment pouvait-on soupçonner Euphemia Carlton ? C'était grotesque. Il avait dû mal comprendre ; d'ailleurs, plus il y réfléchissait, plus il était convaincu qu'il s'agissait d'une frasque de Reggie. Et Reggie le savait : voilà pourquoi il était dans tous ses états.

Il se souvint soudain que Reggie lui avait demandé d'intervenir auprès de Carlton pour faire cesser les investigations. C'était ridicule !

— C'est impossible, répliqua-t-il, catégorique. Ça ne tient pas debout; or si Pitt est un type ordinaire, ce n'est certainement pas un imbécile. On ne l'aurait pas nommé inspecteur s'il se livrait à des accusations aussi insensées. Vous avez dû comprendre de travers. Toutes les autres considérations mises à part, Euphemia n'a aucune raison de faire ça !

Carlton continuait à fixer le feu.

— Si, Brandon. Elle a un amant.

Venant d'un bon nombre d'hommes, cela n'eût pas signifié grand-chose, du moment que ce n'était pas de notoriété publique, mais pour Carlton, c'était un sacrilège contre son foyer, contre l'aspect le plus intime de sa personne. Cela, Balantyne pouvait le comprendre, même s'il ne ressentait pas à ce point l'outrage à la pureté et à l'amour-propre. Si Augusta l'avait trompé, il eût été par-dessus tout surpris, et furieux bien sûr, mais blessé non, ou alors seulement en surface.

— Je suis navré, dit-il simplement.

— Merci.

Carlton accepta sa sympathie aussi poliment qu'il

eût accepté un compliment ou un verre de vin, mais ses traits tirés témoignaient de son désarroi.

— Voyez-vous, poursuivit-il, il pense qu'elle aurait pu se débarrasser des enfants au cas où ils... auraient attiré l'attention... sur sa situation.

— Oui, bien sûr. Mais tout de même, vous l'auriez remarqué, non ? Je veux dire... la femme qui partage votre vie... votre femme ! Si elle avait été enceinte... ?

— Je ne demande pas... grand-chose à Euphemia, fit Carlton gauchement, les épaules rigides et le regard ailleurs. Je suis considérablement plus âgé qu'elle... je ne... veux pas...

Il ne trouvait pas les mots pour achever sa phrase, mais le sens en était évident.

Balantyne, qui n'avait jamais fait preuve de délicatesse en matière de sentiments, et surtout pas envers ceux d'Augusta, eut soudain l'impression d'être un mufle. Il eut honte de lui et ressentit inexplicablement de la peine pour Carlton. Comment Euphemia avait-elle pu faire ça à un homme aussi sensible, aussi profondément épris d'elle ? Mais ni sa colère ni son dégoût ne seraient d'aucun secours à Carlton.

— Je suis désolé, répéta-t-il. Vous savez qui c'est ?

— Non. Pour le moment, tout se passe dans la... discrétion la plus totale. La police en dit le moins possible.

— Savez-vous si elle... tient à lui ?

— Non. Pas du tout.

— Vous ne lui avez pas demandé ?

Carlton se retourna, la stupéfaction l'emportant momentanément sur la douleur.

— Bien sûr que non. Je ne pourrais pas... lui parler... de ça. Ce serait...

Il leva les mains en un geste d'impuissance.

— Oui.

Balantyne ne comprenait pas pourquoi il avait acquiescé. Il acquiesçait pour Carlton, pas pour lui-même — il aurait fait un esclandre de tous les diables —, mais il voyait bien que cet homme réservé, avec qui il se croyait tant de points communs, était en fait très différent de lui.

— Je suis terriblement navré, Robert. Je ne sais même pas quoi dire.

Pour la première fois, Carlton sourit faiblement.

— Merci, Brandon. Il n'y a véritablement rien à dire. Je ne vois même pas pourquoi je vous ai importuné avec ça, si ce n'est que j'avais besoin de parler à quelqu'un.

— Oui.

Balantyne se sentit à nouveau mal à l'aise.

— Oui, oui, certainement. Je... euh...

Carlton finit son whisky et reposa le verre.

— Il faut que je rentre. C'est bientôt l'heure du dîner. Je dois me changer. Mes compliments à Augusta. Bonsoir et merci.

— Bonsoir...

Il reprit sa respiration. Il n'y avait rien à ajouter.

A plusieurs reprises, il fut tenté d'en parler à Augusta, mais chaque fois le cœur lui manqua. C'était une affaire privée, entre hommes. Mettre une femme dans la confidence, ce serait remuer le couteau dans la plaie.

Il y pensait encore quand Miss Ellison arriva lundi matin pour continuer son travail. Il fut étonnamment content de la voir, peut-être parce qu'elle venait de l'extérieur et ne connaissait ni Callander Square ni ses blessures cachées. Qui plus est, elle était gaie, sans une once de coquetterie. Avec l'âge, il supportait de moins en moins les femmes coquettes.

— Bonjour, Miss Ellison, dit-il avec un sourire spontané.

Elle était agréable à regarder, pas belle dans le sens conventionnel du terme, mais épanouie : éclatante chevelure auburn, teint clair, yeux pétillants d'intelligence. Pour une femme, elle disait remarquablement peu de sottises ; bizarre, elle devait avoir trois ou quatre ans à peine de plus que Christina qui parlait surtout de potins, de mode et de qui allait épouser qui.

Il se rendit compte brusquement qu'elle attendait ses instructions.

— J'ai un paquet de lettres ici, fit-il en exhumant une boîte. De mon grand-père. Voudriez-vous les trier, s'il vous plaît : d'un côté, celles qui traitent de questions militaires, de l'autre, celles qui sont purement personnelles ?

— Entendu.

Elle prit la boîte.

— Désirez-vous que je les classe par catégories ?

— Par catégories ?

Il n'arrivait toujours pas à se concentrer.

— Oui. Celles qui datent de la guerre d'Espagne,

celles qui ont été écrites avant les Quatre-Bras et après Waterloo, celles de l'hôpital militaire et celles des Cent-Jours. Ce pourrait être intéressant, ne croyez-vous pas ?

— Si, si. Tout à fait. Excellente idée.

Il la regarda prendre les lettres et aller s'asseoir à l'autre bout de la pièce, près du feu, la tête penchée sur le vieux papier et l'encre défraîchie de l'écriture juvénile. L'espace d'un instant, il vit en elle sa grand-mère, telle qu'elle avait dû lire ces lettres dans une Angleterre en guerre contre l'Empereur, jeune épouse avec des enfants en bas âge. Il ignorait totalement à quoi elle ressemblait. Avait-elle la même courbe ovale des joues, le même cou gracile, tellement féminin, avec de petites mèches tendres bouclant sur la nuque ?

Il se ressaisit avec énergie. Quelle pensée ridicule : c'était juste une jeune femme qui s'intéressait aux vieilles lettres et qui avait les compétences requises pour les archiver.

Charlotte, de son côté, ne prêtait aucune attention au général. Elle l'avait oublié sitôt qu'elle avait lu la première phrase tracée d'une écriture ronde et passée. Son imagination l'emporta vers des contrées inconnues ; elle s'efforça de partager les émotions décrites par le jeune soldat, sa terreur devant les hommes en rangs serrés, qu'il devait cacher, son amitié avec le chirurgien, sa rencontre mémorable avec le Duc de Fer en personne. Il y avait de l'humour dans ces lignes-là, un pathos inconscient quelquefois, et beaucoup de choses qu'il ne disait pas sur le froid et la faim, les jambes douloureuses, les blessures et la peur, la longue monotonie des jours et la soudaine confusion de l'action.

Elle descendit déjeuner comme dans un rêve, et l'après-midi s'écoula sans qu'elle eût la moindre notion du temps. Il faisait sombre quand elle rentra chez elle. Moins d'une demi-heure après, Emily frappait à sa porte ; les chevaux de son attelage piaffaient dans le froid glacial, et leur souffle ajoutait au brouillard de ce début de soirée.

— Alors ? questionna-t-elle aussitôt qu'elle fut à l'intérieur.

Charlotte était toujours en Espagne, au moment des guerres napoléoniennes. Elle contempla Emily d'un air ahuri.

Emily referma la porte et prit une grande inspiration.

— Qu'as-tu découvert chez les Balantyne ? demanda-t-elle patiemment. Tu y es allée, je suppose ?

— Ah oui, bien sûr.

Charlotte s'aperçut avec remords qu'elle n'avait rien fait pour justifier la confiance d'Emily, pendant les six jours qu'elle avait déjà passés à Callander Square.

— Plusieurs fois, ajouta-t-elle. Je commence à bien connaître certains domestiques.

— Qu'importent les domestiques ! Je te parle de Christina. Est-elle enceinte ? Et, qu'elle le soit ou non, pourquoi croit-elle l'être ? Qui est le père ? Pourquoi ne l'épouse-t-elle pas, plutôt que de subir cette situation ridicule ? Est-il déjà marié, ou bien promis à une autre ?

Ses yeux s'agrandirent.

— Mais oui, bien sûr ! Ce serait une mésalliance. Un mariage d'amour !

Sa figure s'allongea à nouveau.

— Non, pas Christina.

Elle poussa un soupir.

— Oh, Charlotte ! N'as-tu donc rien appris du tout ?

Son visage se plissa de déception, et Charlotte eut sincèrement pitié d'elle, d'autant plus qu'elle avait trompé son attente.

— J'essayerai demain, promis. Depuis que je vais là-bas, Christina n'a pas quitté sa chambre. Elle a pris froid, paraît-il, mais ils n'ont pas appelé le médecin...

— Qui ça, ils ? demanda Emily avec un regain d'intérêt.

— Les domestiques, bien sûr. Bonté gracieuse, Lady Augusta ne m'adresse pas la parole, sinon pour être polie, et le général ne me parle que de ses papiers. Les domestiques, en revanche, sont très curieux, tu sais. Ils ne se laisseraient pas aller à ce qu'on pourrait taxer de commérages, mais s'il y a moyen de nommer ça autrement, ils te diront tout ce qu'ils savent et, la plupart du temps, ce ne sont que des suppositions.

— Eh bien ? s'exclama Emily. Quelles sont-elles, ces suppositions ? Pour l'amour du ciel, parle avant que j'explose !

— D'après eux, la police ne découvrira jamais la vérité et ne cherchera d'ailleurs pas trop à résoudre le mystère car, quel que soit le coupable, l'affaire implique sûrement un gentleman, et donc, de toute façon, il n'y aura pas de poursuites. J'aimerais leur donner tort, mais, hélas, je crains qu'ils ne parlent d'expérience.

— Quel gentleman ?

Emily se contenait à grand-peine ; dans son exaspération, les mots lui échappaient entre les dents.

— Il y a autant d'hypothèses là-dessus que de domestiques pour les formuler, répondit Charlotte honnêtement. Il y a même eu quelques échanges passionnés à ce sujet. L'une des bonnes assure que ce ne peut pas être le jeune Brandon Balantyne parce qu'il ne lui a jamais fait d'avances ; or, d'après la cuisinière, ce n'était pas faute d'occasions propices. Une autre bonne est persuadée que c'est lui, exactement pour la même raison ! Il ne lui a pas fait d'avances, donc il doit avoir quelque horrible secret...

— Évidemment ! Euphemia Carlton !

Mais la réponse d'Emily manquait d'enthousiasme.

— A vrai dire, je répugne à penser que c'est elle, peut-être parce que je l'aime bien. Je ne suis pas faite pour jouer les détectives. Cependant, j'aurai bientôt la possibilité de leur rendre une autre visite, sans paraître trop empressée à entretenir cette relation.

Elle soupira à nouveau.

— Et toi, Charlotte, tâche de faire mieux. Tu n'essaies même pas ! Comment peux-tu trouver plus d'intérêt à une guerre qui s'est terminée en 1814 qu'à une affaire de meurtre qui se déroule en ce moment même ?

— 1815, rectifia Charlotte machinalement, et nous ne savons pas s'il s'agit d'un meurtre.

— Oh, je t'en prie, cesse de chipoter ! Peu importent les détails. Le scandale est énorme, et tu ne peux pas en dire autant de tes malheureuses guerres. Reprends-toi, s'il te plaît, et fais fonctionner ton cerveau !

— Je te le promets. Je ferai de mon mieux pour voir Christina de mes propres yeux et essayer de savoir pourquoi elle n'épouse pas son amant et qui il est, si possible.

— Merci.

Emily arborait un air de généreuse indulgence, comme quelqu'un qui a décidé d'ignorer un affront.

— Tu auras peut-être même l'occasion de bavarder avec d'autres domestiques du square. Si c'est le cas, surtout profites-en !

Charlotte faillit rétorquer à sa jeune sœur qu'elle n'avait pas d'ordres à lui donner, puis elle se souvint qu'Emily prenait la question très à cœur et qu'elle-même risquait fort de s'ennuyer dans ses inutiles visites mondaines ; elle se contenta donc de réitérer sa promesse d'exploiter toutes les pistes qui se présenteraient.

Pitt arriva un peu plus tard, au moment où Emily allait partir, un large sourire d'anticipation aux lèvres.

— On dirait un chat qui a repéré le canari hors de sa cage, observa Pitt lorsque la porte se fut refermée.

— Elle se porte très bien, répondit Charlotte d'un ton vague.

— Je n'en doute pas. Un chat en excellente santé. Qui est l'infortuné canari, cette fois ?

— C'est injuste.

Elle ne tenait point à lui fournir d'explications. Jusqu'à présent, il savait seulement qu'elle aidait le général Balantyne dans un travail de rédaction, sur un sujet qui la passionnait depuis longtemps, mais que son père lui avait défendu d'explorer. Il ne soupçonnait pas qu'elle s'intéressait ou comptait s'intéresser de près à l'affaire de Callander Square ; pas plus ne se doutait-il qu'Emily avait rompu sa promesse de renoncer à ses investigations.

— Elle s'est simplement livrée à quelques spéculations oiseuses, c'est tout.

Voilà qui devrait le satisfaire, sans qu'il faille recourir à un mensonge.

— A propos de qui ?

— Pardon ?

— Allons, Charlotte !

La main sur son épaule, il la fit pivoter vers lui. Sa chaleur et sa force lui donnaient encore le frisson. Elle leva les yeux sur lui, en partie tout à fait sincèrement, parce qu'elle l'aimait et voulait le lui montrer, et aussi un peu pour détourner son attention.

Au bout d'une minute ou deux, il la lâcha.

— Charlotte, que fait Emily à Callander Square ? Et, plus important encore, que faites-vous là-bas... à part ranger les papiers du général Balantyne ?

Elle envisagea de mentir, mais, comme l'avait dit Emily, elle n'était pas très douée pour le mensonge. Elle opta donc pour une retraite stratégique.

— Emily n'a pas mis les pieds à Callander Square dernièrement. Si elle y va trop souvent, elle risque de se faire remarquer et ainsi de compromettre sa mission. Elle voulait savoir si j'avais appris quelque chose sur Christina Balantyne. Naturellement, la réponse est non. Christina est au lit à la suite d'un refroidissement ; je ne l'ai même pas rencontrée. Emily insiste pour que j'essaie de découvrir qui est son amant, et pourquoi elle ne l'épouse pas, plutôt que de rester couchée.

— Charlotte ?

Il fronça les sourcils. Son regard amusé s'était teinté d'appréhension.

Elle se sentait l'innocence même.

— Oui ?

— Qu'est-ce qui vous fait croire que Christina a un amant ?

— Oh... !

Elle se rendit compte qu'elle s'était trahie. Pitt attendait, et il n'y avait plus moyen d'éluder ses questions, à part mentir, or elle s'y refusait.

— Emily l'a su, avoua-t-elle, et me l'a dit : Christina craint d'être enceinte. Ce qui signifie, évidemment, qu'elle doit avoir un amant.

Il la regarda fixement. Elle n'avait pas la moindre idée de ce qu'il pensait. Ses yeux s'agrandirent ; il arqua les sourcils. Elle ne connaissait personne qui eût des yeux aussi clairs et aussi pénétrants ; elle eut l'impression qu'il la scrutait au plus profond d'elle-même. Puis soudain, il parut se raviser.

— Quelle femme entreprenante, cette Emily !

Une note d'admiration perçait dans sa voix, et d'ironie aussi, pensa-t-elle.

— Ceci explique pourquoi Lady Augusta n'a pas

voulu que je la voie. Voilà une question intéressante : pourquoi ne pas se marier tout simplement, même à la hâte ?

Son visage redevint soucieux.

— Charlotte, il faut dire au général Balantyne que vous ne pouvez plus l'aider.

Elle fut frappée d'horreur.

— Oh non ! Je ne peux pas faire ça ! Je n'en suis même pas à la moitié...

— Charlotte ! S'ils ont quelque chose à cacher...

— Il n'y a pas de danger, répondit-elle précipitamment. Je ne pose pas de questions. J'écoute seulement les conversations des domestiques à l'heure des repas. Je ne suis pas comme Emily, je serai extrêmement discrète...

Il ne put s'empêcher de rire.

— Ma chère, vous n'avez rien de commun avec Emily ; c'est un modèle de discrétion à côté de vous. Vous allez vous excuser, dire que vous êtes souffrante, ou que votre mère est...

— Non ! Que peuvent-ils me faire ? Je n'ai pas de rang social à perdre ; ils ne me considèrent même pas comme une personne. Ils ne se douteront de rien. Je me contenterai d'écouter, je vous le promets.

Une autre idée lui vint à l'esprit, et elle joua son va-tout.

— Si je pars maintenant, ils pourraient se demander pourquoi et se donner la peine de découvrir qui je suis.

Elle s'abstint de lui rappeler les conséquences éventuelles sur sa propre carrière ; c'était le dernier argument à lui opposer.

— La meilleure solution, reprit-elle, c'est de continuer normalement ; ainsi, ils ne s'apercevront de rien.

Et, sûre d'elle, elle ponctua ses propos d'un sourire angélique.

Il hésita, soupesant sa décision.

— Me promettez-vous de ne pas poser de questions ? dit-il finalement.

Elle se demanda si elle en serait capable. Et elle se jeta à l'eau.

— Oui. J'écouterai seulement. Je vous en donne ma parole.

Elle se haussa sur la pointe des pieds pour l'embrasser, mais il l'observait attentivement, pour s'assurer qu'elle entendait bien tenir sa promesse.

Promesse qui se révéla singulièrement difficile à respecter, car la journée du lendemain fut riche en occasions de poser des questions, discrètement et sans franchir les limites d'un simple intérêt amical. Et, bien sûr, il y avait aussi la promesse faite à Emily. La chance lui sourit à l'heure du déjeuner : la femme de chambre d'étage était débordée, harassée par ses multiples tâches, et Charlotte lui offrit de monter le plateau de Christina, au moins pour lui épargner cette corvée-là.

— Oh, vous n'êtes pas obligée de faire ça, miss !

Mais le visage de la jeune femme s'illumina d'espoir.

— Sottises !

D'un geste prompt, Charlotte lui enleva le plateau sous le nez.

— Ça ne me gêne nullement, et mon déjeuner est trop chaud, de toute façon : je ne peux pas manger tout de suite.

— Oh, merci, miss. Faudrait pas que vous tombiez sur Madame !

— Pas de danger, déclara le groom joyeusement. Elle est en train de déjeuner, elle aussi. Elle se lèvera pas de table tant que le général n'aura pas mangé son pudding chaud. Sinon, ça y donne une sacrée indigestion, et après, ça y joue sur le caractère.

Charlotte le remercia et s'empressa de monter avant que l'un ou l'autre change d'avis. Sur le palier, elle dut arrêter une petite bonne pour lui demander où était la chambre de Christina.

Elle frappa à la porte et entra. La chambre n'était pas très différente de celle qu'elle avait eue à Cater Street : un peu plus spacieuse, un peu plus richement meublée peut-être. L'espace d'un instant, elle se revit jeune fille; c'était un doux souvenir, mais seulement un souvenir, et c'était tant mieux. Son bonheur actuel n'avait rien à voir avec ce dont elle avait rêvé; cependant, il était plus profond, d'une dimension dont elle n'avait pas soupçonné l'existence. Elle regarda Christina assise dans son lit, ses cheveux bruns cascadant sur ses épaules, son joli petit minois figé de surprise. Quelle sorte de bonheur voyait-elle dans ses rêves, et avec qui? Les rêves d'une jeune fille étaient parfois tellement innocents, tellement naïfs aussi.

— Qui êtes-vous? s'enquit Christina avec humeur.

— Charlotte Ellison.

Elle se rappela le « Ellison » juste à temps.

— J'aide le général Balantyne pour ses mémoires, et comme votre femme de chambre se débattait avec trois tâches différentes à la fois, je vous ai monté votre déjeuner. J'espère que vous vous sentez mieux.

Elle accompagna ses paroles d'un regard attentif qu'elle essaya de faire passer pour de la simple courtoisie. Selon toutes les apparences, Christina se portait comme un charme. Elle avait de belles couleurs, les yeux clairs ; ses joues et son nez n'étaient pas bouffis, comme lorsqu'on attrape froid.

— Oui, merci, répondit Christina froidement.

Soudain, elle parut se souvenir de sa situation.

— Aujourd'hui, je me sens mieux, mais malheureusement, ça va, ça vient.

— Je suis désolée.

Charlotte posa le plateau avec précaution.

— Ce doit être le temps.

— Sûrement. C'est gentil de m'avoir monté le plateau. Je n'ai plus besoin de rien, merci. Vous pouvez partir.

Charlotte sentit son visage se crisper ; une attitude hautaine la faisait sortir de ses gonds plus vite que toute autre chose. Elle dut faire un effort considérable pour se maîtriser.

— Merci, répondit-elle avec raideur. J'espère que vous vous rétablirez bientôt. C'est tellement dommage de rester au lit, on rate tellement de choses ! C'est ahurissant, en société, comme on se retrouve vite à la traîne !

Et, satisfaite de sa pique finale, elle sortit, refermant la porte d'un coup sec.

Une fois en bas, son entrain retomba. Emily aurait usé de son charme, elle aurait feint, gardé son calme et conservé une amie. Charlotte, en revanche, venait assurément de se faire une ennemie. Mais comme elle n'éprouvait pas la moindre sympathie pour Christina, elle avait sans doute précipité ce qui n'aurait pas manqué d'arriver de toute façon.

En milieu d'après-midi, il en fut tout autrement. On lui demanda à titre de faveur, puisque la femme de chambre du rez-de-chaussée avait eu un léger malaise, de se rendre avec une commission dans la maison d'à côté, chez les Southeron. Elle accepta avec joie, ravie de profiter de l'aubaine, et, sitôt introduite dans la cuisine des Southeron, y rencontra Jemima Waggoner, la gouvernante. Elle lui plut immédiatement : Charlotte sentit chez elle une franchise proche de la sienne, et peut-être des sentiments que la bienséance et sa position subalterne l'empêchaient d'exprimer. Tout cela, elle crut le lire dans les grands yeux gris et dans le pli amusé de la bouche.

— Voulez-vous une tasse de thé, Miss Ellison ? proposa Jemima. Justement, c'est l'heure : nous nous apprêtions à prendre le nôtre. Faites-nous donc le plaisir de vous joindre à nous.

— Très volontiers, je vous remercie, répondit Charlotte sans hésiter.

Le général attendrait. Lui aussi ferait certainement une pause thé. S'il lui en offrait à son retour, elle serait obligée d'accepter, même si elle était pleine à ras bord. Mais c'était peu probable ; il pensait rarement à ces choses-là, trop absorbé qu'il était par la poussière des batailles pour se préoccuper de tasses de thé.

Quelques instants plus tard, elle se retrouva seule avec Jemima dans le bureau de la gouvernante, en train de boire le thé et de manger des sandwiches.

— Est-il vrai que vous aidez le général Balantyne pour ses histoires de guerre ? demanda Jemima. Je ne sais jamais si je dois croire ou non la rumeur.

— C'est normal. A moins d'être celui ou celle qui l'a lancée... et encore, au bout d'une semaine, on ne la reconnaît déjà plus ! Enfin, en l'occurrence, c'est parfaitement exact.

— Et ça vous plaît ? s'enquit Jemima, comme si elle s'attendait à une réponse affirmative.

— Oh oui, beaucoup. C'est très intéressant, surtout la correspondance d'époque. Les lettres des soldats sont tellement différentes, vous n'imaginez pas ! Mais celles des épouses et des fiancées... on ne change pas, vous savez ; les préoccupations sont toujours les mêmes : amours, maladies, enfants, derniers potins.

Elle en rajoutait un peu, mais son but était d'en revenir à Callander Square, et elle avait l'impression que Jemima n'aimait pas les ragots.

— Les potins, ça ne change pas, fit Jemima, pensive, en regardant le thé frémir dans sa tasse après qu'elle l'eut remué. On s'interroge toujours sur les bêtises ou les méfaits d'autrui.

Charlotte ouvrit la bouche pour renchérir, pour ramener la conversation sur Callander Square, quand elle s'aperçut qu'elle n'en avait pas envie. Jemima avait exprimé ses propres pensées : c'étaient toujours les péchés et les malheurs des autres dont on se repaissait à outrance.

Elle le lui dit ; la jeune fille lui adressa un regard chaleureux, et Charlotte en fut touchée. Elle lui rendit son sourire.

— Combien d'enfants avez-vous à votre charge ? demanda-t-elle.

— La plupart du temps, juste les trois filles de la maison, mais Victoria et Mary Campbell viennent assister aux cours trois fois par semaine. Vous connaissez les Campbell ? Ils habitent en face.

Elle esquissa une petite grimace ironique.

— Je n'ai pas une grande passion pour Mr. Campbell. Il a beaucoup d'esprit, mais il y a toujours comme un fond de désespoir chez lui, comme s'il faisait seulement semblant de s'amuser, tout en sachant combien c'est futile. Je trouve ça déprimant et un peu effrayant.

Elle regarda Charlotte pour voir si elle comprenait.

— Moi aussi, le cynisme me fait peur. On peut combattre un tas de choses, mais on ne peut pas convaincre quelqu'un d'espérer. Et Mrs. Campbell, est-elle comme ça, elle aussi ?

— Oh non, pas du tout. Elle est plutôt du genre calme et efficace. En fait, c'est la meilleure mère pour laquelle j'aie travaillé : elle ne gâte pas trop ses enfants, elle n'est ni indifférente ni exagérément sévère. Je trouve qu'elle a une très forte personnalité.

Cette dernière remarque s'accompagna d'un regard songeur.

Elles parlèrent encore quelques minutes des autres résidents du square, un peu des Balantyne et du travail de Charlotte. Elle apprit que Jemima avait rencontré le jeune Brandon Balantyne à deux ou trois occasions et, à la voir se colorer délicatement, conclut qu'il ne lui déplaisait point, même si, naturellement, elle ne l'eût jamais avoué. Une gouvernante n'avait pas à juger des qualités de fils de généraux et petits-fils de ducs.

Elles avaient fini de boire leur thé quand la porte s'ouvrit à la volée, sur la plus ravissante femme de chambre que Charlotte eût jamais vue. Elle était rouge de colère, et son uniforme était en désordre.

— Un jour, je vais lui coller une bonne gifle, je le jure ! déclara-t-elle, furieuse. Ce sera plus fort que moi !

Tout à coup, elle se rendit compte que Charlotte ne faisait pas partie de la maison.

— Oh, pardon, miss ! Je ne vous avais pas vue. Je m'excuse.

— Ce n'est pas grave, répliqua Charlotte amicalement.

Et, oubliant sa promesse à Pitt :

— Quelqu'un se serait-il permis des privautés ?

— Des privautés ! Je pense bien.

— Mary Ann, intervint Jemima, dissipant la gêne, je vous présente Miss Ellison qui aide notre voisin, le général Balantyne, avec ses papiers.

Mary Ann inclina poliment la tête ; en tant qu'employée, Charlotte ne pouvait prétendre à une révérence.

— Je suppose que vous avez déjà pris votre thé,

dit-elle avec un coup d'œil sur la théière. Il doit en rester dans la cuisine.

Et elle sortit en tirant sur sa jupe pour la remettre en place.

— Elle devrait peut-être le gifler un bon coup, observa Charlotte quand la porte se fut refermée. On ne marque jamais trop clairement ses limites.

— Le gifler ?

Jemima esquissa une petite moue dubitative et rit.

— Mr. Southeron a très bon caractère, mais je doute qu'il apprécie de recevoir une claque de la part d'une femme de chambre.

— Mr. Southeron !

Charlotte s'efforça de dissimuler sa surprise et son exultation. Maintenant, elle avait véritablement du nouveau pour Emily, et ce, sans avoir eu besoin de poser des questions, sauf une fois, par accident.

Visiblement, Jemima regrettait d'avoir parlé aussi librement.

— J'ai eu tort de dire ça, fit-elle, confuse. Ce ne sont que des suppositions, d'après ce que j'ai pu entendre. Je ne devrais pas en tirer de conclusions trop hâtives. Peut-être que Mary Ann exagère ?

— En tout cas, elle est en colère, dit Charlotte prudemment. Mais il ne faut certes pas nous laisser emporter par notre imagination. Je présume que vous-même n'avez jamais été...

Délicatement, elle laissa sa phrase en suspens.

A son étonnement, Jemima pouffa de rire.

— Une fois ou deux, j'ai cru qu'il allait le faire, mais je me suis éclipsée. C'est vrai qu'il a eu l'air contrarié. Mais du moment qu'on autorise les familiarités, on ne peut plus revenir en arrière ; on renonce à sa position, pour ainsi dire.

Elle haussa légèrement les sourcils, pour voir si Charlotte avait bien saisi le sens de ses paroles.

— C'est vrai, acquiesça Charlotte.

Et, bien que ce fût une simple supposition, elle éprouva une bouffée de compassion pour cette jeune fille obligée de vivre et de travailler chez les autres, sans oser courir le risque de les offenser.

Elle resta encore un peu, puis s'excusa et retourna auprès du général Balantyne, qui la surprit car il arpentait la bibliothèque en l'attendant. Tout d'abord, elle crut qu'il allait lui reprocher son absence, mais sa mauvaise humeur se dissipa, et il se remit au travail après s'être juste plaint pour la forme.

Ce soir-là, Pitt rentra tard, et Charlotte n'eut pas l'occasion de lui raconter ce qu'elle avait appris. Le lendemain matin, il partit de bonne heure, et elle arriva à Callander Square, prête à reprendre ses fonctions. Lorsque, à nouveau, l'opportunité se présenta de se rendre dans une autre demeure du square, elle s'empressa de la saisir. Aussi, à deux heures moins le quart, se retrouva-t-elle dans le salon surchargé des Doran, un bouquet de fleurs séchées à la main, face à Miss Georgiana.

Parée de mousseline grise et de fleurs artificielles, Georgiana reposait dans une chaise longue, un bras sur le dossier. Elle était si pâle, si décharnée que, n'étaient-ce ses yeux brillants, Charlotte l'eût prise pour un cadavre artistement exposé dans son linceul parmi les fleurs. Cette idée lui donna envie de rire, et elle ne réussit à se maîtriser qu'au prix d'un immense effort. Elle sentait le rire bouillonner en elle ; son sens du ridicule lui avait toujours joué des tours pendables.

Georgiana l'examina avec attention.

— Qui êtes-vous, déjà ?

— Charlotte Ellison, Mrs. Duff. Lady Augusta m'a chargée de vous apporter ceci. C'est excellent pour la maison, paraît-il, un parfum très délicat.

Elle mit le bouquet dans la petite main semblable à une patte d'oiseau et parée de bijoux.

— Sottises.

Georgiana le porta à son nez.

— Ça sent la poussière. Mais tout de même, c'est gentil de la part d'Augusta. Elle a dû penser qu'elles conviendraient à Laetitia, et elle a sûrement raison.

Charlotte ne put s'empêcher de risquer un coup d'œil sur les roses en velours et peluche qui ornaient le canapé, les coussins et Georgiana elle-même.

Les petits yeux de Georgiana, aigus comme un diamant, interceptèrent son regard.

— Tout à fait autre chose, dit-elle simplement. J'aime la beauté. Je suis extrêmement sensible. Je souffre, vous comprenez, et ça aide d'avoir des fleurs.

— Je n'en doute pas.

Charlotte ne trouvait pas de réponse intelligente à cette remarque. Elle s'attardait gauchement au milieu de la pièce, ne sachant si elle devait rester ou bien s'excuser.

Georgiana l'observait avec curiosité.

— Vous n'avez pas l'air d'une servante. Que faites-vous, déjà ?

— J'aide le général Balantyne pour ses mémoires de guerre.

— C'est dégoûtant. Pourquoi une jeune femme comme vous s'intéresserait-elle à des mémoires de guerre ? Pour de l'argent, j'imagine ?

— Je trouve ça passionnant.

Charlotte ne voyait pas l'utilité de biaiser ni de cacher ses sentiments.

— Je pense qu'il est bon de connaître l'histoire de son pays et la nature des sacrifices consentis par ses hommes.

Georgiana plissa les yeux.

— Quelle drôle de créature vous êtes! Asseyez-vous, je vous prie, ou alors partez. Vous êtes grande et, à force de vous regarder par en dessous, j'ai mal au cou. Je suis quelqu'un de fragile, vous savez.

Charlotte serait bien restée, mais elle songea au général qui l'attendait et à ses devoirs ; non seulement c'était une question d'honneur, mais si elle abusait de sa patience, elle risquait de perdre sa place et par là même l'opportunité de poursuivre ses investigations.

— Merci, Mrs. Duff, répondit-elle sagement. Il faut que je rentre. J'ai été très heureuse de vous rencontrer.

— Revenez donc me voir. Je vous trouve tout à fait divertissante.

Georgiana s'allongea pour mieux l'observer.

— Je ne sais plus ce qui se passe dans le monde. Remerciez Augusta de ma part. Ne lui dites pas que je n'aime pas ses fleurs ou qu'elles sentent la maison inhabitée.

— Bien sûr que non.

Et Charlotte la laissa, les yeux rivés sur la porte.

Balantyne l'attendait dans la bibliothèque.

— Georgiana vous a fait la causette ? s'enquit-il avec un sourire, le premier qu'elle lui voyait. Pauvre vieille ! Ce ne doit pas être facile de vivre là-bas avec Laetitia. J'ai parfois l'impression qu'elle a l'esprit un peu dérangé depuis le départ d'Helena.

— Helena ?

Charlotte n'arrivait pas à situer ce nom, même si elle croyait l'avoir déjà entendu dans la bouche d'Emily.

— La fille de Laetitia. Cette malheureuse s'est enfuie avec un homme il y a deux ans environ. On n'a jamais su qui c'était. La pauvre Laetitia a été bouleversée. Elle ne parle jamais d'Helena. Elle fait comme si elle n'avait pas d'enfants. Son mari est mort depuis des années et, comme elle n'a personne d'autre, Georgiana est venue vivre avec elle.

— C'est triste.

Charlotte imagina le gâchis et tenta de se figurer la solitude, l'amour — ou la tentation — d'Helena, les inévitables regrets. Était-elle heureuse ?

— N'a-t-elle jamais écrit à sa mère depuis ?

— Pas que je sache. C'était d'autant plus dur que Laetitia avait beaucoup d'admiration pour Ross.

— Qui est Ross ?

— Alan Ross. Il était amoureux d'Helena. Tout le monde pensait que leur mariage n'était qu'une question de temps. Ça montre bien les inepties qu'on peut raconter !

Il se rassit derrière son bureau ; son regard posé sur elle la troublait légèrement.

— Il ne s'en est jamais remis, ajouta-t-il.

Les seules réponses qui lui venaient à l'esprit étaient d'une banalité affligeante.

— On connaît rarement les véritables sentiments d'autrui, dit-elle, se replongeant dans les papiers. J'ai là le journal de votre oncle. Désirez-vous que je numérote les pages traitant plus spécifiquement de la guerre ?

— Comment ?

Elle répéta sa question en levant les cahiers pour les lui montrer.

— Ah oui, oui, s'il vous plaît. Votre aide m'est précieuse...

Il marqua un temps d'arrêt.

— ... Miss Ellison.

Elle sourit brièvement et baissa les yeux.

— Tant mieux. Croyez-moi, j'y trouve mon compte aussi.

Elle ouvrit aussitôt le premier cahier et s'absorba dans la lecture. A cinq heures précises, elle le referma, prit congé du général, et Max lui appela un cab. Elle donna au cocher l'adresse d'Emily et s'engouffra en cahotant dans l'obscurité, impatiente de lui révéler ses dernières découvertes.

6

Noël approchait à grands pas ; à quinze jours des célébrations, Augusta décida qu'il fallait régler le problème de Max et de Christina. Sa fille n'allait tout de même pas passer les fêtes au lit, mais avant qu'elle ne se lève, Max devait quitter la maison. Elle avait contacté sa famille dans le Stirlingshire, et on lui arrangea une place. Il n'avait plus qu'à accepter l'inévitable et donner son congé de bonne grâce. Augusta avait déjà commencé à se renseigner discrètement en vue de son remplacement. Il serait difficile de trouver quelqu'un d'aussi compétent, voire d'aussi beau, pour former une paire avantageuse avec Percy, l'autre valet, car les valets allaient toujours par deux, mais c'était une considération secondaire.

Afin de l'informer de l'imminence de son départ, elle fit venir Max au petit salon. Elle n'avait encore rien dit au général ; elle aurait tout le temps de lui en parler une fois que tout serait terminé. Et puisqu'il la harcelait depuis des mois pour qu'elle se débarrasse de Max, cela lui ferait certainement plaisir.

Max entra et referma la porte sans bruit.

— Madame ?
— Bonjour, Max.
— Bonjour, Madame.
— J'ai pris des dispositions pour votre nouveau poste dans le Stirlingshire. Vous entrerez chez Lord et Lady Forteslain. C'est une cousine à moi. Vous aurez une position équivalente, même si elle ne vous permet pas forcément d'exploiter vos capacités comme à Londres. Mais c'est un inconvénient dont il faudra vous accommoder.
— J'ai réfléchi à la question, Madame.
Un petit sourire satisfait jouait sur ses lèvres. Augusta se demanda comment Christina avait pu le trouver à son goût, au point de se laisser embrasser, toucher par lui. Cette simple idée la révoltait.
— Ah oui ? répondit-elle froidement.
— Je ne tiens pas à aller dans le Stirlingshire, Madame, ni en Écosse en général.
Elle haussa légèrement les sourcils.
— C'est bien dommage. Mais vos préférences ne m'intéressent pas. Vous serez obligé de vous y faire.
— J'en doute, Madame. J'aime mieux rester à Londres. En fait, Callander Square me convient parfaitement.
— Peut-être, mais ce n'est pas possible. Je croyais pourtant avoir été claire.
— Vous m'avez fait part de votre opinion, oui. Mais comme je viens de le dire, j'ai réfléchi et abouti à une solution qui me semble infiniment préférable.
— Je ne l'accepterai pas !

Elle essaya de lui faire baisser les yeux, mais son insolence était insurpassable.

— Navré d'être aussi discourtois, Madame, mais ce n'est pas mon problème. Comme vous l'avez fait remarquer la dernière fois que nous avons parlé, il y a des choses qu'on est obligé d'accepter, qu'on le veuille ou non.

— Je n'ai rien à accepter de vous, Max. Je vous ai dit ce que je ferais, si vous n'alliez pas en Écosse, et de bon gré. Je n'ai rien d'autre à ajouter.

— Si vous m'accusez de vol, Madame, vous le regretterez.

Il la regarda sans ciller.

Elle se raidit; elle sentait la peau de son visage lui tirailler.

— Vous me menacez, Max?

— S'il vous agrée, Madame, de le considérer sous cet angle-là, oui.

— Ce sont des menaces en l'air. Vous ne pouvez rien faire. C'est moi qu'on croira, pas vous.

Il ne broncha pas.

— Tout dépend de ce qui compte le plus à vos yeux, Lady Augusta. Certes, si je dis que j'ai couché avec votre fille, le tribunal se rangera de votre côté, pas du mien, si vous jurez que mes propos m'ont été dictés par un désir de vengeance. Ce serait un mensonge...

Il sourit imperceptiblement, une lueur sarcastique dans son regard lourd.

— Mais je ne me fais pas d'illusions : ça ne vous empêchera pas de prêter serment.

Elle s'empourpra; le feu lui monta au visage,

attisé par son mépris, parce qu'elle ne valait pas mieux que lui et qu'elle lui avait donné l'occasion de le prouver.

— Cependant, poursuivit-il, je ne dirai pas que c'est moi qui ai couché avec elle. J'ai un ami qui n'est pas domestique ; c'est un débauché... un joueur qui a connu des jours meilleurs, mais il est beau, dans le genre vulgaire, et il ne manque pas de relations féminines. La plupart sont des filles publiques, mais elles le trouvent séduisant. Malheureusement...

Sa bouche se tordit.

— ... il a contracté une maladie.

Il haussa les sourcils, comme pour s'assurer qu'elle l'avait bien compris.

Augusta frémit de dégoût.

— Je dirai, reprit Max, que c'est lui qui a séduit Miss Christina, ou plutôt il le dira lui-même. Ça n'aura aucun rapport avec mes propres ennuis, et ce sera extrêmement difficile à démentir ; je doute même que ça en vaille la peine. Le mal aura été fait. La nouvelle fera le tour des clubs, dans la plus grande discrétion, rien de public, rien que vous puissiez nier. Si vous m'accusez de vol, je vous jure que c'est ce qui va se passer.

Elle avait peur, réellement peur. Cet homme-là était fort, et sûr de sa victoire. Elle chercha ses mots. Il n'était pas question de capituler.

— Et pourquoi croirait-on que votre répugnant ami a seulement vu Christina, fit-elle lentement, ou qu'elle lui a adressé la parole, voire qu'elle l'a touché ?

— Parce qu'il sera capable de décrire cette maison en détail : sa chambre, jusqu'aux ornements sur son lit...

— Que vous connaissez, vous ! rétorqua-t-elle vivement. Il peut l'avoir appris de n'importe quelle bonne. Ça ne veut rien dire.

Elle éprouva une bouffée d'espoir.

Le regard lent, humide, de Max la balaya de la tête aux pieds.

— Elle a un grain de beauté sous le sein gauche, répondit-il distinctement, et une cicatrice sur la fesse, gauche également, si mes souvenirs sont bons. Vous me direz que je le savais aussi, mais je doute que ce soit le cas d'une bonne. Vous me suivez, Madame ?

Seul un incroyable effort de volonté l'empêcha de hurler, de tempêter, de donner libre cours à sa rage et à son dépit et de lui crier : « Hors de ma vue ! » Elle inspira profondément et fit appel à son implacable discipline.

— Oui, je vous suis, dit-elle calmement, presque posément. Vous pouvez disposer.

Il tourna les talons, mais hésita à la porte.

— Vous préviendrez votre famille dans le Stirlingshire que je ne viendrai pas, n'est-ce pas ?

— Oui. Allez-vous-en maintenant.

Il s'inclina très légèrement, toujours souriant.

— Merci, Madame.

Sitôt la porte refermée, son sang-froid l'abandonna. Pendant cinq bonnes minutes, elle se laissa aller à frissonner de colère et de dégoût. Avoir cédé à un serviteur, un valet sans moralité ! Jamais elle n'oublierait son regard brûlant, familier. Dire que

Christina avait couché de son propre gré avec cet... individu ! Qu'en ce moment même, elle portait peut-être son enfant. C'était intolérable. Elle devait se ressaisir. Il y avait certainement quelque chose à faire. Si elle ne voyait pas présentement comment se débarrasser de Max, elle devait au moins s'assurer qu'il ne toucherait plus à Christina. A partir de maintenant, Christina se devait d'avoir une conduite irréprochable. Max ne jouerait pas sa carte maîtresse à moins d'y être contraint, à moins de n'avoir plus rien à perdre, car il n'avait qu'un seul jeu en main. La perte de Christina entraînerait sa propre perte ; il ne la poursuivrait donc pas, si elle le traitait dorénavant avec une totale indifférence. Et de cela, Augusta pouvait répondre !

Elle se leva et composa son maintien. Christina n'avait plus aucune raison de rester au lit. Elle était parfaitement rétablie. Autant qu'elle quitte la chambre et reprenne une vie normale ; c'était même mieux, avant qu'on ne commence à s'interroger sur les causes de son absence. Si par malheur elle était effectivement enceinte, Augusta s'arrangerait pour la marier au plus vite, dans l'espoir de faire passer l'enfant pour un prématuré. Par chance, Christina était aussi brune que Max : la naissance d'un enfant brun ne susciterait donc pas de commentaires. D'ailleurs, il serait bon de la marier le plus tôt possible, de toute façon. Manifestement, elle témoignait d'un penchant qui exigeait une solution, or Augusta n'en voyait qu'une. Pendant qu'elle traversait le vestibule et gravissait l'escalier, elle entreprit d'énumérer mentalement toutes les possibilités. Il fallait trouver quelqu'un qu'on puisse convaincre de se marier rapidement, sans causer trop de haussements de sourcils : quelqu'un donc qu'elle connaissait déjà, pour qu'on pense qu'il avait eu le temps de lui faire la cour. Il était peu probable qu'un homme doté d'un charme dévastateur qui rende crédible la thèse d'un coup de foudre épouse une personne autre que l'objet de son choix ; qu'un tel homme croise la route de Christina dans les semaines à venir et tombe amoureux d'elle, c'était vraiment trop demander à la Providence.

Elle passa en revue les partis convenables : la liste s'avéra déplorablement courte. Parmi eux, la plupart ne devaient rien aux Balantyne, n'attendaient rien d'eux qui justifie un mariage dépourvu de tendre inclination. Les hommes se mariaient généralement sous l'impulsion de leur épouse ou de leur belle-mère virtuelles ; cependant, ils aimaient à croire que la décision venait d'eux. Dans le cas présent, créer une pareille illusion ne serait pas facile. Par bonheur, Christina était suffisamment avenante, jolie, pétillante et s'habillait avec beaucoup de goût. Elle ne manquait ni d'esprit ni d'entrain, ce qui plaisait particulièrement aux hommes.

En arrivant devant la chambre de Christina, elle avait arrêté son choix sur trois candidats potentiels, dont le meilleur semblait être Alan Ross. Bien sûr, tout le monde savait qu'il ne s'était jamais entièrement remis de son béguin pour Helena Doran, mais cela signifiait aussi qu'il n'avait pas d'autres attaches et qu'il pourrait accepter leur proposition.

Harcelé, il pouvait se montrer intraitable — c'était un homme de caractère —, mais si l'on usait de charme, si Christina s'employait à le conquérir, à l'enjôler, à le courtiser, il avait des chances, avec une intervention discrète de la part du général, de se laisser convaincre. En tout cas, cela valait la peine d'essayer. Il y en avait d'autres, qu'on pouvait acheter avec de l'avancement militaire, ce qui était faisable, mais ils étaient beaucoup moins susceptibles de rendre Christina heureuse.

Elle frappa à la porte et entra aussitôt. Quelle ne fut pas sa surprise de trouver Christina debout, en train de s'habiller. Elle ouvrit la bouche pour lui adresser des remontrances, quand elle se rendit compte qu'elle allait à l'encontre de ses propres plans.

— Je suis bien contente que tu ailles mieux, dit-elle donc.

Christina pivota, étonnée. Elle était vraiment charmante à voir : halo de cheveux bruns, peau blanche, grands yeux bleus en amande, petit nez impertinent, menton arrondi. Et ses manières pouvaient être exquises, quand elle le voulait. Oui, c'était réalisable.

— Maman !

— Je vois que tu as décidé de te lever. Tant mieux, il était temps.

Le visage de Christina refléta momentanément la stupeur, avant qu'elle ne la masque.

— Oui. Cette Miss... quel est son nom déjà... que papa emploie m'a fait comprendre tout ce que je rate. Et puis, ça va commencer à jaser, si je ne reparais pas bientôt. Inutile de prêter le flanc aux mauvaises langues avant l'heure. D'ailleurs, je ne suis peut-être pas enceinte. Je me sens parfaitement bien, à présent. Je n'ai pas eu le moindre malaise depuis des jours.

Une note de défi se glissa dans sa voix.

— Tu n'as aucune raison d'en avoir, acquiesça Augusta. La grossesse est un processus tout à fait naturel, pas une maladie. Les femmes connaissent ça depuis Ève.

— Je ne suis pas forcément enceinte, répéta Christina fermement.

— Non, mais d'un autre côté, il est possible que tu le sois. Il est trop tôt pour juger.

— Si c'est le cas...

Christina releva ostensiblement la tête.

— ... j'irai voir Freddie Bolsover.

— Il n'en est pas question. Le Dr Meredith sera tout aussi capable de s'occuper de toi, le moment venu.

— Je n'ai pas l'intention de garder l'enfant de Max, maman. J'ai réfléchi pendant que j'étais couchée. Je verrai Freddie ; il a des adresses, paraît-il...

Pour la première fois depuis sa propre jeunesse, Augusta fut sincèrement choquée, à la fois par sa fille et par le fait que Freddie Bolsover pratiquait des avortements lui-même ou connaissait des gens qui le faisaient.

— Tu n'y penses pas, répondit-elle presque doucement. C'est un péché que je ne pardonnerai pas. Tu peux te le sortir de la tête à partir de maintenant. Je n'ai aucune envie que le sang de cet innommable valet coule dans les veines d'un de mes petits-enfants, mais comme tu as fait ton lit, nous sommes obligés d'y coucher...

— Maman, je ne veux pas... ne comprenez-vous pas ? Je n'aime pas Max, je ne l'ai jamais aimé...

— Je n'en doute pas, répliqua Augusta avec froideur. Tout comme je suis sûre qu'il ne t'aime pas non plus. La question n'est pas là. Tu ne commettras pas un meurtre sur la personne de ton futur nouveau-né, à supposer qu'il existe vraiment. Tu épouseras quelqu'un qui prendra soin de toi et donnera un nom à ton enfant...

— Certainement pas ! riposta Christina, le visage en feu. Si vous croyez que je vais supplier quelque respectable mollasson de m'épouser juste pour que mon enfant ait un père, vous vous trompez lourdement. Ce serait intolérable ! Il me le ferait payer jusqu'à la fin de mes jours. Il me traiterait de... traînée... et il n'aimerait pas l'enfant, ni ne lui offrirait un foyer digne de...

— Calme-toi, Christina. Il ne s'agit absolument pas de cela. Tu te marieras avec quelqu'un de ton milieu, qui ne se doutera pas le moins du monde de ton état. Tu diras que l'enfant, si enfant il y a, est prématuré. En aucun cas, tu n'iras voir Freddie Bolsover ou qui que ce soit d'autre.

Christina esquissa une moue de mépris incrédule.

— Et à qui pensez-vous, maman ? Qui voudrait m'épouser à temps pour sauver la situation ? Et qu'arrivera-t-il s'il ne croit pas à cette histoire de naissance prématurée ?

— Il y a plusieurs possibilités. Alan Ross apparaît de loin comme la meilleure d'entre elles. Tu l'épouseras juste après Noël...

— Mais lui non plus ne m'aime pas !

— Tu te débrouilleras pour y remédier. Tu peux être tout à fait charmante, quand tu t'en donnes la peine. Pour ton propre bien, ma chère, tu ferais mieux de séduire Alan.

— Et si je n'étais pas enceinte ?

Christina leva le menton brusquement, avec défi.

— Au moment où tu en auras la certitude, il sera déjà trop tard. De toute façon, il est mieux pour toi que tu sois mariée.

Augusta inspira et reprit posément :

— Christina, tu n'as pas l'air de te rendre compte de ta position. Si tu portes un enfant sans père, tu vas te retrouver au ban de la société. Et ne t'imagine surtout pas que tu réussiras à passer outre. D'autres ont essayé, bien mieux nées et plus fortunées que toi, et toutes ont échoué. Aucun homme de ton rang ne voudra t'épouser ; tu seras en butte aux moqueries ; les femmes honnêtes ne t'adresseront pas la parole. Tous les lieux que tu fréquentes aujourd'hui te seront interdits. Je regrette de te dire cela, mais il faut bien que tu comprennes.

Christina ouvrait de grands yeux.

— Par conséquent, ma chère, tu déploieras ton charme, qui est considérable, pour conquérir Alan Ross, de sorte qu'il soit heureux de t'épouser. Toi-même, tu feras mine d'être amoureuse de lui. C'est un homme bon ; il te traitera avec douceur, à condition que tu t'y prêtes.

— Et s'il n'a pas envie de m'épouser ?

Une note aiguë de panique perça pour la première fois dans la voix de Christina. Augusta ressentit de la pitié pour elle, mais ce n'était guère le moment de s'attendrir.

— Cela m'étonnerait. Sinon, je trouverai quelqu'un d'autre. Nous avons le choix. Ton père est un homme influent...

— Je ne supporterais pas qu'il le sache ! Ou même qu'il s'en doute !

— Ton père ? fit Augusta, surprise.

— Alan Ross ! Ou... quiconque...

— Bien sûr que non, riposta Augusta sèchement. Ce n'est absolument pas dans mes intentions. Maintenant, ressaisis-toi et tâche de t'arranger au mieux. Nous allons donner une série de réceptions, et tu seras sans doute invitée ailleurs. Plus tôt la question sera réglée, mieux cela vaudra. Par chance, tu connais Alan depuis longtemps ; il n'y aura donc pas de commentaires quand nous aurons fixé la date du mariage.

— Comment persuaderez-vous Alan qu'il faut faire vite ?

— Ne t'inquiète pas pour ça, je trouverai un moyen. Entre-temps, tu ignoreras totalement Max, dans les limites, bien sûr, de la civilité ordinaire envers un serviteur. S'il essaie de te réclamer davantage, tu demanderas de l'aide, l'accuseras de familiarité, et il sera renvoyé.

— Je voudrais bien que vous le renvoyiez de toute façon. Le simple fait de penser à lui m'indispose maintenant.

— Certainement. J'ai du mal à comprendre comment tu as pu réagir autrement. Mais malheureusement, il n'est pas toujours facile d'échapper à nos fautes. Max s'est arrangé pour m'en empêcher ; je n'ai pas encore réfléchi au moyen de le circonvenir, mais j'y arriverai. Toi, songe à ton avenir et fais appel à tout ton charme ; tu t'es bien appliquée à séduire les hommes dans le passé. N'en fais pas trop : Alan, comme la plupart des hommes, préférera croire que l'initiative vient de lui. Laisse-le persister dans cette conviction. Et porte du rose le plus souvent possible. Il te va bien, et les hommes aiment ça.

— Oui, maman.

— Parfait. Maintenant, reprends-toi, et dirigeons nos efforts vers la réalisation de notre projet.

— Oui, maman.

Le lendemain matin, Augusta s'attarda dans la salle du petit déjeuner, ce qui ne lui ressemblait guère. Elle avait mal dormi. Toute cette histoire avec Max l'avait ébranlée plus qu'elle ne l'aurait cru sur le moment. Peut-être sa maîtrise d'elle-même n'était-elle pas aussi inexpugnable qu'elle le pensait. Elle était toujours à table à neuf heures et demie quand Brandy passa prendre une tasse de thé. Il s'assit en face d'elle et la regarda attentivement.

— Vous avez l'air patraque ce matin, mère. En fait, vous êtes dans le même état que moi après une nuit au club.

— Pas d'impertinences, s'il te plaît, répliqua-t-elle, mais sans irritation.

Elle aimait beaucoup son fils ; pour être tout à fait honnête, c'était lui qu'elle préférait dans la famille. Sa joie de vivre le rendait plus gentil que Christina, plus chaleureux que son père. Et il était l'un des rares à arriver à la faire rire, même quand elle n'en avait pas envie.

A présent, il la scrutait d'un air songeur.

— J'espère que vous n'avez pas attrapé le mal de Christina.

— C'est fort peu probable, dit-elle avec un frisson.

— Je ne vous vois pas passer une journée au lit.

Il s'empara d'un toast et entama son second petit déjeuner.

— Ce serait avouer trop de fragilité. Mais ce n'est pas forcément déraisonnable. Pensez-y, mère, fit-il en souriant. Si vous voulez, je jurerai que vous êtes partie aux courses ou bien faire des emplettes.

— Où donc pourrais-je aller aux courses, à cette époque de l'année ?

— Très bien. Je dirai que vous êtes allée assister à un combat de coqs !

Son sourire s'élargit.

— On te croira plus facilement si tu laisses un mot disant que nous y sommes allés tous les deux.

Elle le regarda, souriant malgré elle.

Il frémit.

— Balivernes. Je ne supporte pas les sports violents.

— Et moi alors ?

— Certainement que si. Vous auriez flanqué la frousse du siècle à Napoléon, s'il vous avait rencontrée dans une soirée.

Elle renifla.

— Ne viens-tu pas de vider la théière ?

— Je ne me serais pas permis. Franchement, mère, vous avez une petite mine. Prenez votre journée. Il fait beau, un peu froid, mais sec. Je vous emmène faire un tour. On sortira nos meilleurs chevaux !

L'offre était tentante. Rien ne lui plairait davantage qu'une promenade loin de Callander Square, avec Brandy. Elle en savourait déjà l'idée.

— Allons ! la pressa-t-il. L'air pur, des chevaux rapides, le crissement des roues sur un chemin neuf. Il reste encore des feuilles rouges sur les bouleaux.

Elle contempla son visage lisse et mat et vit l'enfant en lui, tout comme vingt ans plus tôt, elle avait vu l'homme dans ses traits. Mais avant qu'elle pût répondre, la porte s'ouvrit, et Max entra dans la pièce.

— L'inspecteur Pitt est là, Madame, de la police. Désirez-vous le voir ?

L'air frais, le cliquetis des sabots et les rires s'évanouirent.

— Je suppose que je n'ai pas le choix.

Elle repoussa sa chaise et se leva.

— Si je ne le fais pas maintenant, ce sera partie remise. Conduisez-le au petit salon, Max. J'arrive dans quelques minutes.

Brandy continuait à manger.

— C'est toujours au sujet de ces malheureux bébés ? Je me demande pourquoi ils s'obstinent ; ils ne trouveront jamais d'où ils viennent, les pauvres petits diables. Ils sont bien obligés de chercher, j'imagine, mais quel travail pourri ! Voulez-vous que j'y aille ? A mon avis, il a juste besoin d'une nouvelle permission pour interroger les domestiques.

— Non, merci, c'est gentil de ta part, mon cher. J'aurais été ravie d'aller faire un tour avec toi, mais je ne peux pas.

— Pourquoi ? Il ne va pas s'enfuir avec l'argenterie !

— Je ne peux pas le laisser, répéta-t-elle mécaniquement.

Elle ne tenait pas à lui en dire plus.

— A quel point connais-tu Alan Ross, Brandy ?

— Quoi ?

De surprise, il laissa retomber sa main avec le toast.

— A quel point connais-tu Alan Ross ? La question est pourtant simple.

— C'est un gentil garçon. Je le connais bien, je pense. Il s'est replié sur lui après la disparition d'Helena, mais il recommence à s'ouvrir. Pourquoi ?

— Je voudrais qu'il épouse Christina.

Il cessa de faire mine de manger et reposa son toast.

— Ton père n'est pas encore au courant, poursuivit-elle. Mais j'ai d'excellentes raisons. Si tu pouvais m'aider dans ce sens-là, ça me ferait grandement plaisir. Bon, il faut que j'aille voir ce policier.

Et elle sortit sous son regard médusé.

Pitt attendait devant la cheminée où les premières flammes léchaient le bois dans l'âtre encore froid. Elle referma la porte et s'arrêta. Il la regarda en souriant. N'y avait-il donc pas moyen de décontenancer ce diable d'homme ? Peut-être n'avait-il aucun sens des convenances et, partant, des inconvenances ? Il était immense et mal fagoté, avec trop de couches vestimentaires à la fois, et il la salua avec une spontanéité à laquelle elle ne s'attendait guère, même de la part de ses amis.

— Bonjour, Lady Augusta, dit-il joyeusement. Je vous serais très obligé de répondre à quelques questions.

— Moi ?

Elle entendait lui réserver un accueil glacial, mais il la prenait de court.

— Je ne suis au courant de rien, je vous assure.

Il s'écarta du feu pour lui faire de la place. Inexplicablement, ce geste de courtoisie l'irrita, peut-être parce qu'elle eût préféré le prendre en faute.

— Vous n'avez certainement pas conscience de savoir quelque chose, sinon vous me l'auriez dit. Mais il y a des détails que vous auriez pu remarquer, sans soupçonner leur importance.

— J'en doute, mais enfin, si vous insistez...

— Merci. Il s'avère extrêmement difficile de retrouver la femme dans cette affaire...

— Ça ne me surprend guère !

— Moi non plus.

Son visage mobile prit une expression faussement navrée.

— On aura peut-être plus de succès si on l'aborde sous un autre angle... celui de l'homme.

Il vint à l'esprit d'Augusta que ce serait peut-être l'occasion de se débarrasser de Max...

Déconcertée, elle surprit son regard gris et brillant sur elle. Par-dessus tout, elle était consciente de l'intelligence de cet homme : c'était une sensation déplaisante, et tout à fait nouvelle. Elle était incapable de le dominer.

— Vous avez une idée ?

Un petit sourire jouait aux coins de sa bouche.

— Non, opposa-t-elle immédiatement.

Puis elle décida de temporiser, au cas où une possibilité se présenterait plus tard.

— Enfin, je ne le crois pas.

— Vous êtes une femme sagace...

Un instant, elle craignit qu'il ne recoure à la flatterie.

— ... et vous avez une fille jeune et jolie.

Il ne semblait manifester aucun penchant pour la tromperie, ce qui était déjà singulier en soi. La vie en société voulait qu'on se dupe mutuellement, d'un commun accord.

— Vous avez dû vous forger une opinion sur les habitudes, les inclinations des hommes de votre milieu, ceux qui sont fréquentables et ceux qui ne le sont pas, et, par-dessus tout, ceux dont vous réprouvez formellement les mœurs.

C'était une constatation qu'elle ne pouvait raisonnablement démentir. Sa conclusion était inévitable.

— Bien sûr, acquiesça-t-elle. Mais j'hésiterais, en parlant à la police, à faire passer pour des soupçons les inimitiés ou les impressions personnelles. Elles pourraient bien se révéler sans fondement, et j'aurais ainsi, involontairement, commis une injustice.

Elle haussa légèrement les sourcils, le questionnant à son tour, lui renvoyant la balle.

La bouche de Pitt s'incurva. Si seulement il n'avait pas le regard aussi direct ! Elle aurait compris beaucoup plus facilement que Christina s'amourache d'un homme comme lui. De toute façon, il l'aurait certainement envoyée sur les roses. Elle se ressaisit. Cette idée était ridicule... et insultante.

— Je tiendrai compte de votre conseil, madame, répondit-il avec douceur. Je saurai ainsi par où commencer. Vous m'accorderez, n'est-ce pas, que jusque-là j'ai été extrêmement discret ?

— Je ne vois rien qui puisse vous inciter à l'indiscrétion, dit-elle calmement, avec une pointe de froideur.

Il sourit de plus belle.

— Voilà qui confirme mon propos.

— Au contraire, fit-elle, laconique. Ce serait en présumer la véracité.

Il battit gracieusement en retraite, au grand dam d'Augusta.

— Vous avez raison. Cependant, plus tôt je finirai mon enquête, plus vite l'affaire sera résolue, ou alors classée comme insoluble.

— Je comprends votre raisonnement, Mr. Pitt. Que désirez-vous donc savoir ?

Au moment où il allait répondre, la porte s'ouvrit sur Brandy. Pitt ne l'avait encore jamais vu, et elle surprit une rapide lueur d'intérêt dans son regard.

— Mon fils, Brandon Balantyne, dit-elle brièvement.

A en juger par son expression, Brandy éprouvait la même curiosité à l'égard de l'inspecteur.

— Vous n'allez tout de même pas soupçonner mère ! lança-t-il, désinvolte. Ou êtes-vous venu la consulter pour connaître les derniers potins ?

— Vous croyez que c'est une bonne idée ?

— Oh oui, excellente. Elle prétend être au-dessus de la mêlée, mais en fait, elle est au courant de tout.

— Brandon, ce n'est pas le moment de badiner, fit-elle d'un ton cassant. Deux enfants sont morts, et quelqu'un en est responsable.

Son humeur folâtre se dissipa aussitôt. Il regarda Pitt d'un air contrit.

— Les potins sont souvent précieux.

Pitt rompit le silence gêné, balayant la tension d'un geste de la main.

— Vous n'imaginez pas combien de fois la solution d'un crime réside dans un fait insignifiant connu du voisinage depuis le début. Seulement, personne ne nous en parle parce qu'on part du principe que nous sommes forcément au courant.

Brandy se détendit. Il fit une petite remarque en réponse, mais avant que Pitt pût reprendre ses questions, Christina parut.

Augusta en fut contrariée. C'était la curiosité qui l'amenait, et aussi la crainte qu'il se passe quelque chose en son absence. Le fait d'être restée au lit lui donnait l'impression d'être dépassée par la vie. Elle s'était habillée avec un soin méticuleux. Ses yeux brillaient ; elle s'était même fardé les joues comme si elle attendait la visite d'un soupirant ! Elle souriait à Pitt... pour peaufiner sa technique ! Franchement, à quoi pensait-elle ?

— Bonjour, inspecteur... Pitt ?

Elle hésita, affectant de n'être pas sûre de son nom. Puis elle s'avança ; on eût dit qu'elle allait lui tendre la main. Soudain, elle se souvint qu'il était policier, du même niveau social que les marchands ou les artisans. Sa main retomba. C'était mesquin, voire arrogant ; sans le sourire, c'eût été carrément rude.

— Bonjour, Miss Balantyne, répliqua Pitt, s'inclinant légèrement. Heureux de vous voir rétablie. Vous me paraissez en pleine santé.

— Merci.

— Peut-être pouvez-vous m'aider également. Il y a sûrement des hommes dans votre entourage dont la réputation laisse à désirer. Vous savez très bien, j'imagine, qui parmi eux est digne de confiance et qui ne l'est pas. Les jeunes filles discutent souvent de ces choses-là pour se soutenir mutuellement.

Il se tourna sans crier gare vers Brandy.

— Ou bien vous, Mr. Balantyne. Auriez-vous des amis qui entretiennent des rapports avec une personne de rang inférieur ?

— Bonté gracieuse, ils doivent être légion.

Pris au dépourvu, Brandy avait répondu sans louvoyer.

— Mais normalement, on a le bon sens de ne pas faire ça sous son propre toit !

Pitt réprima un sourire.

— Tout à fait. Et vos domestiques ? Vous avez un valet qui m'a l'air d'avoir du tempérament.

Il pivota jusqu'à ce que son regard scrutateur se pose sur Christina.

Augusta sentit le sang déserter son visage, tandis que celui de Christina virait à l'écarlate. Le coup avait été porté à l'improviste, sans qu'elle eût le temps de préparer sa défense. Elle ouvrit la bouche pour intervenir et vit Pitt qui la regardait, attentivement, sans ciller. Elle se mordit la langue. Son élocution même risquait de la trahir, trop véhémente, alors qu'elle aurait dû faire preuve d'indifférence.

— Ce n'est qu'un valet, rétorqua Christina froidement, mais sa voix vacilla, comme si elle était restée coincée dans sa gorge. Je ne me suis jamais intéressée à sa vie privée. Vous avez peut-être du mal à comprendre, car vous n'avez pas de serviteurs à demeure, mais, dans notre monde, on ne converse pas avec les domestiques. Ils sont là pour travailler, pour faire tourner la maison ; ce sont les seuls sujets qu'on aborde avec eux, et encore, généralement par l'intermédiaire du majordome. C'est là la fonction d'un majordome. Vous n'avez qu'à leur parler directement. Ces filles-là doivent être davantage son rayon, ne croyez-vous pas ?

— Très certainement.

Pitt n'était nullement affecté par sa morgue. Son visage était parfaitement lisse ; son ton, chaleureux.

— Mais il n'est pas obligé de les trouver à son goût.

— Je ne connais pas ses goûts ! siffla Christina. Franchement, c'est le cadet de mes soucis.

Pitt émit un grognement ; apparemment, il était en train de soupeser cette considération. Son regard ne quittait pas Christina. Elle détourna les yeux.

— Depuis combien de temps est-il à Callander Square ? demanda-t-il.

— Depuis six ans environ.

Ce fut Brandy qui répondit, l'air innocent. Augusta songea à le renvoyer sous un prétexte quelconque pour se débarrasser de lui, mais voyant le visage intelligent, attentif de Pitt, comprit que ce serait une erreur de jugement, allant dans le sens des soupçons qu'il pouvait nourrir.

— C'est un bon valet ? s'enquit Pitt.

— Excellent, répliqua Brandy. Je ne l'aime pas beaucoup, mais je n'ai rien à lui reprocher. Sincèrement, s'il ne tenait qu'à moi, je l'aurais déjà jeté dehors !

— Et qu'est-ce qui vous empêche de le faire ?

Pitt feignit l'ignorance.

— A vrai dire, rien, fit Brandy avec nonchalance. Enfin, bon, il ne me gêne pas. Et, visiblement, les autres en sont contents.

— Pas de réclamations de la part du personnel féminin ?

— Non, pas du tout.

— Les bonnes sont consentantes ? Ou bien cherche-t-il son plaisir ailleurs ?

— Mr. Pitt !

Augusta finit par s'interposer.

— Consentantes ou non, je n'autorise pas la fornication sous mon toit ! Quels que soient leurs appétits, je vous assure que mes valets les satisfont ailleurs.

Mais Pitt observait Christina. Seigneur miséricordieux ! Il ne pouvait tout de même pas être au courant ? Il n'avait aucun moyen... aucun !

— Si vous pensez que Max est responsable, inspecteur, dit-elle avec tout le sang-froid dont elle était capable, et sans regarder Christina, je vous suggère de chercher la femme en dehors de cette maison. Peut-être devriez-vous interroger à nouveau les autres domestiques du square ?

— Ce serait plus simple de demander à Max, glissa Brandy. La pauvre fille a peu de chances d'avouer, surtout maintenant. Cuisinez-le un peu, mettez-le sur le gril. Trouvez qui sont ses petites amies...

Augusta étouffa une exclamation, mais ce fut Christina qui l'interrompit.

— Non ! bredouilla-t-elle. Ce serait stupide.

Elle avait peine à articuler.

— Et injuste ! Rien ne te prouve que Max soit mêlé à cette affaire. Je ne veux pas que tu perturbes nos domestiques. Mère, s'il vous plaît !

— Cela me semble injustifié.

Augusta choisit ses mots avec la plus grande précaution.

— Avez-vous des raisons de le soupçonner, inspecteur ? Car, si ce n'est pas le cas, je me verrai obligée de vous interdire de harceler mon personnel. Revenez avec des preuves, et vous aurez tout mon appui.

Christina respira profondément.

La porte s'ouvrit, et le général entra. Il s'arrêta, surpris.

— Bonjour, monsieur, dit Pitt courtoisement.

— Encore vous ? répliqua Balantyne. Avez-vous découvert quelque chose ?

— Il cherche l'homme, fit Brandy. Il pense que ce pourrait être Max. Il veut lui parler.

— Bonne idée, décréta le général. Comme ça, on saura à quoi s'en tenir.

Il se pencha et, avant qu'Augusta pût l'en empêcher, tira sur le cordon de la sonnette. L'instant d'après, Max parut. Il devait attendre dans le vestibule.

Pitt croisa son regard, examina le visage ténébreux et lascif, la mise impeccable.

— Monsieur ? dit Max.

— Des attaches sentimentales, une maîtresse ? questionna Balantyne à brûle-pourpoint, avec la délicatesse d'une charge de cavalerie.

Augusta grimaça.

Max broncha à peine.

— Je vous demande pardon ?

— Ne suis-je pas assez clair ? Avez-vous des attaches sentimentales ? Des amies de cœur, appelez ça comme vous voulez.

— Je n'ai pas l'intention de me marier, Monsieur.

— Ce n'est pas ce que j'ai dit, nom d'un chien ! Ne faites donc pas l'imbécile.

— Ma dernière idylle vient juste de s'achever, hélas !

Souriant sous ses paupières lourdes, Max coula un coup d'œil imperceptible en direction de Christina.

— Qui était-ce ?

— Sauf votre respect, Monsieur, ça n'a aucun intérêt pour la police. Il s'agit d'une femme respectable, de bonne famille.

Sa voix frémissait d'une hilarité cachée.

Impuissante, Augusta ne pouvait qu'assister au désastre. En choisissant de protéger ses intérêts, Max protégerait Christina. C'était son seul espoir.

Pitt attendait, cantonné dans un simple rôle de spectateur.

— De bonne famille ? répéta le général, incrédule.

— Oui, Monsieur.

— Qui est-ce ?

— Je préfère ne pas la nommer, Monsieur. Il n'est pas nécessaire de prononcer son nom devant la police. Lady Augusta est au courant ; si vous souhaitez lui demander...

Il laissa la phrase en suspens.

Christina était blême ; ses joues fardées flamboyaient comme un masque de clown.

— Ce sera tout, Monsieur ? s'enquit Max.

Balantyne fixait sa femme.

Augusta se ressaisit.

— Oui, merci, Max. Si on a besoin d'autre chose, on vous appellera.

— Merci, Madame.

Il s'inclina très, très légèrement et sortit, refermant la porte en douceur.

— Alors ? questionna Balantyne.

— Il a tout à fait raison, répliqua-t-elle précipitamment. Ça ne présente aucun intérêt pour la police.

Pitt demanda doucement et très poliment :

— Pourquoi ne pas me l'avoir dit dès le début, madame ?

Elle sentit son sang se figer.

— Je vous demande pardon ?

Elle cherchait à gagner du temps, quelques secondes pour trouver une réponse.

— Pourquoi ne pas m'en avoir parlé quand nous avons soulevé la question, Lady Augusta ?

— Je... j'avais momentanément oublié. Ce n'est pas important.

— Qui est cette femme... de bonne famille, Lady Augusta ?

— Je ne me sens pas autorisée et je n'ai pas non plus envie de révéler son nom.

— Oh, allons, Augusta ! dit Balantyne, exaspéré. Si elle n'est pas impliquée, Pitt ne lui fera rien. Vous serez discret, n'est-ce pas ? Du reste, la conception que Max a d'une « bonne » famille est très différente de la nôtre.

— Je préfère m'abstenir.

Elle n'allait pas mentir et accuser quelqu'un de totalement innocent : même si c'était possible, ce serait immoral.

Pitt se retourna vers Christina, pétrifiée.

— Miss Balantyne ? fit-il lentement. Peut-être voudriez-vous m'éclairer ?

Elle était sans voix.

— Christina ?

Pour la première fois, le général eut l'air de douter.

— Peu importe, dit Pitt avec calme. Je poursuivrai mes investigations ailleurs et reviendrai ici à un autre moment.

— Mais oui, tout à fait, acquiesça Augusta.

Elle sentit la tension l'abandonner et, malgré ses

efforts, ne put masquer son soulagement. Elle comprenait ce qu'il voulait dire : il était au courant pour Max et Christina et chercherait à savoir par d'autres moyens si c'était elle qui avait donné naissance aux deux enfants. Mais Augusta était sûre que ce n'était pas Christina. Elle l'aurait su : Christina n'aurait eu ni le courage ni l'habileté de le lui cacher. Et maintenant qu'elle avait eu le temps d'y réfléchir, sa fille n'en avait pas eu la possibilité non plus. Elle ne s'était pas rendue opportunément quelque part où elle aurait pu dissimuler son état.

Sereinement, elle fit face à Pitt.

— Ce serait de loin la meilleure solution.

L'air entendu, il posa sur elle ses yeux curieux et pénétrants. Ils s'étaient compris. Elle ne bluffait pas, elle avouait, et il le savait.

— Excellent conseil.

Il inclina légèrement la tête.

— Bonne journée, Lady Augusta, Miss Balantyne, mon général, Mr. Balantyne.

Après son départ, Balantyne se tourna vers Augusta, la mine ombrageuse.

— De quoi s'agit-il, Augusta ? A quoi joue-t-il ?

— Aucune idée, mentit-elle.

— Ne soyez pas ridicule ! Lui et vous vous compreniez à demi-mot, même moi je m'en suis rendu compte. Que se passe-t-il ? Et quel rapport avec Max ? J'exige une réponse.

Elle réfléchit un instant. Elle avait oublié sa pugnacité, quand il daignait s'intéresser à quelque chose. Elle l'avait tant aimé vingt ans plus tôt ! Il avait été la virilité même : net, puissant et aussi un peu comme une idole parce que inconnu. Au fil des ans, elle apprit à le connaître ; sa force, découvrit-elle, était spasmodique. La sienne était plus profonde, plus souple, prête à faire face, jour après jour : la force qui endure les guerres, pas seulement les batailles.

— Tu peux partir, Christina, dit-elle calmement. Tu n'as pas à t'inquiéter pour Mr. Pitt, du moins pas pour le moment. Occupe-toi de tes propres affaires et prépare-toi pour le dîner de ce soir. Brandy, tu peux t'en aller aussi.

— Je préférerais rester, mère.

— Peut-être, mais tu vas nous laisser quand même.

— Mère...

— Brandon, fit Balantyne d'un ton tranchant.

Brandy et Christina sortirent en silence.

— Alors ? demanda Balantyne.

Augusta lui jeta un regard incrédule. Il n'avait toujours pas compris.

— La jeune fille en question, c'est Christina, déclara-t-elle sans ambages. Elle a eu une aventure avec Max. Je croyais que vous l'aviez deviné. Mr. Pitt a tout saisi, lui.

Il écarquilla les yeux.

— Vous avez dû vous tromper !

— Ne soyez pas jobard ! Vous me voyez commettre une erreur pareille ?

Ses nerfs avaient fini par lâcher. Elle allait soit sortir de ses gonds, soit fondre en larmes.

— Ne prenez pas cet air affolé. Je m'en occupe. Inutile de lui parler d'une éventuelle grossesse.

— J'entends la marier le plus tôt possible, à Alan Ross de préférence...

— Et lui, souhaite-t-il l'épouser ?

— Pas encore, mais cela ne saurait tarder. Ça dépend de nous...

— Nous ?

— Évidemment, « nous ». La petite ne peut pas y arriver toute seule. Je vous dirai quand ce sera le moment de l'approcher. Peut-être à Noël.

— N'est-ce pas un peu précipité ?

Il la regarda fixement.

— Si. Mais ce pourrait être préférable.

Le visage du général se crispa.

— Je vois. Et puis-je savoir pourquoi Max est toujours à la maison ? Elle n'a tout de même pas l'intention de l'épouser ?

— Bien sûr que non ! Il ne l'intéresse pas en dehors... de... enfin, c'est fini de toute façon. Je me débarrasserai de lui à la première occasion. Pour le moment, l'essentiel est qu'il se taise. Et le meilleur moyen de s'en assurer est de le garder ici, du moins en attendant.

— En attendant le mariage de Christina, vous voulez dire.

— Plus ou moins.

— Augusta ?

Pour la première fois, elle leva les yeux sur lui.

— Non, dit-elle simplement, répondant à sa question informulée. Je me suis certes lourdement trompée au sujet de Max. J'ai mal jugé Christina ; je ne la connais pas aussi bien que je devrais, mais elle n'a rien à voir avec les enfants du jardin. Cela, je l'aurais su.

Singulièrement, à soutenir ainsi son regard, elle eut honte. C'était son rôle de bien connaître sa fille afin d'éviter ce genre de turpitudes.

Balantyne gardait le silence.

— Je suis désolée.

Elle se sentait obligée de s'excuser.

Il lui tapota le bras, puis retira sa main comme s'il ne savait pas très bien pourquoi il avait fait cela.

— Et la police ? demanda-t-il.

— Je pense que Pitt et moi nous sommes entendus. Il est très intelligent. Il a compris que je sais que ce n'est pas Christina. Voilà qui devrait le satisfaire, du moins pour un bon moment. Bien sûr, il peut soupçonner Max d'avoir... d'autres...

Elle se reprit.

— Enfin, notre problème immédiat, ce n'est pas Mr. Pitt. Il faut qu'on réfléchisse à Christina et Alan Ross.

— Je me demande comment vous pouvez être... aussi...

Il la considéra avec incompréhension et même une vague aversion.

Curieusement, elle en souffrit.

— Qu'auriez-vous préféré ? rétorqua-t-elle avec raideur. Que je pleure ? Que je m'évanouisse ? A quoi cela aurait-il servi ? Nous devons régler cette question maintenant. Nous aurons tout le temps d'épancher nos sentiments une fois qu'elle sera mariée.

— Et si Ross n'a pas envie de l'épouser ?

— L'envie, on peut la susciter. Sinon on trouvera quelqu'un d'autre. Commencez à réfléchir aux éventuels candidats, juste au cas où...

— C'est tout l'effet que ça vous fait ? Votre fille a couché avec un valet, sous notre propre toit...

— Qu'importe où c'est arrivé ! Bien sûr que ça me fait quelque chose... mais je n'ai pas l'intention de m'écrouler pour qu'une erreur se transforme en désastre. Retournez donc à vos papiers ; cette malheureuse Miss je-ne-sais-comment ne va pas tarder. Si vous voulez vous rendre utile, pensez aux autres prétendants possibles pour Christina, au cas où ça ne marche pas avec Ross. Moi, je vais établir l'agenda mondain de Christina.

Et, avant qu'il pût protester, elle quitta la pièce. Il y avait beaucoup à faire.

A son arrivée, Charlotte fut conduite directement dans la bibliothèque où elle s'attaqua immédiatement aux lettres qu'elle avait commencé à répertorier la veille. Elle ne remarqua pas que le général parut seulement une demi-heure plus tard.

— Bonjour, Miss Ellison.

— Bonjour, général Balantyne.

Elle leva les yeux, ainsi que le voulait la politesse, et nota une raideur inhabituelle dans son maintien, comme s'il était mal à l'aise ou subitement intimidé. Elle chercha mentalement la cause de cette attitude et n'en trouva point.

— Désolé de vous avoir fait attendre, dit-il à la hâte. J'espère que vous n'étiez pas... inquiète... ?

Elle sourit dans l'espoir de le rasséréner.

— Pas du tout, je vous remercie. J'ai pensé que vous étiez sollicité par d'autres tâches et j'ai continué mon travail.

— C'était la police, fit-il en s'asseyant.

Sachant que ce devait être Pitt et que Balantyne ne se doutait pas qu'elle était sa femme, Charlotte eut l'impression d'être une hypocrite. Elle était là justement pour observer les faits qu'ils ne dévoileraient pas spontanément à la police, et pourtant elle le redoutait. Elle aimait bien Balantyne et aurait préféré conserver son estime.

— Ils sont bien obligés de poursuivre l'enquête, dit-elle doucement. On ne peut pas l'abandonner comme ça.

— Dommage, répondit-il, le regard vague. Ça crée beaucoup de souffrances pour tout le monde. Mais vous avez raison, bien sûr : la vérité doit être faite, quel qu'en soit le prix. L'ennui, c'est qu'on découvre un tas d'autres choses en même temps. Enfin...

Il se redressa.

— Nous avons du pain sur la planche. Je vous serais obligé de classer tout ça par ordre chronologique, dans la mesure du possible. Je crains qu'elles ne soient pas toutes datées. Mais peut-être que vos souvenirs d'histoire...

Il laissa la phrase en suspens pour ne pas paraître désobligeant quant à ses connaissances.

— Oh, il y a un excellent ouvrage là, sur l'étagère, sur les campagnes de Marlborough. Je vous ai demandé la permission de l'emprunter il y a deux jours, et vous avez eu la bonté de me l'accorder.

— Ah oui ?

Elle comprit à sa mine perplexe qu'il avait des soucis plus graves qu'elle ne l'avait cru au début.

— Ah oui, répéta-t-il bêtement. J'avais oublié. Évidemment, vous saurez...

Elle lui sourit.

— Si vous avez d'autres occupations, je peux très bien travailler seule. Vous n'avez pas besoin de me surveiller, si ça vous pose un problème.

— Vous êtes très aimable, mais je n'ai rien d'autre à... du moins, pas maintenant. Merci.

Et, la figure légèrement empourprée, il se pencha sur ses papiers.

Il lui adressa encore la parole une fois ou deux, mais ses remarques furent sans signification réelle, et, le sachant préoccupé, elle ne réagit pas. Avait-il découvert quelque chose sur Christina ? Qu'elle craignait d'être enceinte ? Ou même pire ? La compassion lui défendait d'essayer d'en savoir plus. Elle aurait voulu le réconforter ; son instinct la poussait à le toucher pour alléger la tension qui l'habitait, l'aider à se détendre. Se laisser aller quelques instants ne pouvait que le fortifier. Mais bien sûr, ce serait totalement malséant. Au lieu du soutien qu'un être humain apporte à un autre être humain, son geste engendrerait l'embarras, l'incompréhension, voire la peur. Des années de conventions figées les séparaient. Elle fit donc mine de n'avoir rien remarqué. Elle pouvait au moins respecter sa solitude : c'était un pis-aller, mais c'était mieux que rien et, en agissant de la sorte, elle se conformait sans doute à son désir.

Peu avant midi, Max vint annoncer que Garson Campbell était au petit salon et souhaitait voir le général Balantyne. Fallait-il le faire entrer ?

— Comment ?

Max répéta sa question. En le regardant, Charlotte se dit qu'elle n'avait jamais vu quelqu'un d'aussi repoussant. Cette bouche ourlée, cette moiteur qu'elle trouvait répugnante, comme s'il s'humectait constamment les lèvres, alors qu'il n'en était rien...

— Mais oui, répondit Balantyne. Conduisez-le ici. Je ne sors pas, sinon il va croire que je n'ai rien d'autre à faire de la journée.

Garson Campbell arriva quelques instants plus tard. Charlotte ne l'avait encore jamais vu ; elle resta parfaitement immobile dans son coin, le livre sur Marlborough à la hauteur de sa tête, dans l'espoir de passer inaperçue. Prudemment, elle risqua un coup d'œil par-dessus la tranche.

Campbell avait un visage intelligent, un nez long, une bouche dure et ironique, des yeux vifs. Il tapa légèrement du pied, sans doute pour se réchauffer.

— Bonjour, Balantyne.

Apparemment, il n'avait pas remarqué Charlotte. Elle se figea : avec un peu de chance, le général l'oublierait aussi.

— Bonjour, Campbell.

— Toujours occupé à ressusciter les lauriers du passé ? Enfin, ça vaut mieux que l'apathie actuelle, du moment qu'on ne les considère pas comme un succédané.

— On ne retient pas grand-chose de l'histoire si l'on choisit de ne pas s'en souvenir, répliqua Balantyne, sur la défensive.

— Mon cher Balantyne..., dit Campbell en s'asseyant. Le jour où l'humanité apprendra à profiter des leçons de l'histoire, je saurai que l'avènement du Messie est proche. Toutefois, c'est un exercice inoffensif et probablement plaisant à lire. Beaucoup moins dangereux que la politique. Dommage que certains de vos collègues militaires n'occupent pas leur temps de manière tout aussi innocente. Pourquoi les hommes s'imaginent-ils qu'en ayant acheté une charge dans l'armée et ayant eu la chance de ne pas se faire occire, ils peuvent également s'offrir un siège à Westminster et survivre aux guerres infiniment plus subtiles de la politique ?

— Je n'en ai pas la moindre idée, dit Balantyne, laconique. Ce n'est pas à moi qu'il faut poser cette question-là.

— Pour l'amour du ciel, c'était juste une observation en passant. Je ne vous demande pas une réponse ! Je n'attends de réponses de personne. Le mieux que je puisse espérer, c'est de trouver ici ou là quelqu'un qui reconnaisse au moins la question. Cette fichue police est encore venue fouiner chez vous ?

Balantyne se raidit.

— Oui. Pourquoi ?

— Il serait temps qu'ils abandonnent. Cette histoire n'est qu'un exercice théorique, de toute façon. Une affaire d'image de marque. Ils y ont déjà sacrifié suffisamment. Jamais ils ne trouveront qui c'est et, s'ils avaient une once de bon sens, ils n'auraient pas la prétention d'y parvenir.

— Ils sont bien obligés d'essayer. Il s'agit d'un crime grave.

— Quelque malheureuse qui a accouché d'un enfant mort-né ou qui l'a tué à la naissance. Bon sang, Balantyne, il y a des morts partout. Savez-vous seulement combien d'enfants miséreux meurent à Londres chaque année ? Ceux-ci ne se sont sûrement rendu compte de rien. Et quelle sorte d'existence auraient-ils menée ? Épargnez-moi le charabia sentimental. Comment diable étiez-vous sur le champ de bataille ? Terrifié d'ordonner la charge, de peur d'avoir des blessés ?

— On peut difficilement comparer une guerre où l'on se bat pour ses idéaux ou pour son pays à un assassinat de nouveau-nés !

Balantyne bouillait intérieurement. Charlotte vit la lumière jouer sur ses mâchoires crispées. Il avait un visage plus énergique que Campbell, plus mince, aux contours plus nets, mais la courbure des lèvres trahissait une certaine douceur, un soupçon de vulnérabilité. Elle aurait aimé affronter Campbell elle-même, parer son cynisme brillant par ses propres traits acérés. Elle n'avait pas peur de lui : elle savait au fond de son cœur que l'absence d'optimisme, siège d'espoir irrationnel dans l'âme plutôt que dans le cerveau, était un défaut fatal, le germe de la mort.

Campbell soupira avec une patience ostensible.

— On n'y peut plus rien, Balantyne. Pour l'amour de Dieu, essayons au moins de sauver les meubles. J'ai déjà glissé un mot ici et là pour faire classer l'affaire. La police a bien travaillé ; maintenant, elle peut arrêter. Vous avez des amis, Carlton aussi. Voyez ce que vous pouvez faire. Je suis sûr que Carlton va réagir. Le pauvre diable a déjà découvert un nid de vipères dans sa propre maison. S'il a été surpris, il est bien le seul. Une jeune femme épanouie comme Euphemia, épouser un vieux pruneau, à quoi s'attendait-il donc ! Tout de même, c'est dommage de l'étaler au grand jour. Ce n'était pas indispensable, si seulement la police s'était mêlée de ce qui la regarde.

Balantyne était livide.

— On n'a pas besoin de l'étaler au grand jour, sauf si vous choisissez de le faire expressément. Mais puisque vous êtes un gentleman, je doute que vous agissiez de la sorte !

Il s'était soulevé de son siège, comme pour appuyer ses propos d'une menace physique.

Campbell semblait plus amusé qu'impressionné.

— Mais bien sûr. Tout le monde a un cadavre dans son placard. Je n'ai encore rencontré personne qui n'ait rien à se reprocher et surtout rien à cacher. Asseyez-vous donc, Balantyne. Vous êtes ridicule. Je voulais juste le mentionner, c'est tout.

Pour la première fois, il jeta un coup d'œil sur Charlotte, et elle baissa instantanément les paupières, mais non sans avoir croisé son regard, pétillant et appréciateur. Que croyait-il qu'elle faisait ici ? Elle sentit le sang lui monter au visage tandis que la réponse évidente s'imposait à elle. Pourvu que le général fût trop innocent, et trop rigide, pour y avoir songé également !

Cependant, après le départ de Campbell, il se tourna vers elle, rouge lui aussi.

— Charlotte, je... je m'excuse pour Campbell. Je suppose seulement qu'il ne s'est pas aperçu tout de suite de votre présence. Je... je vous assure...

L'embarras du général lui fit oublier le sien.

— Ce n'est pas grave, répondit-elle en souriant. A dire vrai, je n'y pensais pas ; pour moi, ce ne sont que quelques mots déplaisants, rien de plus. N'en parlons plus, voulez-vous ?

Il la scruta avec attention et se détendit, soulagé.

— Merci... euh, merci.

Une semaine entière s'écoula avant qu'Augusta trouve finalement un moyen satisfaisant pour se débarrasser de Max. Elle avait demandé de l'aide et avait dû inventer une explication plausible avant de contacter des parents éloignés pour leur proposer un échange de services. Tout était arrangé enfin ; il ne lui restait plus qu'à informer Max.

C'était huit jours avant Noël. Elle se sentait infiniment mieux que ce désastreux matin de la visite de Pitt. Christina avait joué son rôle à la perfection, et Alan Ross semblait s'être résigné à son sort. Cet après-midi même, elle l'avait vu escorter Christina pour une promenade dans sa voiture. Elle-même se trouvait dehors à ce moment-là. Brandy était sur le trottoir aussi, bavardant avec la jolie petite gouvernante des Southeron. Charmante créature, un peu maigre, mais d'une grâce singulière, et avec un si beau sourire : exactement ce qu'il fallait pour s'occuper d'enfants.

Elle était seule à la maison. Brandy était parti au club, le général aussi. La jeune personne, Miss Ellison, était rentrée chez elle de bonne heure. Elle sonna Max.

Il parut au bout de quelques minutes.

— Madame ?

Il avait l'air sournois, comme toujours.

— J'ai pris des dispositions pour votre nouvelle place, Max...

— Madame...

Il la fixa d'un œil bovin.

— A Londres, poursuivit-elle, chez Lord Veitch. Je vous donnerai d'excellentes références. Vous serez valet de pied et valet de chambre lors de ses voyages à l'étranger, et ils sont fréquents. Il passe la saison à Londres et l'été à la campagne. Il y va aussi pour chasser, bien sûr. Il séjourne souvent à Paris et à Vienne. Vous l'accompagnerez dans ses déplacements et toucherez un salaire supérieur à celui que nous vous versons actuellement. C'est une promotion, n'êtes-vous pas d'accord ?

— Certainement, Madame.

Il s'inclina avec un lent sourire.

— Je vous suis très reconnaissant. Quand dois-je partir ?

— Immédiatement. Demain matin. Lord Veitch va à la campagne pour Noël et à Paris pour le jour de l'An.

— Merci, Madame.

Il s'inclina à nouveau, toujours souriant, et se retira.

Elle l'annonça à Balantyne le soir même, assise devant sa coiffeuse, les cheveux défaits ; la femme de chambre les avait brossés avant d'être congédiée.

Drapé dans sa robe de chambre, Balantyne ouvrit de grands yeux.

— Vous avez laissé partir cette canaille pour une

meilleure place ? Et Bertie Veitch ? Qu'a-t-il fait pour mériter ça ?

— Il me doit une faveur.

— Augusta !

— Je l'ai prévenu, rétorqua-t-elle impatiemment. Et je réglerai la différence de salaire.

— Pendant combien de temps ? Moi, je refuse de rétribuer ce... porc... pour son infâme...

— Il n'en profitera pas longtemps, Brandon. Bertie l'emmènera à l'étranger, à Paris, puis à Vienne. Là-bas, il trouvera un prétexte afin de le renvoyer pour malhonnêteté. Je doute que Max apprécie les prisons viennoises.

Balantyne la dévisagea, blême.

— Comment avez-vous pu, Augusta ? C'est déloyal !

— C'est tout ce qu'il mérite.

Glacée intérieurement, elle croisa son regard et détourna les yeux.

— Qu'auriez-vous préféré, que je le garde ici pour lui permettre de nous faire chanter ? Dans cette maison, avec Christina et Alan Ross ?

— Bien sûr que non ! Mais pas ça !

— Quoi alors ? Avez-vous une autre idée ?

Grand, droit, le corps figé, il la contempla en silence.

Elle se leva et se dirigea vers son lit, les cheveux tombant sur les épaules. Elle se sentait terriblement vulnérable, telle une jeune mariée dans une chambre avec un étranger.

7

Noël passa avec son attirail traditionnel : décorations, bals, mets raffinés et vins capiteux, flirts, cadeaux, cloches, chants et même, à l'occasion, les prières.

Cette semaine-là, Charlotte n'alla pas à Callander Square, mais se consacra à son foyer. L'année précédente, jeune épousée, elle avait été moins sensible à l'atmosphère confortable et chaleureuse de la simple amitié, de la participation sans angoisse ni désir de plaire. Mais cette fois, elle para le salon de lanternes et de guirlandes de couleur, acheta un petit sapin qu'elle décora et s'absorba dans la préparation de caramels, fondants, pâte d'amande et chocolats à la menthe à distribuer aux chanteurs des rues, sans oublier les petits paquets-cadeaux pour sa famille.

Le 2 janvier, l'affaire de Callander Square se rappela à son souvenir et, après que Pitt partit le matin au poste de police, elle s'acquitta plutôt distraitement de ses tâches ménagères et s'en fut chez les Balantyne dans l'intention d'en apprendre davantage sur les autres habitants du square, à commencer par les Southeron. En effet, si Reggie Southeron avait coutume de harceler ses servantes, toutes n'étaient peut-être pas aussi récalcitrantes que Mary Ann. Du reste, il n'était pas certain que Mary Ann elle-même ne récriminait pas pour la forme, pour préserver sa dignité. Il serait bon de savoir depuis combien de temps Mary Ann travaillait à Callander Square et de se renseigner au passage sur celle qui l'avait précédée à ce poste.

A cette fin, Charlotte profita de sa sympathie spontanée pour Jemima Waggoner et accepta une invitation à déjeuner pour le lendemain. Ce jour-là, à midi, elle s'excusa auprès du général et se hâta de gagner sous la pluie l'entrée de service des Southeron. Une fille de cuisine hilare lui ouvrit et la conduisit à l'étage, dans la salle de classe où Jemima déjeunait seule : Faith, Patience et Chastity étaient invitées chez les Campbell pour fêter l'anniversaire de Victoria Campbell.

Jemima bondit sur ses pieds, le visage illuminé d'un grand sourire.

— Ah, Charlotte, je vous en prie, entrez. Je suis si contente que vous ayez pu venir. Le général Balantyne ne vous a rien dit ?

— Bien sûr que non, du moment que je reviens vers deux heures. De toute façon, lui aussi doit déjeuner. A dire vrai, nous avons classé presque tous les papiers et, à mon avis, il ne sait pas très bien quoi faire ensuite.

— C'est un personnage assez intimidant, n'est-ce pas ?

Plutôt qu'une question, c'était l'expression d'une opinion. Tout en parlant, Jemima mettait une nappe et le couvert sur une petite table. Sitôt qu'elle eut fini, une bonne apporta le plateau préparé par la cuisinière. C'était une collation étonnamment copieuse pour un repas de midi ; Charlotte pensa en la voyant qu'elle reflétait sûrement le goût de Reggie Southeron pour le confort et la bonne chère.

Elle s'extasia devant le menu, et elles se mirent à parler nourriture et vie quotidienne chez les Southeron. Puis, quand elles eurent terminé le plat principal et qu'on leur eut servi le pudding, Jemima revint sur le travail de Charlotte.

— Est-ce confidentiel ? demanda-t-elle.

— Oh non, je ne le crois pas. En fait, plus les gens sont au courant, plus ils s'intéressent au sujet, et plus mon employeur est content. Il est très fier de sa famille, vous savez. Moi aussi, je l'avoue, je le serais si ma famille s'était distinguée de la sorte. Il y a eu un Balantyne dans presque toutes les grandes batailles depuis l'époque du duc de Marlborough.

Jemima sourit, le regard lointain et rêveur.

— C'est un héritage prestigieux. Il ne doit pas être facile, pour quelqu'un qui naît là-dedans, de se sentir à la hauteur. Je me demande bien si le jeune Mr. Balantyne prendra part à de telles batailles et deviendra général à son tour.

— Ma foi, il n'y a plus beaucoup de guerres, répondit Charlotte.

Elle songeait toutefois non pas aux engagements militaires, mais aux engagements du cœur. L'expression du visage de Jemima la préoccupait. Elle n'avait rien à voir avec son propre intérêt impersonnel, son enthousiasme devant la force, le courage, la souffrance des hommes tombés au champ d'honneur. Et tout à voir avec Brandy Balantyne, son sourire, sa svelte silhouette, sa tête brune.

Jemima ne trouvait pas de mots pour répondre ; elle avait l'air perdue.

— Je l'espère, dit-elle enfin, contemplant la cuillère dans sa main. C'est effarant de penser aux jeunes gens qui partent se battre à l'étranger, participer aux campagnes qui nous concernent si peu et qui se font mutiler ou tuer.

— Nous concernent-elles si peu que ça ? fit Charlotte, songeuse. Notre mode de vie — richesse et sécurité, commerce maritime avec le monde entier, marchés pour nos produits et objets exotiques qu'on achète chez nous — tient au simple fait que notre empire s'étend aux quatre coins du globe. Et beaucoup considèrent de leur devoir, poursuivit-elle en regardant Jemima en face, de répandre la civilisation, le christianisme et la bonne méthode de gouverner chez les peuples qui ignorent ces notions-là.

— Peut-être, acquiesça Jemima à contrecœur. Mais le prix à payer est terrible. Il y en a tant qui ne reviennent pas. Pensez aux épouses, aux familles.

— Il y a peu de choses qu'on acquiert sans payer le prix fort.

Charlotte songeait aux rares véritables trésors qu'elle connaissait : la compassion, la reconnaissance, la compréhension.

— Et ce pour quoi on ne verse pas une contrepartie d'une façon ou d'une autre, on a malheureusement tendance à ne pas l'apprécier à sa juste valeur.

Elle sourit pour atténuer un peu ses propos.

Jemima fronça les sourcils.

— Croyez-vous que nous accordons parfois de l'importance à quelque chose simplement parce que nous l'avons payé ? Trop payé, d'ailleurs ? Alors, nous nous y raccrochons et continuons à payer ?

Charlotte réfléchit un instant. Elle s'était retrouvée engagée, investie dans une situation en raison seulement de tout ce qu'elle lui avait déjà sacrifié. Son amour de jeunesse pour Dominic devait probablement tenir du même raisonnement. Jemima pensait-elle au prix des possessions, de la guerre... ou bien craignait-elle que Brandy Balantyne ne fût tué dans une bataille ? Elle se rappela d'autres bribes de leurs conversations, les remarques fréquentes, chaleureuses, sur les Balantyne.

— C'est possible, répondit-elle, revenant au moment présent. Les hommes réagissent de la sorte lorsqu'il s'agit de guerres ou de politique, et les femmes sans doute quand il est question de mariage.

Jemima se détendit avec un petit soupir mélancolique.

— Et que peuvent-elles faire d'autre ? On n'abandonne pas son mariage, aussi inconsistant soit-il ; la seule solution, c'est d'y travailler. On n'a pas les moyens de partir. Même si on avait de l'argent à soi, une fois qu'on est mariée, ça devient la propriété du mari. Si on s'en va, on s'en va les mains vides. Et personne ne vous aidera parce que la société n'admet pas le divorce. Ma sœur aînée... mais c'est une triste histoire ; je suis sûre que vous n'avez pas envie de l'entendre. Parlez-moi plutôt de votre travail. Vous m'avez dit que le général Balantyne avait vu de ses propres yeux la charge de la Brigade légère ! Je prie pour qu'il n'y ait plus jamais un gaspillage aussi effroyable de vies humaines. Comment les femmes peuvent-elles pardonner toutes ces morts, ces pertes inutiles ? Un peu de bon sens aurait...

— Le bon sens est une denrée rarissime, l'interrompit Charlotte. J'ai bien souvent vu des choses que j'aurais refusé d'écouter sur le moment.

Elle se demanda si elle ne devrait pas mentionner Brandy Balantyne. C'était sa relation avec Euphemia Carlton qui la préoccupait, bien sûr. S'il était réellement son amant, alors il était totalement dénué de scrupules et ne pouvait que briser le cœur de Jemima. Il suffisait d'avoir aimé une seule fois, d'avoir souffert en silence, sans être payé de retour, pour savoir déceler les mêmes symptômes chez les autres.

Elle avait mal pour Jemima.

Non, mieux valait ne rien dire. Elle-même serait rentrée sous terre, dans le passé, si quelqu'un avait découvert ses sentiments. Aujourd'hui, elle aimait Pitt, et cela n'avait plus guère d'importance. Mais Jemima vivait la même chose au présent, et sans Pitt.

Charlotte lui parla donc d'autres sujets, de l'enseignement de l'histoire aux enfants, et entendit des anecdotes de salle de classe dont certaines la firent rire. Finalement, elle prit congé et retourna chez les Balantyne, bien décidée à régler la question elle-même.

Ce problème la préoccupa toute la soirée, jusqu'à ce que Pitt lui demande ce qui la tracassait. Naturellement, elle fut incapable de répondre. Il s'agissait d'une confidence de femme à femme : il ne pourrait pas comprendre. Elle expliqua qu'elle se faisait du souci pour la vie sentimentale d'une amie, et il parut s'en contenter. Du reste, c'était la stricte vérité.

Elle ne dormit pas une bonne partie de la nuit, débattant avec sa conscience pour savoir si elle devait se mêler de cette affaire, au risque de causer de l'embarras. Lorsqu'elle se leva, elle n'était toujours pas sûre d'avoir raison ; néanmoins, elle avait résolu d'aborder Brandy Balantyne d'une manière qui eût contrarié Pitt, s'il l'avait su, et horrifié ses parents. Seule Emily l'aurait soutenue peut-être, mais même elle l'aurait jugé contraire à la bienséance.

L'occasion se présenta dans l'après-midi. En rentrant du dehors, transi de froid, Brandy vint se réchauffer près du feu de la bibliothèque, le meilleur de la maison. Le général s'était momentanément absenté.

Brandy entra gaiement en se frottant les mains et en grelottant. C'était un garçon charmant ; elle eût de loin préféré se prendre d'amitié pour lui. Elle dut se remémorer son inconséquence, sa cruelle indifférence envers les sentiments d'autrui pour ne pas se laisser attendrir malgré elle.

— Alors, toujours au travail ? sourit-il sans la moindre trace de condescendance. Ça vous plaît, honnêtement ?

— C'est extrêmement intéressant.

Radoucie, elle allait évoquer avec ferveur les personnalités qu'on entrevoyait à travers ces lettres, la tendresse, la fragilité, les brusques accès de peur et de chagrin, quand elle se souvint de sa décision de lui parler de Jemima.

— Mr. Balantyne, dit-elle d'un ton ferme.

Il parut légèrement surpris.

— Oui ?

Elle se leva.

— J'ai une requête plutôt personnelle à vous soumettre. Ça vous ennuie que je ferme la porte ?

— A moi ?

Il n'avait pas l'air gêné, ainsi qu'elle l'avait redouté, pensant que dans ce cas-là il refuserait de l'écouter.

Elle poussa le battant jusqu'à ce qu'elle entende le déclic. Puis elle fit volte-face. Il fallait faire vite : le général allait revenir d'un moment à l'autre. Or elle ne voulait pas laisser cette affaire en plan.

— J'ai énormément d'estime pour Miss Waggoner, commença-t-elle, la gorge sèche, s'efforçant de dissimuler sa nervosité. Compte tenu de mon amitié pour elle, je n'ai pas envie de la voir souffrir.

— Mais bien sûr ! Qui vous dit qu'elle risque de souffrir ? Elle a toujours l'air de bien se porter.

— Toujours ? fit Charlotte rapidement.

— Eh bien, chaque fois que je la vois.

Il fronça les sourcils.

— Que craignez-vous au juste, Miss Ellison ?

Il était inutile de se perdre en préambules ; d'ailleurs, elle en était incapable. Dommage qu'Emily ne fût pas là pour le formuler avec plus de délicatesse, en respectant toutes les nuances de la subtilité. Elle prit une grande inspiration.

— Vous, Mr. Balantyne.

A voir sa mine ahurie, il eût été facile de croire qu'il ne se doutait de rien.

— Moi ? dit-il, incrédule.

Elle respira lentement pour se ressaisir.

— Je suis au courant de votre relation avec Lady Carlton. Si je peux l'empêcher, je ne vous laisserai pas agir de la sorte avec Miss Waggoner. Et ne me dites pas que vous ne voyez pas les domestiques sous ce jour-là. Quelqu'un qui se permet une aventure avec la femme d'un voisin n'a pas de scrupules vis-à-vis d'une gouvernante.

Charlotte n'arrivait pas à le regarder. Elle se sentait étrangement vidée de lui avoir dit tout ce qu'elle avait sur le cœur.

— Pour l'amour de Dieu, n'allez pas... je veux dire... s'il vous plaît...

Il parlait d'une voix si pressante qu'elle leva les yeux sur lui. Son inquiétude semblait presque sincère.

— Écoutez...

Il écarta les mains, désemparé, et les laissa retomber, faute de pouvoir fournir une explication.

— Vous ne comprenez pas !

Elle luttait pour conserver sa carapace de froideur... elle avait tant envie de céder à la sympathie qu'il lui inspirait !

— Qu'y a-t-il à comprendre sinon qu'elle vous plaît et que vous avez abusé de la situation ? rétorqua-t-elle sèchement.

— Il y a tout à comprendre !

— Ça ne me regarde pas, mais je ne peux pas juger, si on ne m'explique pas.

— Et si on ne vous explique pas, vous serez prête à croire le pire et à le répandre autour de vous.

Sa voix, son expression reflétaient un désespoir croissant.

— Je ne vais rien répandre du tout, répliqua-t-elle, agacée.

Quelle abominable supposition !

— Je voudrais juste m'assurer que vous ne ferez pas de mal à Jemima.

— Mais pourquoi ? Pourquoi Jemima ? repartit-il.

— Ne soyez pas naïf ! Parce qu'elle vous trouve séduisant, sans savoir que vous...

Aucun mot qu'elle eût souhaité employer ne lui vint à l'esprit.

— Très bien, fit-il, lui tournant le dos. Mais je doute que vous me croyiez.

Elle attendait, les yeux rivés sur sa tête brune dans la lumière hivernale.

— Robert Carlton est un brave type, mais sacrément distant, réservé...

— Ce n'est pas une excuse...

— Ne m'interrompez pas, dit-il d'un ton brusque. Plus que tout au monde, Euphemia désire un enfant. Elle a trente-six ans. Elle n'a pas l'éternité devant elle. Or si Robert persiste à la traiter avec courtoisie et un excès de considération, soit parce qu'il a peur de montrer ses sentiments, soit parce qu'il s'imagine à tort que c'est ce qu'elle souhaite, elle n'en aura jamais. Elle craint que les relations physiques ne l'indiffèrent et qu'il ne la méprise s'il apprend qu'elle y attache de l'importance, donc elle n'ose pas lui en parler.

« Nous avons toujours été amis. J'aime bien Euphemia ; c'est quelqu'un de généreux, qui a de l'esprit et du cœur. J'ai bien vu que quelque chose la rongeait. Elle a fini par se confier à moi. Notre arrangement était de pure convenance, seulement jusqu'à la conception de l'enfant. Libre à vous de me croire ou non. Mais c'est la vérité. Et quoi que vous pensiez de moi, je vous demande au nom d'Euphemia — et de Robert Carlton — de ne pas le crier sur les toits.

Pour la première fois, il se retourna, l'air sérieux.

— S'il vous plaît.

C'était probablement ridicule, mais elle le crut. Et elle le lui dit sans réfléchir.

— Je vous crois. Mais... tâchez d'éviter les paroles ou les gestes inconsidérés vis-à-vis de Miss Waggoner. Quand on aime sans espoir, ça peut faire très mal.

Il la scruta attentivement, une soudaine lueur de compréhension dans ses yeux noisette.

— Oh, je ne parle pas de maintenant, fit-elle rapidement. Mais ça m'est arrivé autrefois. C'était le mari de ma sœur. Ça m'a passé, je l'ai vu différemment. Sur le moment, cependant, j'ai eu très mal.

Il se détendit.

— S'il vous plaît, pas un mot sur Euphemia, demanda-t-il à nouveau.

Elle songea à Pitt, aux bébés du square.

— Je promets de ne rien dire qui ne soit pas dans son intérêt, répondit-elle solennellement.

Mais il n'était pas satisfait; il sentait qu'elle se dérobait.

— Qu'entendez-vous par là ?

— Je pensais à la police. Ils savent qu'Euphemia est enceinte et que l'enfant est de vous. Ils pourraient bien la soupçonner dans cette affaire de nouveau-nés dans le jardin, vous savez.

Son visage se révulsa d'horreur : à l'évidence, cette idée ne l'avait même pas effleuré.

— Leur dire la vérité, fit Charlotte doucement, pourrait rendre un grand service à Euphemia, ne pensez-vous pas ?

— On ne me croira pas.

La bouche crispée, il était toujours sous le choc.

— Peut-être que si.

— Comment... comment ont-ils su... pour l'enfant... pour moi... et tout ?

— Ils sont malins, et il leur arrive souvent de chercher de ce côté-là.

— C'est possible. D'après ma mère, ce Pitt est un type intelligent, et elle se trompe rarement. Il n'y a pas beaucoup de gens qui trouvent grâce à ses yeux de ce point de vue-là.

Charlotte, qui ne tenait nullement à lui révéler ses liens avec Pitt, se demanda si la fierté qui l'avait submergée ne débordait pas à l'extérieur.

— C'est ce que je voulais dire, répondit-elle prudemment. Bien, je pense qu'il est préférable de clore cette discussion avant le retour du général. N'êtes-vous pas de mon avis ?

— Oh... si, tout à fait. Vous ne... ?

— Bien sûr que non ! Je me faisais du souci pour Jemima, c'est tout.

Un léger sourire joua sur les lèvres de Brandy.

— J'aime bien Jemima. Elle est un peu comme vous, à certains égards. Et à d'autres, vous êtes un peu comme ma mère...

Cette comparaison, censée être un compliment, pétrifia Charlotte.

Le sourire de Brandy s'élargit.

— Ne prenez pas cet air affolé. Ma mère est la personne la plus courageuse que je connaisse : elle pourrait en remontrer à tous les vieux généraux du club de papa ! Et elle a été très belle également. Seul ennui, elle n'était pas coquette ; elle n'a jamais été douée pour les faux-semblants.

Charlotte rougit. Elle avait bel et bien mis les pieds dans le plat, sans déployer la moindre finesse. Peut-être ressemblait-elle plus à Lady Augusta qu'elle n'aurait voulu l'admettre. Elle leva les yeux sur Brandy pour s'excuser, pour atténuer la dureté de son discours, quand le général entra. A la vue de son fils, la stupeur se peignit sur ses traits.

— Le meilleur feu de la maison, fit Brandy précipitamment. C'est ce que vous avez toujours affirmé.

— Cela ne signifie pas que tu dois passer l'après-midi ici à distraire Miss Ellison dans sa tâche.

— Dommage! On ne saurait tuer le temps plus agréablement par une sale journée d'hiver. Ne voyez-vous pas les gouttières, elles débordent carrément !

— Va donc changer de bottes. J'ai du travail à finir. Tu ferais bien de te trouver une occupation, toi aussi.

— Je peux difficilement écrire mes mémoires, je n'ai pas grand-chose à me remémorer.

Le général lui lança un regard suspicieux, comme pour voir s'il ne le taquinait pas en douce, mais le visage de Brandy respirait l'innocence. Il se dirigea vers la porte.

— Bon après-midi, Miss Ellison. Merci de m'avoir permis de me réchauffer près de votre feu, fit-il en sortant.

— Vous a-t-il dérangée ? s'enquit Balantyne d'un ton cassant.

— Pas du tout. Il n'était pas là depuis longtemps. Je pense avoir trié toutes les lettres de l'époque de Marlborough ; désirez-vous y jeter un coup d'œil ?

Depuis sa visite à Charlotte, Emily s'était déjà rendue plusieurs fois à Callander Square et avait même réussi à lier amitié avec Christina. Elle ne fut donc pas étonnée quand, à la fin de la première semaine de janvier, Christina lui annonça son prochain mariage avec Alan Ross.

La confidence elle-même ne surprit guère Emily ; depuis qu'elles se connaissaient, elle avait œuvré précisément dans ce sens. Mais en d'autres circonstances, le choix du futur époux l'eût laissée extrêmement perplexe. Alan Ross et Christina Balantyne formaient à ses yeux un couple on ne peut plus mal assorti. D'après ce qu'elle avait vu de lui, Ross était un homme sérieux et plutôt crispé, un homme profond sans doute, alors que Christina était gaie, quand elle le voulait bien, délicieusement sophistiquée et foncièrement superficielle. Cependant, il venait d'une bonne famille, était suffisamment fortuné et, le plus important, visiblement prêt à se marier dans les plus brefs délais.

— Le mariage est prévu pour la fin du mois, dit Christina, assise en face d'Emily devant la cheminée du petit salon.

— Toutes mes félicitations!

A présent, pensait Emily, Christina devait savoir si elle était enceinte ou non. Elle évitait de regarder sa taille, susceptible de trahir son état. Mais elle avait déjà pris soin d'admirer sa robe, pour pouvoir l'examiner de près. Il n'y avait aucun signe visible de grossesse. C'était trop tôt encore. Charlotte avait entamé son cinquième mois, et elle avait l'air parfaitement normale. Évidemment, Charlotte était plus grande que Christina; cela aussi, il fallait en tenir compte.

— Merci, répondit Christina sans enthousiasme. J'aimerais que vous soyez là, si vous êtes disponible.

— Mais naturellement. Ce sera charmant. Quelle église avez-vous choisie?

— St Clement. Tout est déjà arrangé.

— J'espère que vous avez une bonne couturière. Il n'y a rien de plus agaçant que de se retrouver en plan à la dernière minute. Je peux vous donner des noms, si vous n'avez personne de précis en tête.

— Oh si, je vous remercie. Miss Harrison est quelqu'un de tout à fait fiable.

— Tant mieux.

Emily sentait une certaine contrainte dans l'attitude de Christina, une tension cachée, comme si elle avait envie de dire quelque chose, mais n'arrivait pas à se décider.

— Vous ferez une ravissante jeune mariée, poursuivit-elle. Mr. Ross a beaucoup de chance.

— Je l'espère.

Emily feignit d'être légèrement surprise.

— En douteriez-vous ? Je pense que vous serez une excellente épouse pour lui, à condition de le vouloir.

Le petit visage de Christina se durcit.

— Justement, je ne suis pas sûre de le vouloir. Je ne suis pas sûre de vouloir renoncer à ma liberté.

— Bonté gracieuse, mon enfant, vous n'avez pas à renoncer à votre liberté, ni à quoi que ce soit d'autre — sauf l'argent, bien sûr —, mais cela aussi peut se régler, avec un peu de prévoyance.

Christina leva les yeux sur elle.

— De quoi parlez-vous ? J'épouse un homme que je n'aime pas. Y a-t-il pire sacrifice que celui-là ?

Il était temps de lui enseigner un peu de bon sens.

— Ma chère, très peu de femmes se marient par amour, déclara Emily fermement. Et celles qui le font découvrent bien souvent que c'était une erreur. Le genre d'homme dont on tombe amoureuse est généralement drôle, spirituel et beau, mais le plus fréquemment, il n'a pas les moyens de vous entretenir, il manque de sérieux et, la plupart du temps, il vous abandonne pour s'éprendre de quelqu'un d'autre. Pour se marier, il faut choisir un homme facile à vivre, doué en affaires ou bien pourvu d'un revenu considérable ; il doit être modérément sobre, ne pas trop s'adonner au jeu, se comporter avec gentillesse et avoir un physique présentable.

— Tout cela me paraît mortellement ennuyeux, observa Christina avec aigreur. Et je n'ai pas vraiment l'impression que George Ashworth soit comme ça !

— Peut-être, mais j'ai travaillé beaucoup plus dur que vous n'étiez prête à le faire. N'ayant pas vos atouts, j'ai dû créer les miens. Mr. Ross semble cependant courtois et d'un commerce agréable ; il est fortuné, dit-on, et physiquement tout à fait acceptable. Raisonnablement, on ne peut rien demander de plus.

— Certes, mais ce n'est pas du tout ce que je veux !

— Eh bien, si vous savez être discrète, vous pourrez toujours tomber amoureuse après. Mais en attendant, je vous conseille de tirer le meilleur parti de la situation. Vous n'êtes pas du genre à vous enfuir avec quelque jeune homme romantique sans le sou. Plus vite vous le reconnaîtrez, plus vite vous commencerez à travailler à ce que vous avez. Ne vous y trompez pas, ma chère, vous serez bien obligée d'y travailler.

— D'y travailler ? Je ne vois pas de quoi vous parlez. C'est déjà fait : on se marie à la fin du mois. Il ne peut plus me laisser tomber. Il se retrouverait dans une position impossible.

Emily soupira. Elle ne pensait pas que l'on pût

grandir dans une pareille ignorance. Où Lady Augusta avait-elle donc la tête ? Ou peut-être les Balantyne avaient-ils suffisamment d'argent et d'influence, et Christina était-elle suffisamment jolie pour qu'ils n'eussent pas jugé nécessaire de l'éduquer sur ce point. Ou alors Lady Augusta lui avait prodigué des conseils dont, dans son arrogance, Christina n'avait tout simplement pas tenu compte.

— Christina, dit-elle lentement, si vous voulez être heureuse, n'oubliez pas que votre bonheur dépend de celui de votre mari et du fait qu'il vous laisse mener votre vie comme vous l'entendez. Il faut lui apprendre à désirer ce que vous désirez et même, si possible, lui faire croire que l'idée vient de lui. S'il pense que c'est lui qui l'a trouvée, il ne vous dira jamais non, y compris s'il change d'avis. Il faut vous habituer à le traiter avec courtoisie en permanence, ou presque ; à ne jamais le contredire ni lui désobéir en public et, si vous le faites en privé, employez le sourire ou les larmes. Ne perdez pas votre temps à raisonner : les hommes ne s'y attendent pas, et ça les déconcerte. Surveillez votre mise ; ne soyez pas extravagante au-dessus de vos moyens et veillez à ce que la maison tourne bien. Évitez à tout prix les problèmes domestiques ; les hommes n'aiment pas qu'on dérange leurs habitudes, surtout s'il y a des querelles sous leur propre toit.

« Si vous avez un admirateur, pour l'amour du ciel, soyez discrète ; toujours, quoi qu'il vous en coûte, soyez discrète. Aucune histoire d'amour ne mérite qu'on lui sacrifie son mariage. Et, pour être honnête, ma chère, je vous vois mal aimer quelqu'un au point d'en perdre la tête. Vous lui donnerez votre cœur, pour un temps, ou vos désirs, si vous êtes incapable de vous contenir, bien que ce soit préférable, mais n'oubliez jamais les conséquences d'un scandale sur une femme. Votre mari pourra tolérer beaucoup de choses, si vous le traitez bien, mais pas le scandale.

Elle regarda le minois boudeur de Christina.

— Un dernier détail. S'il témoigne de l'intérêt à une autre femme, affectez de ne rien remarquer. Quoi que vous fassiez, surtout pas de scènes. Les hommes détestent ça. La jalousie est la plus disgracieuse des conduites. Ne perdez jamais votre sang-froid, et prenez garde de ne pas pleurer trop souvent. A la longue, ça devient assommant et, quand vous en avez vraiment besoin, ça ne marche plus. Je m'étonne que votre mère ne vous ait pas donné ces conseils-là.

Christina la dévisagea.

— Elle n'arrête pas, depuis des années. Je n'y fais pas attention. Les mères passent leur temps à donner des conseils.

Emily attendait, la fixant droit dans les yeux, sans ciller. L'heure de vérité avait sonné.

Christina finit par baisser les paupières.

— Je crois que je n'ai pas envie de me marier, fit-elle tout bas. Apparemment, ça demande beaucoup de travail.

— Avez-vous réellement le choix ?

Emily n'y alla pas par quatre chemins.

Christina plissa les yeux ; son visage se crispa.

— Qu'entendez-vous par là ? s'enquit-elle durement.

Emily affecta l'innocence.

— Que c'est à vous de vous décider, répliqua-t-elle, affable. Et, quoi que vous fassiez, faites-le bien. Nous ne pouvons nous permettre d'agir autrement. Tout le monde en société est au courant de nos faits et gestes ; une rumeur qui court n'est jamais totalement oubliée. On la traîne comme un boulet toute sa vie durant, alors réfléchissez avant d'agir. C'est tout ce que j'ai voulu dire.

Christina inspira profondément et exhala son souffle avec lenteur.

— Vous êtes d'un pragmatisme révoltant. Je parie que vous êtes incapable d'éprouver la moindre passion.

— Peut-être, répondit Emily. Mais ne confondez pas passion et amour. Je sais aimer.

Elle se leva.

— Je crains que votre passion à vous tienne du caprice, or un caprice, c'est égoïste et ça se paie.

— Je n'ai pas l'intention de payer si je n'y suis pas obligée. Mais je me souviendrai de vos recommandations, que je les suive ou non. Vous pouvez toujours venir au mariage, si vous le souhaitez.

— Merci, fit Emily avec une pointe d'ironie. J'en serai ravie.

Quant à l'affaire des nouveau-nés du square, Emily décida de rayer Christina de sa liste. En premier lieu, parce qu'elle n'était ni assez audacieuse ni assez volontaire pour commettre un acte pareil.

Lady Augusta, en revanche, l'était certainement, mais elle était aussi, à moins qu'Emily ne se fût radicalement trompée sur son compte, suffisamment sensée pour ne jamais en arriver là.

Il était donc temps de reporter son attention sur les autres résidences. Charlotte lui avait dit que ce ne pouvait être Euphemia Carlton, sans lui préciser pourquoi, mais ses explications avaient manifestement satisfait Pitt. Or, tout personnage singulier qu'il fût, Emily le tenait en très haute estime, en tant que policier, bien sûr ; socialement, il était infréquentable. Par conséquent, s'il était satisfait au sujet d'Euphemia, elle l'était également.

Il fallait chercher ailleurs, dans la mesure des possibilités. D'après les renseignements glanés par Charlotte, tout semblait désigner Reggie Southeron, mais il serait peut-être fructueux de cultiver Sophie Bolsover, et aussi d'en savoir plus sur Helena Doran. Elle était partie au moment du décès du premier enfant, voilà deux ans environ. Il n'était pas impossible qu'il y eût un lien entre les deux, pourquoi pas ? Pourquoi n'avait-elle jamais écrit ? Qui était cet amant que personne n'avait vu ? Avait-il eu d'autres aventures... avec différents résultats ? Le premier corps avait séjourné en terre six mois, mais peut-être plus ? Suffisamment pour avoir été conçu avant la disparition d'Helena et de son mystérieux amant ? Était-ce la raison pour laquelle l'enfant avait été supprimé... fruit d'une histoire d'amour qui s'était achevée dans la désertion et la haine ? Assurément, c'était une énigme qui méritait d'être élucidée.

A cette fin, elle projetait d'aller voir Charlotte dans deux jours car, le lendemain matin, elle était prise par un petit problème domestique à régler, et l'après-midi, elle devait être chez elle pour recevoir les visites. Il fallait bien remplir ses obligations mondaines.

La seconde matinée, elle fut cependant libre de se consacrer à l'affaire qui occupait toutes ses pensées.

— Voyons, chez qui pouvez-vous aller à cette heure-ci ?

George, qui s'était attardé au petit déjeuner, feuilletait les pages mondaines du journal. Il était très élégant dans sa robe de chambre en soie. Elle songea une fois de plus à la chance qu'elle avait eue d'épouser un homme susceptible de lui offrir tous les avantages sociaux et financiers qu'elle désirait, quelqu'un par-dessus le marché qu'elle pouvait aimer sincèrement. Bien sûr, il était pourvu de nombreux traits de caractère auxquels, une fois cette passionnante énigme de Callander Square résolue, elle comptait s'attaquer. Seulement, s'il n'y avait pas de travail à faire, la vie conjugale deviendrait rapidement monotone, pour la femme en tout cas.

— Je vais voir Charlotte, répondit-elle. Je peux lui rendre visite à n'importe quelle heure.

— Tout à coup, vous ne pouvez plus vous passer d'elle, dit-il en fronçant légèrement les sourcils. A quoi jouez-vous, Emily ?

— A quoi je joue ?

Elle ouvrit de grands yeux.

— Oui, ma chère, à quoi jouez-vous ? Vous avez l'air trop contente de vous pour ne pas avoir une idée derrière la tête. Je veux savoir ce que c'est.

Elle s'y attendait et avait déjà une réponse toute prête.

— J'ai entrepris de présenter Charlotte à quelques-unes de mes relations, dans un cercle qui pourrait l'intéresser.

Ce n'était pas entièrement faux, même si la raison différait de celle qu'elle laissait supposer. En dehors des besoins de l'enquête, Callander Square ne présentait aucun intérêt pour Charlotte. Ni, à vrai dire, pour Emily.

George lui jeta un coup d'œil de derrière son journal.

— Vous me surprenez. Je croyais que Charlotte se moquait éperdument des mondanités. Je vous aurais dit de ne pas l'entraîner quelque part contre son gré, juste pour vous faire plaisir : seulement, je doute que vous y arriviez. Si mes souvenirs sont bons, Charlotte n'est pas femme à se laisser régenter.

Il reposa le journal.

— Mais au cas où elle souhaiterait réellement rencontrer du monde, pourquoi ne pas l'inviter ici ? On donnerait une réception afin de la présenter comme il se doit. Elle est plutôt jolie, pas dans le sens conventionnel peut-être, mais jolie tout de même.

— Ne soyez pas ridicule! s'exclama Emily. Ça n'a rien à voir avec son physique, c'est sa langue. On ne peut l'emmener nulle part : elle dit toujours ce qui lui passe par la tête. Demandez-lui son opinion sur un sujet et, au lieu de choisir une réponse appropriée, elle vous dira ce qu'elle pense réellement. Sans le vouloir, elle se saborderait au bout d'un mois, et ne parlons pas de nous ! Et puis Pitt n'est pas un gentleman. Il est beaucoup trop intelligent, pour commencer.

— Je ne vois pas pourquoi un gentleman ne serait pas intelligent, Emily, répliqua-t-il, acerbe.

— Mais tout à fait, mon cher, fit-elle avec un sourire. Seulement, il devrait avoir le bon goût de ne pas le montrer. Vous le savez très bien. Ça indispose les gens et ça implique un effort. Or il ne faut jamais avoir l'air d'accomplir un effort. C'est comme l'enthousiasme : avez-vous remarqué que les dames ne s'enthousiasment jamais en public ? Sinon on est taxé de naïveté. De toute façon, je ne connais rien qui mérite un enthousiasme public. Rentrerez-vous dîner ?

— Nous sommes invités à dîner chez Hetty Appleby, répondit-il en la fixant d'un œil perçant. Vous l'avez déjà oublié, je parie ?

— Complètement, avoua-t-elle. J'y vais maintenant, j'ai tant de choses à dire à Charlotte.

— Vous pouvez toujours l'inviter à dîner ici, lança-t-il. J'aime bien Charlotte. Elle ne convient peut-être pas à la vie en société, mais, à moi, elle me convient parfaitement !

Bien entendu, Emily trouva Charlotte chez elle et, qui plus est, ravie de s'arracher à ses corvées domestiques, bien que son intérieur — elle était la première à le reconnaître — fût plutôt négligé depuis qu'elle assistait le général Balantyne dans son travail.

— On peut exclure Christina, annonça-t-elle de

but en blanc, en entrant et en retirant ses gants. Je l'ai étudiée de près et je ne pense pas qu'elle en aurait eu le courage.

Charlotte s'efforça en vain de dissimuler son sourire.

— Tant mieux, je suis très contente.

— Pourquoi ? Ne me dis pas que tu l'aimes bien !

— Oh non, sûrement pas ! Mais j'aime bien le général, et Brandy aussi, je crois.

— Ah oui ? fit Emily, surprise. Et pourquoi Brandy ? Je t'ai pourtant parlé d'Euphemia Carlton.

— Je sais. De quel côté vas-tu chercher à présent ? Moi, je penche pour Reggie Southeron. Il a indéniablement un gros faible pour ses femmes de chambre. Je doute que ce soit nouveau...

— Certainement pas. Mais en même temps, il serait bon d'envisager le mystère Helena Doran.

— Pourquoi, voyons ? Elle est partie il y a deux ans déjà.

— Je suis au courant, rétorqua Emily impatiemment. Mais son amant ? Qui était-il ? Était-elle la seule ? Pourquoi ne pas l'avoir courtisée ouvertement, si c'était un homme d'honneur ? Pourquoi personne ne sait-il qui il était ?

Charlotte comprit immédiatement.

— Tu veux dire qu'il aurait pu avoir d'autres aventures et que les enfants en seraient le fruit ? D'après Thomas, la date de leur mort a été établie de façon très approximative.

Elle plissa le nez.

— Tout dépend de la nature du sol, de l'humidité et ainsi de suite. C'est horrible de penser à des êtres humains en ces termes, mais enfin, nous serons tous mis en terre un jour. Nous ne sommes que poussière, de toute façon, une fois que notre âme nous a quittés. Comme c'est absurde d'aimer notre corps à ce point-là. Je pourrais peut-être en parler à Jemima.

Emily connaissait suffisamment sa sœur pour deviner sans peine que la dernière phrase se référait à la disparition d'Helena Doran.

— Comment est-elle, cette Jemima ?

— Tout à fait digne de confiance.

Charlotte pensait bien qu'Emily s'intéressait à elle en tant que témoin, et non pour son esprit ou son caractère chaleureux.

— Ce ne peut pas être elle, j'imagine.

Emily lui lança un regard oblique.

— Non, répondit Charlotte, catégorique. Du moins, pas si l'on juge quelqu'un à sa personnalité.

Emily réfléchit un instant.

— Pour moi, ce n'est pas un critère, décréta-t-elle. Mais examinons le cas Helena Doran d'abord. Incontestablement, il y a là un mystère. Interroge Jemima, mais, pour l'amour du ciel, sois un peu plus discrète que d'habitude. Moi, je vais retourner voir Sophie Bolsover. Elle adore les potins. Il faut que j'en trouve pour la régaler en échange.

Après être restée un moment pour discuter, et pour le simple plaisir de la compagnie de sa sœur, Emily rentra chez elle et se prépara à lancer sa nouvelle offensive. Pour commencer, elle se rendrait chez Sophie à une heure où elle avait des chances de la voir seule ; ensuite, elle essayerait de lier plus ample connaissance avec la dernière habitante du square dont la maison pouvait receler des secrets, Mariah Campbell.

Fort dépitée de ne pas trouver Sophie chez elle, elle laissa sa carte dans un accès d'humeur et réfléchit à ce qu'elle pourrait bien dire à Mariah Campbell, quelle excuse elle pourrait invoquer pour rendre une visite impromptue à quelqu'un qu'elle connaissait à peine. Un message, on le remettait généralement à un domestique. Il fallait donc qu'elle eût quelque chose à lui demander. Mais quoi ?

Elle était déjà presque à sa porte. Rester dans une voiture à l'arrêt risquait d'éveiller la curiosité ; elle devait descendre et se fier à sa présence d'esprit, si jamais Mariah Campbell était là et acceptait de la recevoir.

Elle s'en enquit auprès de la femme de chambre qui l'accueillit avec courtoisie. Oui, Mrs. Campbell était là et serait heureuse de la recevoir. On l'introduisit au petit salon familial où Mariah était installée avec ses filles. Apparemment, elles n'avaient pas repris leurs leçons après les fêtes de fin d'année. Elles se levèrent toutes les deux lorsque Emily fut annoncée, esquissèrent une révérence et se retirèrent docilement.

Mariah Campbell était une femme d'aspect avenant ; elle n'était point jolie, mais dotée d'une distinction certainement plus durable que la beauté. Elle était vêtue avec goût, mais sans aucune concession aux caprices de la mode.

— Comme c'est aimable à vous de venir nous voir !

Elle se leva également, car Emily appartenait à la noblesse titrée, et pas elle. Elle ne manifesta pas de fausse chaleur : elles étaient étrangères et le savaient l'une et l'autre.

— J'espère que vous prendrez un rafraîchissement, une tasse de thé, peut-être ?

— Avec plaisir.

Ne pouvant donner la véritable raison de sa visite — la curiosité —, Emily devait vite en fournir une autre.

— J'ai appris par Lady Anstruther...

Elle espérait sincèrement que la dame en question n'existait pas.

— ... que vous avez séjourné en Écosse, chez les Tait (autre invention). Mon mari est fermement décidé à y aller... nous avons été invités, voyez-vous. Mais il paraît que la maison est un véritable cauchemar ! Aussi froide qu'un tombeau, avec des domestiques qui ne sont jamais là quand on a besoin d'eux, et qui ne parlent même pas l'anglais. Je comptais sur vous pour me dire si c'est vrai. Cette chère Marjorie a tendance à exagérer, à enjoliver ses récits pour les rendre plus vivants !

Mariah avait l'air totalement mystifiée. Évidemment, elle savait encore moins de quoi Emily lui parlait qu'Emily elle-même.

— Malheureusement, je n'en ai pas la moindre idée, avoua-t-elle. Lady Anstruther — dites-vous ? — a dû me confondre avec quelqu'un d'autre. Campbell est un nom écossais, en effet, mais extrêmement courant. Moi-même, je n'ai jamais mis les pieds en Écosse. Je regrette, mais je ne peux pas vous éclairer.

— Oh, ce n'est pas grave.

Emily agita la main pour clore le sujet avant de s'enferrer et, oubliant ce qu'elle avait raconté au début, courir le risque de se contredire.

— J'arriverai sans doute à dissuader George d'y aller. De toute façon, ce n'est pas un fanatique de la chasse.

Elle ne savait même pas si c'était la saison de la chasse, mais, avec un peu de chance, Mariah ne serait guère plus renseignée qu'elle.

— D'ailleurs, poursuivit Emily, animée d'une soudaine inspiration, il faut que je sois là pour le mariage !

Mariah cligna des yeux.

— Le mariage ?

— De Christina Balantyne avec Mr. Ross ! confirma Emily avec entrain. Je suis si heureuse que le pauvre Mr. Ross se soit entièrement remis du brusque départ d'Helena Doran. Pour lui, le choc a dû être terrible.

— Ç'a été un choc pour tout le monde. Ou en tout cas, une surprise. Pour ma part, je ne m'y attendais pas du tout.

— Saviez-vous au moins qu'elle avait un autre soupirant ?

Emily haussa un sourcil intrigué.

— A dire vrai, ma famille me prend tellement de temps que je voyais très peu Miss Doran, comme les autres familles du square, d'ailleurs, sauf Adelina Southeron bien sûr, à cause des enfants.

Voilà qui semblait mettre un terme à la conversation ; cependant Emily ne s'avouait pas vaincue.

— Si elle le décide, je suis sûre que Christina saura le contenter.

— Le contenter ?

Mariah avait saisi la nuance ; sa voix trahissait la pitié qu'elle éprouvait vis-à-vis d'un sentiment aussi tiède.

Mais Emily ne voulut pas en démordre.

— Je pense, oui. A mon avis, c'est tout ce qu'on peut faire pour quelqu'un. Le bonheur, c'est à chacun d'y accéder personnellement. Ne croyez-vous pas ?

Mariah la regarda attentivement, mais avant qu'elle pût formuler sa réponse, la porte s'ouvrit sur Garson Campbell. Emily ne l'avait rencontré qu'une seule fois, et elle ne l'aimait pas beaucoup.

Apparemment, il se souvenait d'elle.

— Bonjour, Lady Ashworth.

Il n'adressa pas la parole à Mariah.

— Bonjour, Mr. Campbell.

Emily pria avec ferveur pour que Mariah ne lui répète pas son histoire à dormir debout, inventée pour expliquer sa visite.

— Vous allez bien, j'espère ? demanda-t-elle.

— Aussi bien que possible. C'est très aimable à vous de venir nous voir.

— Nous allions prendre le thé, dit Mariah doucement. Voulez-vous vous joindre à nous ?

— Je ne le crois pas.

Sa bouche s'incurva légèrement.

— Je doute de pouvoir contribuer à vos bavardages. Je préfère quelque chose de plus politique.

— Que quoi ? riposta Emily aussitôt, sans penser

qu'il n'était peut-être pas dans son intérêt de l'indisposer.

— Je vous demande pardon ?

— Vous préférez quelque chose de plus politique que quoi, Mr. Campbell ?

— Je vois où vous voulez en venir, Lady Ashworth. Je ne sais pas du tout de quoi vous discutiez. Je me réfère simplement à mon expérience. Je n'ai pas encore rencontré une honnête femme qui ait quelques notions en politique ; seules les filles publiques semblent avoir cette faculté-là.

— Ah oui ?

Les sourcils d'Emily s'arquèrent ; sa voix se teinta d'ironie.

— Je n'ai jamais parlé politique avec une fille publique. Mais je connais un peu Mr. Balfour.

— Toutes mes excuses, Lady Ashworth, fit-il avec un sourire amusé. Vous ai-je interrompues en pleine discussion politique ?

— Pas du tout. On discutait de Mr. Ross et on s'interrogeait sur le mystérieux admirateur d'Helena Doran.

Elle guettait sa réaction. Les hommes échangeaient parfois des confidences. Il était peut-être au courant. Son visage s'assombrit ; ses traits se crispèrent un bref instant. Emily jubilait intérieurement. Il savait quelque chose !

— C'est très gentil à vous de m'offrir le thé, dit-elle en se levant, mais comme je suis venue sans m'annoncer, je m'en voudrais terriblement de vous incommoder. J'ai été enchantée de mieux vous connaître, Mrs. Campbell. J'espère que nous nous reverrons.

Elle avait hâte de partir maintenant, de fuir Garson Campbell avant qu'il ne lise trop clairement dans ses desseins. Elle n'avait aucune envie de croiser le fer avec lui.

Mariah n'eut pas l'air surprise.

— Ce sera avec grand plaisir, répondit-elle, tendant la main vers la sonnette. C'est très généreux à vous d'être passée. Désolée de n'avoir pas pu vous renseigner sur l'Écosse.

— Oh, ne vous inquiétez pas pour ça.

Déjà, Emily se frayait le passage vers la porte : elle avait entendu la femme de chambre dans le vestibule.

— Je doute qu'on y aille, surtout si ce temps abominable se maintient.

— Il se maintiendra, Lady Ashworth, lança Campbell du milieu de la pièce. Comme toujours, invariablement, entre janvier et mars. Je ne l'ai encore jamais vu faire autrement. La seule différence avec l'Écosse, c'est que là-bas, c'est encore pire.

— Alors je n'irai pas, c'est sûr.

En reculant, Emily faillit entrer en collision avec la femme de chambre.

— Merci du conseil.

Il sourit, l'air légèrement méprisant, de sa bêtise, et elle s'empressa de sortir. Elle grimpa avec soulagement dans sa voiture, même s'il faisait froid à l'intérieur : la sensation qu'elle éprouvait lui faisait penser à un ressort qui se détend. Au moins, elle s'était épargné l'effort de s'arracher à une conversation de plus en plus inextricable. Quel individu déplaisant ! S'il y avait quelque chose de plus accablant que les sots, c'étaient bien les gens qui croyaient tout savoir... et qui n'appréciaient rien.

La fois suivante où elle se rendit chez Sophie Bolsover, elle y trouva Euphemia et Adelina Southeron ; elle ne put donc mentionner Helena Doran, ni espérer apprendre des choses intéressantes. Plusieurs journées laborieuses, désespérément fébriles, s'écoulèrent avant qu'elle juge convenable de retourner à Callander Square.

Cette fois-ci, elle eut plus de chance, même si la chance n'expliquait pas tout. Grâce au travail de reconnaissance effectué préalablement, elle eut enfin la satisfaction de trouver Sophie seule.

— Oh, Sophie, quel plaisir de vous savoir disponible ! s'écria-t-elle sans feindre. J'ai de superbes potins pour vous. Imaginez ma déception, si j'avais dû parler de la pluie et du beau temps.

Sophie s'anima instantanément. Rien ne lui plaisait plus que les potins... sinon les potins colportés par une aristocrate.

— Entrez donc, la pressa-t-elle. Mettez-vous à l'aise, ma chère Emily, et racontez-moi. Serait-ce au sujet de Lady Tidmarsh ? Je brûle de savoir si elle a réellement séjourné chez ces horribles Jones. Vite, je meurs de curiosité !

C'était précisément la question qu'Emily avait espérée : elle s'était donné beaucoup de peine pour découvrir la réponse.

— Évidemment ! déclara-t-elle, triomphante. Mais jurez-moi de ne pas le répéter.

Voilà qui ajoutait une touche irrésistiblement pimentée à son histoire. Sophie trépignait. Les yeux brillants, elle traîna presque Emily sur le canapé au coin du feu et se blottit à côté d'elle comme un petit chat.

— Dites-moi ! implora-t-elle. Dites-moi tout !

Emily s'exécuta, agrémentant son récit de détails suffisamment plausibles, juste pour apporter une note de couleur. Quand elle eut terminé, Sophie exultait. Maintenant, elle avait de quoi distiller les informations, les transmettre en privé aux personnes qu'elle désirait impressionner, leur faisant jurer de garder le secret à leur tour, et bien sûr de ne jamais les divulguer à celles qu'elle voulait ennuyer, en insistant lourdement sur le caractère remarquable et exclusif des faits qu'elle était dans l'impossibilité de révéler. Qui plus est, il serait tout à fait humain de laisser entendre qu'elle en savait beaucoup plus, mais qu'elle était liée par un vœu de silence absolu. Elle ne se tenait plus de joie.

C'était le moment idéal pour la questionner sur Helena Doran. Sophie lui dirait tout ce qu'elle savait, et même ce qu'elle subodorait. Emily ne lui cacha pas que cela l'intéressait.

— Oh, souffla Sophie, ravie, mais certainement.

Soudain, elle fronça les sourcils.

— Seulement, ce n'est pas tout récent. Vous voulez vraiment qu'on en parle ?

— Et comment, affirma Emily. Cette histoire m'intrigue énormément. Qui pouvait-il bien être ?

Sophie plissa le front, réfléchissant.

— Helena était très jolie, voyez-vous, on peut

même dire très belle, avec ses cheveux couleur soleil d'hiver, selon la propre expression du pauvre Mr. Ross. Il a été terriblement bouleversé, vous savez. J'espère qu'il sera heureux avec Christina. C'est le jour et la nuit, physiquement bien sûr, mais aussi de caractère.

— Comment était Helena ? s'enquit Emily innocemment.

— Ah !...

Sophie réfléchit à nouveau.

— Calme ; elle ne suivait pas trop la mode. Évidemment, belle comme elle était, elle pouvait se permettre de s'habiller simplement. Et elle n'avait pas besoin d'avoir de l'esprit. Elle jouait très bien du piano. Elle chantait aussi. Je regrette parfois de ne pas savoir chanter. Et vous, vous chantez ?

— Pas très bien. Était-ce quelqu'un de secret ?

— Elle était réservée, oui. Maintenant que j'y pense, elle n'avait pas beaucoup d'amies proches. Elle aimait bien Euphemia Carlton.

— Quel était son genre d'hommes ?

Sophie grimaça, essayant de se souvenir.

— Des hommes consistants, pas seulement d'un point de vue matériel, mais des gens qui avaient réussi, qui avaient une position sociale. Des hommes plus âgés, en fait. Peut-être parce qu'elle avait grandi sans père, la pauvre. Tenez, elle admirait le général Balantyne, je me rappelle. Il a beaucoup de charme, ne trouvez-vous pas ? Et quelle autorité, quelle dignité ! Si je n'aimais pas Freddie, je crois que j'aurais succombé moi-même.

— C'est pourquoi elle n'a pas épousé Mr. Ross,

parce qu'il était trop jeune, pas assez consistant pour elle ?

— Figurez-vous que je n'y avais pas pensé, mais c'est fort possible. Elle appréciait l'assurance, chez un homme. Sauf le pauvre Reggie Southeron, elle ne l'aimait pas du tout. Il faut dire qu'il est totalement irresponsable ! Il n'a pas cette... ce que les Romains appelaient *gravitas*, selon Freddie. C'est d'un viril, *gravitas*, ne croyez-vous pas ? Ça me donne le frisson !

— Elle ne se serait donc pas enfuie avec un rêveur sans le sou ? demanda Emily. Ou avec quelqu'un d'une condition inférieure à la sienne ?

Décidément, le mystère s'épaississait. C'était passionnant, et de moins en moins compréhensible.

Les yeux de Sophie s'arrondirent de surprise.

— Non ! Non, maintenant que j'y songe, elle n'aurait pas fait ça. Oh! mon Dieu, pensez-vous qu'il était déjà marié et qu'ils ont simplement pris la poudre d'escampette ? Oh, c'est affreux !

— Où se retrouvaient-ils, d'après vous ? Car s'ils se rencontraient dans les réceptions ou autres, on aurait su qui il était. Or personne ne le sait !

— Ils devaient sûrement avoir un lieu de rendez-vous secret. Même Laetitia ignore qui c'est. Du moins, c'est ce qu'elle prétend, et pourquoi mentirait-elle ? Sauf si, bien sûr, il s'agit d'un monstre. Mais je vois mal Helena tomber amoureuse d'un monstre. Elle était bien trop fière et trop difficile.

— Elle était difficile ?

— Très. Non, indiscutablement, ils se voyaient quelque part en cachette.

— A mon avis, ce ne devait pas être très loin d'ici.

Emily réfléchissait à voix haute.

— Sinon, elle aurait été obligée de s'y rendre en voiture, et le cocher aurait été au courant. Il ne faut jamais se fier à un cocher, à moins de le payer soi-même, et encore, il est possible que quelqu'un le paie davantage. Non, je déconseille de faire confiance aux domestiques, surtout de sexe masculin : ils ont tendance à faire bloc avec les hommes en général.

— Où alors ? questionna Sophie. Oh ! Mais oui, bien sûr ! Je sais. Enfin, je vois au moins ce que j'ai à faire !

— Quoi ? Quoi ?

Emily perdit complètement contenance.

— Mais la maison vide, évidemment ! La maison, juste en face, de l'autre côté du square... elle est vide depuis des années ! Elle appartient à une vieille dame qui ne veut ni la vendre ni l'habiter. Il me semble qu'elle préfère la France ou quelque chose de tout aussi bizarre. La maison est dans un triste état maintenant, mais elle était très jolie autrefois, avec un pavillon au fond du jardin. L'endroit est romantique à souhait. C'est sûrement ça ! N'est-ce pas que je suis intelligente d'y avoir pensé ?

Emily se dit qu'elle était surtout stupide de ne pas y avoir songé plus tôt, mais le formuler tout haut eût été impoli et maladroit.

— Mais oui, acquiesça-t-elle avec entrain. Et vous avez certainement raison. Un jour, on finira bien par savoir qui c'était.

— Si on allait jeter un coup d'œil sur place ? suggéra Sophie. On découvrira peut-être un indice, quelque chose qu'ils auraient oublié. Qu'en pensez-vous ?

Emily avait pris exactement la même décision à l'instant où elle avait entendu parler de la maison. Elle n'avait aucune envie d'emmener Sophie, mais, visiblement, il n'y avait pas moyen de faire autrement.

— Excellente idée, répondit-elle. Nous irons à la première occasion. Si nous sortons avec cette pluie, on va se faire remarquer, et les gens trouveront notre conduite bizarre. Demain, si le temps est sec, je passerai vous prendre, et on ira ensemble.

Elle fixa Sophie droit dans les yeux pour bien lui faire comprendre que si, par hasard, elle s'y aventurait seule, plus jamais Emily ne lui raconterait de potins. Elle vit à l'expression de Sophie que le message avait été parfaitement reçu.

Emily se leva.

— Ma chère, voilà des mois que je n'ai pas passé de moments aussi palpitants. J'attendrai avec impatience de vous revoir.

Elle se dirigea vers la porte, suivie de Sophie qui, dans l'anticipation du lendemain, oublia de sonner la femme de chambre.

Avant de sortir, Emily se tourna vers elle.

— Ça ne vous ennuie pas que je vienne avec ma sœur, Charlotte ? C'est quelqu'un de très brillant : elle pourrait nous être utile.

La figure de Sophie s'allongea, mais à la mention d'une aide éventuelle, elle se ragaillardit.

— Bien sûr que non. Puisque c'est votre sœur, elle doit être charmante.

En temps normal, Emily l'aurait reprise : Charlotte était charmante seulement quand elle le désirait, et elle doutait que Sophie suscite de bons sentiments chez elle. Mais cela n'avait aucune espèce d'importance. Elle gratifia Sophie d'un sourire éclatant et prit congé, le cœur en liesse.

Ses prières furent exaucées : le lendemain, la journée fut froide et sèche. Elle passa donc chercher Charlotte sans lui laisser le temps de finir son déjeuner et prit à vive allure la direction de Callander Square. En chemin, elle lui expliqua sa mission et les raisons d'une telle précipitation. Elle se méfiait de Sophie qui pouvait très bien aller explorer les lieux sans attendre leur arrivée. Elle ne serait pas sortie avant midi, car la matinée avait été encore humide et glaciale, mais, après le déjeuner, elle pouvait tenter de fausser compagnie à Emily en espérant ne pas se faire prendre.

Arrivées à Callander Square, elles mirent pied à terre en enjoignant au cocher et au valet de ne pas bouger. Elles se firent annoncer chez Sophie qui les accueillit chaussée d'une paire de bottines, son manteau entre les mains du valet. Cinq minutes plus tard, elles étaient devant la grille de la maison inhabitée. Il leur fallut peser de tout leur poids sur le portail car il n'avait pas été ouvert depuis fort longtemps.

A l'entrée, elles hésitèrent.

Dans le jardin froid et immobile, les arbres

étaient ourlés de givre, et les pierres du sentier, glissantes, envahies par la mousse. L'herbe était jonchée de feuilles mortes et les parterres de fleurs achevaient de pourrir. S'il restait encore la moindre vie, elle ne s'éveillerait pas avant le printemps.

— Un jardin, on ne devrait pas le laisser à l'abandon, dit Charlotte doucement. Quelqu'un a dû le dessiner avec soin; on s'est promené ici en conversant.

— Helena Doran et l'inconnu, fit Emily, pragmatique. Allons-y.

Marchant sans bruit sur les feuilles humides, elles entrèrent à contrecœur. Charlotte referma le portail pour dissimuler leur présence. Elles suivirent le sentier avec précaution, craignant de glisser sur les pierres boueuses. Il contournait la maison et disparaissait dans l'herbe. La pelouse détrempée était recouverte de feuilles. Un pavillon en bois, au toit de chaume à moitié effondré, se dressait au milieu. Visiblement, une multitude d'oiseaux l'avaient dépouillé, brin par brin, au fil des ans.

— Là, déclara Emily, triomphante. C'est là que les amants se rencontraient.

Et elle s'engagea à la hâte sur l'herbe mouillée, où feuilles et brindilles s'accrochèrent à ses jupes. Charlotte lui emboîta le pas, mais Sophie, plus prudente, avança de pierre en pierre sur les reliefs du sentier.

Charlotte et Emily firent le tour du pavillon et jetèrent un coup d'œil à l'intérieur. Il était complètement délabré : le chaume pendait au plafond, plusieurs sièges avaient pourri et s'étaient écroulés.

— Oh! Seigneur, fit Emily, dépitée. Ne me dis pas que c'est comme ça depuis deux ans seulement !

— Ça ne signifie pas grand-chose, répondit Charlotte derrière elle. N'oublie pas que nous sommes en janvier. L'été, ça n'a pas du tout la même allure. Les arbres sont verts ; il y a des fleurs, des oiseaux. Ça ressemble davantage à un jardin secret. Tant pis si c'est un peu négligé.

— Un peu !

— Plus concrètement...

Charlotte regarda autour d'elle.

— Vois-tu quelque chose qui témoigne d'un passage ici ? Elle aurait pu laisser tomber son mouchoir ou déchirer sa robe, par exemple. Ce ne sont pas les surfaces rugueuses qui manquent.

Elles commencèrent à chercher toutes les deux, et Sophie se joignit à elles. Au bout de quelques minutes, constatant qu'elles ne trouvaient rien, Charlotte et Emily sortirent par la porte qui donnait sur le fond du jardin. Sophie resta pour continuer son inspection.

Après avoir dépassé les buissons, Charlotte s'arrêta net et Emily se cogna à elle.

— Qu'est-ce qui t'arrive ? s'enquit-elle avec humeur.

Elle regarda par-dessus l'épaule de Charlotte, et son sang se glaça dans ses veines.

Elles se trouvaient en bordure d'une petite pelouse dominée par un arbre énorme. Une balançoire était accrochée à l'une des branches, et sur la balançoire, serrant les cordes entre ses doigts osseux, trônait le squelette en haillons d'une femme.

Les lambeaux grisâtres de sa robe pendaient du siège en bois, décolorés par le soleil et la pluie. Les mouches et les petits animaux avaient dévoré la chair ; il ne restait plus qu'un peu de peau parcheminée, les cheveux blond pâle et les ongles des mains. Grotesquement, les baleines de son corset étaient restées intactes : elles s'étaient affaissées, recouvrant ce qui avait été son estomac et, au-dessus, libérés de ses entrailles, reposaient, minuscules comme ceux d'un oiseau, les ossements d'un fœtus.

— Helena, murmura Charlotte. Pauvre Helena !

8

En rentrant chez lui après avoir joué tout l'après-midi aux cartes, Reggie Southeron trouva Adelina blanche et les yeux humides. C'était ennuyeux. Lui-même était d'excellente humeur : il avait gagné une coquette somme d'argent, savouré du très bon brandy, des cigares fins et des plaisanteries plus fines encore. Il avait pleinement l'intention de continuer à planer sur son nuage rose ; aussi de découvrir Adelina dans cet état lui fit-il l'effet d'une douche froide. Il essaya de la dérider : les femmes pleuraient pour un oui ou pour un non ; il n'y avait certainement là rien de grave.

— Vous ne vous sentez pas bien ? s'enquit-il, jovial. Ça ne fait rien, ça va passer. Buvez donc une goutte de brandy, ça vous remontera. Je vous accompagne.

A sa surprise, elle accepta et, quelques minutes plus tard, ils s'installèrent dans le salon familial, les rideaux fermés sur la nuit, pour partager la chaleur d'une bonne flambée. Tout à coup, Adelina fondit en larmes, se tamponnant les yeux avec son mouchoir.

— Pour l'amour du ciel, ma chère, dit-il un peu

sèchement. Reprenez-vous ! Il ne sert à rien de pleurnicher.

Elle lui lança un regard torve et s'essuya les yeux de plus belle.

— Vous n'êtes pas au courant, je présume, déclara-t-elle avec indignation.

— En effet. Et si ça vous rend aussi malheureuse que vous en avez l'air, je préfère croupir dans l'ignorance. S'il est arrivé malheur à quelqu'un, je le déplore, mais puisque je n'y peux rien, j'aime mieux me passer des détails sordides.

— Il est de votre devoir de vous informer ! rétorqua-t-elle sur un ton accusateur.

Il se mit à protester, mais elle ne désarmait pas.

— On a retrouvé Helena Doran !

— Est-ce une raison pour pleurer ? Elle s'est enfuie. Si son existence actuelle ne lui convient pas, tant pis pour elle. Nous n'en sommes pas responsables.

— Morte !

Le mot tomba comme un verdict.

— Morte depuis deux ans, sur la balançoire, dans le jardin de la maison abandonnée. Assise là, toute seule, comme si elle était encore en vie. Elle a dû être assassinée, bien sûr.

Il ne voulait pas le croire. C'était une horrible, obscène, immonde intrusion dans son univers confortable et douillet.

— Pourquoi « bien sûr » ? Elle aurait pu mourir d'une crise cardiaque ou d'une attaque quelconque.

— Elle attendait un enfant !

— Vous voulez dire qu'on l'a autopsiée ? demanda-t-il, surpris et quelque peu dégoûté. Déjà ?

— Ce n'était plus qu'un squelette.

Elle se remit à pleurer.

— On a trouvé des ossements. C'est Nellie qui me l'a dit.

— Qui est Nellie ?

Il ne connaissait personne de ce nom-là.

— La fille de cuisine. Vous n'êtes même pas capable de retenir les noms de vos propres domestiques ?

— Pour quoi faire ?

Sa stupéfaction était sincère.

— Je ne crois même pas l'avoir déjà vue. Je suis désolé pour Helena, mais franchement, ma chère, c'est un sujet par trop macabre. Parlons d'autre chose. Je suis sûr que ça vous fera du bien.

Il eut une soudaine inspiration.

— Il ne faut pas perturber les enfants. Si vous êtes triste, elles vont s'en apercevoir. Vous ne voulez tout de même pas qu'elles apprennent ce qui s'est passé, hein ?

C'était un espoir ridicule. Chastity en tout cas ne manquerait pas de tout découvrir dans les moindres détails ; peut-être était-elle déjà au courant. Mais en le disant, il faisait preuve à la fois de compassion et de sagacité.

Adelina le regarda d'un air dubitatif, mais n'objecta pas.

Reggie s'apprêta à passer une agréable soirée au coin du feu : un bon dîner, un verre de porto, voire encore une goutte de brandy. Rien ni personne ne pouvait aider Helena à présent, alors à quoi bon s'attarder sur des sujets profondément déplaisants comme les cadavres dans les jardins mouillés, les meurtres et autres joyeusetés du même genre ?

Toutefois, sa quiétude fut troublée aux environs de neuf heures quand le majordome lui apporta une nouvelle bouteille de porto et lui annonça en même temps la visite du Dr Bolsover.

Se redressant, Reggie ouvrit les yeux.

— Bon, eh bien, faites-le entrer, dit-il à contrecœur.

Il n'était pas vraiment d'humeur loquace, mais Freddie était un gentil garçon, bien élevé, qui savait entretenir la conversation et apprécier le bon porto.

— Apportez un autre verre, voulez-vous ?

— C'est fait, Monsieur. Je vais demander au Dr Bolsover de vous retrouver ici. Mrs. Southeron est toujours en haut.

— Ah, bien. Merci. Ce sera tout.

Il se cala à nouveau dans son fauteuil. Inutile de se mettre en frais pour Freddie, heureusement.

L'instant d'après, Freddie entra, élégant dans un smoking lie-de-vin qui se mariait bien avec sa blondeur.

— Bonsoir, Freddie, fit Reggie indolemment. Servez-vous à boire. Sale temps, hein ? Dieu merci, j'ai un bon feu. Asseyez-vous.

Freddie obtempéra et, le verre à la main, prit place dans le fauteuil d'en face. Lentement, il but une gorgée de porto qu'il garda un moment dans sa bouche.

— Pauvre Helena Doran, quelle lamentable histoire ! dit-il en regardant Reggie.

Ce dernier était ennuyé. Il n'avait pas envie d'en parler.

— Lamentable, acquiesça-t-il, laconique. Mais c'est fini maintenant.

— Ah, ça m'étonnerait, objecta Freddie avec un sourire.

— Elle est morte.

Reggie s'enfonça dans le fauteuil.

— On ne peut pas être plus fini.

— C'est la fin d'Helena, la malheureuse enfant.

Freddie leva son verre pour contempler la riche couleur rubis à la lumière.

— Mais le reste ne fait que commencer.

— Quel reste ?

— Eh bien, comment est-elle morte, tout d'abord ? dit Freddie, fixant Reggie de son œil bleu clair. Et qui l'a tuée ? La police cherchera forcément à le savoir.

— Il s'agit peut-être d'une mort naturelle.

Cette conversation pesait à Reggie. Si seulement Freddie pouvait changer de sujet !

— De toute façon, ça ne nous concerne pas.

— Avec des policiers dans tous les recoins du square, ça risque de nous concerner.

Freddie souriait toujours, sans le quitter des yeux. Charmant garçon, ce Freddie, mais pas aussi délicat que Reggie l'aurait cru. Quelle idée de parler de ça autour d'un bon porto !

— Pas moi, en tout cas.

Reggie allongea les jambes. Le feu était à point ; il le chauffait des pieds à la tête.

— Oh, ils vont nous interroger à nouveau, c'est sûr.

— Je ne sais rien. Je ne peux rien. Son amant, je

ne vois pas qui c'était. Ça ne m'intéresse pas. Les ragots, c'est l'affaire des femmes. C'est à elles qu'il doit poser la question, s'il connaît son métier.

— Pitt ?

— Si tel est son nom.

— Il le fera certainement. Mais nous, on n'y échappera pas non plus.

A son tour, Freddie s'enfonça un peu plus dans le cuir moelleux.

— Je n'ai rien à lui dire.

Reggie vida son verre et se resservit. La chaleur semblait de plus en plus forte ; la flamme, de plus en plus rouge.

— Absolument rien.

Il y eut un moment de silence.

— Admettons que ce ne soit pas vous, dit Freddie subitement.

— Moi ?

Reggie n'y pensait déjà plus ; plongé dans sa rêverie, il songeait à des choses plus agréables, les jolies femmes, Jemima en particulier. Adorable créature, tellement féminine.

— De quoi parlez-vous ?

— L'amant d'Helena.

Freddie continuait à sourire, presque imperceptiblement.

— Ce n'était pas vous, par hasard ?

— Cré nom de Dieu ! lâcha Reggie, se dressant en sursaut sur son fauteuil. Bien sûr que non !

— Je me le suis demandé, c'est tout. C'est bien votre péché mignon, non ?

— Mon péché mignon ? Que diable insinuez-vous par là ?

Reggie était offusqué. C'était une remarque du plus mauvais goût.

— Les jeunes filles, expliqua Freddie sans s'émouvoir. Mary Ann, Dolly et Dieu sait qui encore.

— Mary Ann est femme de chambre! protesta Reggie, indigné. Tout le monde fricote plus ou moins avec les femmes de chambre, si l'on veut bien être honnête. Quant à Dolly, c'est une vieille histoire. Je préfère ne pas en parler. Je croyais vous l'avoir déjà dit.

— Je comprends que vous ne vouliez pas en parler. Surtout en ce moment.

— Comment ça, surtout en ce moment?

Reggie n'aimait pas du tout le tour que prenait la conversation.

— Pourquoi en ce moment?

— Eh bien, voyez-vous, Helena était enceinte également.

Freddie le dévisageait sans cesser de sourire.

— Et puis, il y a ces cadavres de nouveau-nés. Si jamais ils apprennent pour Mary Ann et pour la pauvre Dolly, ils risquent de faire un rapprochement malencontreux entre toutes ces histoires, ne pensez-vous pas?

La chaleur du feu brûla les jambes de Reggie, tandis qu'un grand froid l'envahissait de l'intérieur. Cette hypothèse était consternante, affolante! La bouche sèche, il regarda Freddie, feignant de ne pas comprendre, essayant de se mentir à lui-même.

— Vous voyez bien!

Le sourire de Freddie semblait plaqué sur son visage; il flottait devant Reggie comme s'il n'y avait que lui dans la pièce.

— Vous me suivez, n'est-ce pas ? insista Freddie.

— Oui.

Reggie eut l'impression que sa propre voix venait de très loin. Il se racla la gorge et ajouta plus fort qu'il ne l'aurait voulu :

— Mais ça n'arrivera pas, il n'y a aucune raison pour qu'ils l'apprennent. Vous êtes le seul à être au courant, pour Dolly, j'entends.

— Absolument.

Freddie prit la bouteille de porto et remplit son verre, tout en continuant à fixer Reggie dans les yeux.

— En un sens, tout dépend de moi.

— Mais vous ne direz rien, n'est-ce pas ? Pour l'amour de Dieu !

— Oh non, répondit Freddie, sirotant délicatement son porto. Non, je ne le crois pas. Pas pour l'instant.

Il but une petite gorgée.

— Tant que je me souviendrai de mes déclarations et que je ne me contredirai pas.

— Vous ne ferez pas ça !

— J'espère que non. C'est ça, le hic. Il me faudrait un pense-bête.

— Que... que voulez-vous dire, Freddie ?

— Un pense-bête, répéta Freddie nonchalamment, quelque chose pour me rappeler ce que je dois faire, qui soit toujours là, quelque chose de suffisamment important pour que je le remarque.

Reggie le contempla avec une fascination glacée. Une lueur se fit jour dans son esprit, et ce n'était pas très ragoûtant.

— A quoi pensez-vous, Freddie ? demanda-t-il lentement.

A le voir assis, l'air content de lui, près du feu, Reggie eut envie de le frapper, de lui donner des coups de pied. Mais il ne pouvait se le permettre. La police veillait, guettant le moindre signe d'un fait nouveau en ce moment même. Un jour viendrait, une fois que tout serait terminé, où la vie reprendrait son cours normal : là, il pourrait régler son compte à Freddie. Quelle canaille, ce type !

Mais pour l'heure...

— Que voulez-vous, Freddie ? demanda-t-il à nouveau.

Freddie souriait toujours. Dire qu'il le trouvait charmant ! Et ce sourire si franc, si prompt à illuminer ses traits !

— J'ai cette fichue note de tailleur, fit-il, imperturbable, qui ne date pas d'hier. J'aurais besoin d'un coup de main, vieux. Rendez-moi ce service. Si je pouvais récupérer mes habits au lieu de les laisser à ce bougre, je vous serais extrêmement reconnaissant.

— Il y a de quoi, tudieu !

— Je vous le promets. Chaque fois que je m'habillerai, je penserai à vous.

— Combien ?

— Oh, une centaine de livres devraient suffire.

— Cent livres !

Reggie était anéanti. Il n'en dépensait pas autant pour se vêtir en une année, n'en donnait même pas la moitié à Adelina. Diantre, les femmes de chambre, il les payait vingt livres par an !

— Comment, nom de Dieu, en êtes-vous arrivé... ?

— J'aime être bien habillé.

Freddie se leva. Il était grand, svelte, élégant ; effectivement, il s'habillait bien, beaucoup mieux que Reggie. Certes, il était fait pour ça, mais quand même !

— Merci, mon vieux, dit-il joyeusement. Je ne l'oublierai pas.

— Cré nom, je ne vous le conseille pas !

Reggie sentait la colère et la panique monter en lui. Et si Freddie oubliait, s'il revenait sur sa parole...

— Ne vous inquiétez pas, lança Freddie, désinvolte. J'ai une excellente mémoire, quand je le veux. Le métier, vous comprenez. Les médecins ne dévoilent pas ce que leurs patients leur confient en privé. La police ne peut pas nous y obliger. Vous n'avez strictement rien à craindre.

Il se dirigea avec grâce vers la porte.

— Les cent livres, je les prendrai maintenant. Car mon tailleur s'impatiente, vous savez. Il refuse les nouvelles commandes tant que je n'ai pas payé. Un vrai rat.

— Je ne les ai pas ici, répliqua Reggie avec raideur. J'enverrai le valet à la banque demain à la première heure. Il vous les remettra dans la matinée.

— D'accord, mais n'oubliez pas, Reggie. Une bonne mémoire, ça peut être vital. Vous me comprenez, n'est-ce pas ?

Reggie comprenait à la perfection. Il allait expédier un valet à la banque dès l'ouverture. Maudit Freddie! Le pire, c'était qu'il devait continuer à être poli avec ce gredin. Il n'avait pas le choix. S'il lui battait froid, les gens s'en apercevraient ; or il lui fallait à tout prix s'assurer les bonnes grâces de Freddie, du moins jusqu'à ce que la police abandonne et quitte le square.

Il s'était rassis après le départ de Freddie. Heureusement, Adelina n'était pas descendue. Il désirait être seul. Il avait subi un choc considérable et, plus il y pensait, plus ça sentait le roussi. Qui aurait cru cela de Freddie ? Être à court d'argent, ça, tout le monde pouvait le comprendre. Mais recourir à... eh bien, c'était du chantage pur et simple.

Tout allait se tasser, bien sûr, une fois que la police aurait retrouvé la malheureuse fille, ce qui était peu probable, ou qu'elle aurait clos l'enquête. C'était, compte tenu des circonstances, l'issue la plus vraisemblable. Soudain une autre pensée, fort désagréable, lui vint à l'esprit. Que faisait la police lorsqu'elle n'arrivait pas à résoudre un crime ? Abandonnait-elle l'affaire ? Ou bien la classait-elle, mais sans jamais vraiment la perdre de vue, en ayant quelqu'un pour la suivre de loin en loin ? Hypothèse effarante ! Et s'ils ne renonçaient jamais, s'ils la maintenaient en l'état, telle une plaie ouverte, la tâtant chaque fois qu'elle menaçait de se refermer ? Ce pouvait être très pernicieux, une rumeur sordide qui n'était ni rendue publique pour finir dans les oubliettes, ni définitivement proclamée comme étant fausse.

Bonté divine ! Qu'allait-il faire de Freddie, alors ? Ce dernier, s'il était suffisamment crapule, risquait de revenir à la charge encore et encore ! Cent livres par-ci, une faveur mondaine par-là, un conseil financier sous le manteau, telle ou telle chose en cadeau... Dieu du ciel, cela pouvait durer indéfiniment ! C'était monstrueux !

Le mieux, pour Reggie, serait que ce satané Pitt trouve la coupable et éclaircisse cette fichue affaire. Freddie pourrait alors raconter ce qu'il voudrait. La réputation de Reggie en souffrirait, bien sûr, et Adelina serait certainement malheureuse. Mais leurs rapports étaient déjà distendus, de toute façon ; les dégâts seraient minimes, comparés au harcèlement permanent de la part de Freddie ! Et le fait d'avoir trahi, en tant que médecin et ami, sa confiance nuirait bien plus gravement à Freddie lui-même. Qui donc, après ça, voudrait encore s'adresser à lui ? Non, avouer à la police, sous pression, était une chose — on bénéficiait dans ce cas d'une bonne excuse —, mais répandre des ragots, c'était impardonnable, et Freddie ne manquerait pas de s'en apercevoir.

Non, incontestablement, si Pitt découvrait qui c'était, Reggie serait tiré d'affaire. Se calant dans le fauteuil, il étendit à nouveau les jambes. Ce feu était vraiment excellent. Il sonna le valet, lui donna les instructions concernant la banque et réclama du porto. Jamais il n'aurait pensé qu'à eux deux, ils auraient liquidé une bouteille entière, mais elle était bel et bien vide. Néanmoins, une pareille mésaventure nécessitait un petit remontant. Rien de plus naturel, tudieu !

Il faudrait voir comment il pourrait aider ce policier à résoudre l'affaire ; ainsi, tout le monde saurait qui était coupable et qui ne l'était pas, et la police s'en irait traquer les criminels habituels qui étaient davantage de son ressort.

Au moment de s'endormir, il se demandait toujours de quelle manière il pourrait aider Pitt.

Le lendemain matin, Reggie s'éveilla tard, selon son habitude, se leva, se fit habiller par son valet et prit un bon petit déjeuner composé de porridge, d'œufs au bacon, de rognons à la moutarde, de saucisson et de champignons, suivis de plusieurs tranches de pain grillé avec beurre et confiture, et d'une seconde théière, bien sûr. Normalement, il aurait dû se sentir beaucoup mieux, mais ce ne fut pas le cas. Dans la grisaille prosaïque du jour, plus il songeait aux chances de la police de découvrir la coupable, moins il était convaincu de leur réussite. Ce Pitt était un type intelligent, méticuleux en tout cas, mais où trouverait-il les preuves ? Cela remontait à des mois, voire des années ! Ç'aurait pu être n'importe qui ! Même quelque misérable fille d'un quartier voisin. Ce n'était pas forcément quelqu'un de Callander Square. Ces imbéciles, y avaient-ils seulement pensé ?

« Ne sois pas un âne ! Calme-toi, Reggie. Bien sûr qu'ils y ont pensé. C'est sans doute ce à quoi ils ont dû s'occuper, quand ils n'étaient pas là. Et ils n'étaient pas là souvent, vu qu'ils travaillent sûrement du petit déjeuner jusqu'au dîner, cinq ou six jours sur sept. Mais oui, naturellement, ils ont dû interroger les gens un peu partout. » Il se ragaillardit et passa une matinée relativement agréable : il se rendit à la Cité, fit le tour de la banque dont il était le directeur, déjeuna longuement à son club et revint chez lui vers quatre heures et demie, alors qu'il faisait déjà sombre et qu'il commençait à bruiner. La brume voilait partiellement les becs de gaz dans le square, et les arbres tremblaient sous les rafales de vent. Quel temps de chien ! Heureusement, il avait un bon feu et une bonne table qui l'attendaient à la maison.

Il salua les enfants avec courtoisie, et Adelina aussi, bien sûr, mais tandis qu'il se reposait après le dîner, on frappa à la porte.

— Entrez, dit-il, surpris.

C'était Chastity, l'air très propre et sage.

— Qu'y a-t-il, mon petit ?

Sa vue le contraria. Il n'avait pas envie de parler.

— Oncle Reggie, Miss Waggoner m'a dit de vous demander la permission d'étudier les mathématiques. S'il vous plaît, je peux ?

— Non. A quoi ça va te servir, les mathématiques ?

— J'aimerais apprendre pour le plaisir d'apprendre, répondit-elle posément. Vous m'avez dit que c'était bien.

— Elles ne te seront d'aucune utilité, déclara-t-il d'un ton tranchant.

— La peinture non plus, mais vous m'avez recommandé de l'étudier.

— La peinture est un art, c'est tout à fait différent. Les femmes doivent savoir pratiquer un art : ça leur donne une occupation plus tard, quand elles sont grandes. Sinon, que feras-tu de ton temps ?

C'était d'une logique imparable. Elle n'aurait

aucune objection à lui opposer. Il la contempla avec satisfaction.

— J'épouserai un policier, répliqua-t-elle instantanément. Et, comme je serai pauvre, je serai obligée de tenir moi-même ma maison. Ce pourrait être très utile de s'y connaître en mathématiques. Si jamais j'ai des déductions à faire.

— Ne sois pas ridicule !

Franchement, cette enfant devenait insupportable.

— Pourquoi veux-tu épouser un policier ?

— Parce que je les aime bien. J'aime bien Mr. Pitt. Je me marierais volontiers avec lui, seulement il est déjà marié. Il est repassé aujourd'hui. Il a discuté avec Mary Ann. A mon avis, il ne trouvera jamais qui a tué ces bébés. Il le dit lui-même. Ça restera un mystère pour les siècles des siècles. On se demandera éternellement qui c'est, on se soupçonnera mutuellement, et on ne connaîtra jamais la réponse. Quand je serai très vieille, vers cinquante ans, j'en parlerai à mes petits-enfants ; je leur raconterai que le square est hanté par des bébés en pleurs, assassinés au temps jadis... c'est-à-dire maintenant, mais, à ce moment-là, ce sera déjà le temps jadis, sans qu'on ait jamais trouvé le coupable. Nous jouerons à deviner qui c'était, et...

— Ça suffit ! éclata Reggie.

Il n'était guère dans ses habitudes de perdre patience, mais ceci était proprement monstrueux. La fillette disait des inepties, des inepties absurdes, grotesques et effrayantes. Elle faisait naître les images d'un asservissement sans fin : il se voyait déjà saigné à blanc, rongé par la peur jusqu'à son dernier soupir...

— Assez ! cria-t-il. Ce n'est pas vrai. La police trouvera qui c'est. Elle est très habile. Elle le découvrira, c'est sûr. Et probablement très bientôt.

Son cœur battait toujours la chamade, mais il arrivait à se maîtriser un peu mieux.

Chastity le regarda, étonnée, sans se départir toutefois de son abominable sang-froid.

— Vous croyez ça, oncle Reggie ? Pas moi. Je pense que ce sera un terrible mystère pour les siècles des siècles et qu'on en parlera tout bas dans les coins. Puis-je étudier les mathématiques, s'il vous plaît ?

— Non !

— Mais j'en ai envie !

— J'ai dit non.

— Pourquoi ? demanda-t-elle, raisonnable.

— Parce que. Va au lit maintenant. Il doit être temps.

— Pas encore, il me reste une heure.

— Fais ce qu'on te dit, petite. Va te coucher.

Il savait que son attitude était totalement arbitraire, mais après tout, on n'était pas obligé de donner des explications aux enfants, ni même d'en avoir. On était libre d'agir selon son bon plaisir. Ça leur faisait du bien, aux enfants, d'apprendre à obéir.

Chastity se retira docilement, une lueur de déception dans les yeux, déception très nettement teintée de mépris. Son impertinence frappa Reggie.

Il fixa le fauteuil d'en face. Ses pensées tourbillonnaient, de plus en plus vite, de plus en plus désagréablement. Et si Chastity avait raison, s'ils ne trouvaient jamais qui c'était ? Les gens continueraient d'en parler... pourquoi s'arrêteraient-ils ? Les ragots étaient la quintessence des relations entre femmes. Si l'on ne disposait pas d'informations, on les inventait ! C'était la sinistre vérité. D'autres sujets surviendraient, bien sûr, d'autres scandales, mais, au moindre soupçon, toute cette affaire avec ses sordides spéculations renaîtrait de ses cendres.

Et Freddie, Freddie le saurait et s'en repaîtrait. Grands dieux, il allait peut-être le payer jusqu'à la fin de ses jours, se faire vider de sa moelle par une maudite sangsue... un vampire ! C'était épouvantable !

Il découvrit qu'il était debout alors qu'il ne s'était même pas vu se lever. Il fallait faire quelque chose, c'était certain. Mais quoi ? Son cerveau était pareil à du fromage blanc, complètement ramolli. Il ne s'en sortirait pas tout seul, là-dessus il n'y avait aucun doute. Il n'avait pas d'idées. Qui pourrait l'aider ? Surtout ne rien dire à Adelina, elle irait le raconter partout. Du reste, elle faisait partie de ceux qui ne devaient pas savoir. Elle ne comprendrait déjà pas pour Mary Ann, et encore moins pour Dolly. Elle lui rendrait la vie insupportable. Lui qui appréciait par-dessus tout le confort, l'aisance et la douceur de son foyer. Laisser pénétrer chez lui la laideur, la misère du monde extérieur, c'était hors de question. Et, bien sûr, pour des raisons purement pratiques, il devait protéger son poste à la banque. C'était une situation plaisante et très lucrative. Il était quelqu'un.

Mais tout cela ne lui était d'aucun secours à présent ; il se voyait dépouillé, exposé au froid des dures réalités de la vie — plus de mets succulents, plus de feux crépitants, de fauteuils moelleux, de fraises les après-midi d'été, de serviteurs empressés, de réceptions quand il le désirait... il était nu, tel un grand animal blanc sans carapace ni fourrure, prêt à se ratatiner au premier souffle de la bourrasque.

Il avait besoin d'aide. Qui était la personne la plus pragmatique, la plus intelligente de son entourage ? La réponse lui vint promptement à l'esprit, sans hésitation aucune : Garson Campbell.

Il n'y avait pas une minute à perdre. De toute façon, il ne trouverait pas le repos tant qu'il n'aurait pas apaisé le tourment qui le rongeait. Il sonna le valet pour qu'il lui apporte son pardessus. Dehors, il faisait un temps abominable ; il avait horreur de se faire mouiller, mais son malaise intérieur était bien pire et grandissait à chaque nouvelle pensée qui l'effleurait.

Campbell était chez lui et prêt à le recevoir : vu la précipitation avec laquelle il s'était annoncé, il eût été étonné du contraire.

— Voyons, Reggie, pourquoi cet affolement ? s'enquit Campbell avec un sourire goguenard. D'après William, vous êtes dans tous vos états.

— Mon Dieu, Campbell, j'ai découvert quelque chose d'affreux.

Reggie s'effondra dans un fauteuil et, le cœur battant, leva les yeux sur son hôte.

— C'est tout simplement effroyable.

Campbell n'eut pas l'air de s'en émouvoir.

— J'imagine que vous avez besoin d'un verre de porto pour vous aider à vous en remettre.

C'était une remarque, pas une question.

Reggie se dressa sur son siège.

— Je ne plaisante pas, Campbell, c'est fichtrement sérieux !

Interloqué sans doute par son intonation, Campbell pivota devant le buffet.

Reggie sentit la panique monter en lui. Et si Campbell était incapable de l'aider ?

— On me fait chanter ! bredouilla-t-il. Pour de l'argent ! Du moins, pour l'instant, il ne s'agit que d'argent. Dieu sait comment ça va se terminer. Campbell, ma vie entière risque d'être brisée ! Il peut tout me prendre, comme un vampire à ma gorge, me vider de mon sang ! C'est scabreux, c'est effarant !

Enfin, Campbell parut impressionné ; son expression changea, et son regard se fit dur, attentif.

— Un chantage ? dit-il, la main sur la carafe de porto, mais distraitement, oubliant ce que c'était.

— Oui !

La voix de Reggie montait dans les aigus.

— Cent livres sterling !

Campbell s'était ressaisi. Les coins de sa bouche s'incurvèrent.

— C'est une grosse somme.

— Je pense bien ! Campbell, que dois-je faire ? Il faut qu'on y mette fin avant que ça prenne trop d'ampleur.

Campbell haussa les sourcils.

— Pourquoi « on », Reggie ? Le chantage, c'est odieux, j'en conviens, mais pourquoi m'en mêlerais-je ?

— Parce que c'est Freddie, espèce de crétin !

Reggie perdit à nouveau patience. Il était terrorisé ; leur mode de vie même était menacé, et Campbell était là, le porto à la main et un rictus aux lèvres, comme s'il s'agissait de quelque inconvénient mineur.

— Freddie ?

Une note métallique perça dans la voix de Campbell ; son ton avait radicalement changé. Ses traits se crispèrent ; même son corps se raidit.

— Freddie Bolsover ?

— Oui ! Ce damné Freddie Bolsover ! Il est venu tranquillement chez moi, s'est installé dans ma bibliothèque, a bu mon porto et m'a demandé cent livres pour taire mon penchant pour la femme de chambre !

— Et vous l'avez payé ?

Les sourcils arqués, Campbell le considéra avec un cynisme incrédule et vaguement amusé. Dieu sait pourtant que cela n'avait rien de drôle !

— Bien sûr que je l'ai payé ! éructa Reggie. Que penserait la police, à votre avis, en apprenant que j'ai un faible pour les femmes de chambre, avec ces cadavres dans le square ? On pourrait même croire que j'ai quelque chose à voir avec Helena Doran, alors que, Dieu m'est témoin, je ne l'ai pas touchée. Il m'est bien arrivé de badiner avec une ou deux servantes, mais rien de plus ! Seulement, allez expliquer ça à ces butors ! Eux-mêmes, ils font partie du prolétariat !

Campbell le regarda du haut de sa grande taille.

— Vous voilà dans de beaux draps, hein ?

Il versa enfin le porto et tendit son verre à Reggie.

— Même si je vois mal quel lien il pourrait y avoir entre Helena et vous...

Il hésita.

— Je me trompe ?

— Non !

— Alors pourquoi vous mettre dans cet état ? Que peut dire Freddie ? Qu'il vous soupçonne d'avoir lutiné votre femme de chambre ? Ce n'est pas un crime. Et comment diable le saurait-il, d'ailleurs ? Prête-t-il l'oreille aux ragots de cuisine ? Vous avez été stupide de payer.

Reggie trépigna dans son fauteuil. C'était la pensée de Dolly et de sa mort à la suite de ce malheureux avortement qui l'inquiétait... Mary Ann, comme Campbell l'avait fait remarquer, n'avait rien à voir là-dedans. Il le regarda, planté au milieu de la pièce, massif, large d'épaules, l'air narquois. Son intelligence ne faisait aucun doute : Reggie l'avait toujours su ; c'était évident, irréfutable. Mais oserait-il lui faire confiance ? Il avait besoin d'aide. Il fallait arrêter Freddie avant qu'il ne le dépouille de tout ce qui donnait un sens à sa vie. Sinon, il allait se nourrir de sa substance, telle une bête immonde, le priver de son confort, et il finirait comme une loque, à boire de l'eau de Seltz et à manger du pain avec de la confiture de coings. Plutôt mourir !

Il ne savait par où commencer.

Campbell attendait, les yeux rivés sur lui, l'ombre d'un sourire dans le regard.

— Il n'y a pas que ça, articula Reggie. On pourrait croire...

La bouche de Campbell frémit.

— ... je veux dire, recommença Reggie, les autres femmes de chambre, on pourrait...

Que le diable l'emporte! Pourquoi persistait-il à ne pas comprendre ?

— On pourrait vous juger responsable de la mort de Dolly, acheva Campbell.

Reggie se figea, glacé de l'intérieur comme si son valet lui avait par inadvertance fait couler un bain froid.

Campbell le contemplait avec ironie.

— Oui, ce serait embêtant, dit-il, songeur. Le médecin qu'on a appelé, c'était Freddie, n'est-ce pas ? Oui, il serait capable de raconter à la police exactement ce qui s'est passé. Et, bien sûr, il aurait une excuse pour violer le secret professionnel auquel il est tenu, ajouta-t-il en toussotant, en temps ordinaire. Finalement, vous avez peut-être bien fait de payer.

— Cré nom d'un chien !

Reggie s'extirpa du fauteuil et se planta face à Campbell.

— Vous ne m'aidez pas ! Que vais-je faire, moi ?

Campbell esquissa une moue.

— Vous contrôler, tout d'abord. Je suis entièrement de votre avis, mon vieux. C'est grave, très grave. Jamais je n'aurais imaginé ça de la part de Freddie.

— C'est un intrus, observa Reggie avec amertume. Un rustre.

— Sans doute, mais ça signifie simplement qu'il a le cran et la présence d'esprit de passer à l'acte, là où d'autres n'oseraient pas, à supposer qu'ils y aient songé. Ne soyez pas hypocrite, Reggie. Ce n'est pas le moment de se draper dans sa vertu ; outre le fait de vous ridiculiser, ça ne sert à rien.

— A rien ?

Reggie resta sans voix. Freddie était une crapule accomplie, or Campbell en parlait comme s'il s'agissait d'un problème de tous les jours, une question de logistique plutôt qu'un affront.

— Oui, à rien, répliqua Campbell sèchement. Vous voulez empêcher que ça dure indéfiniment, je suppose ? C'est pourquoi vous êtes venu, non ?

— Oui, naturellement ! Mais n'êtes-vous pas choqué ? Enfin, voyons... Freddie !

— Voilà des années que plus rien ne me choque.

Levant son verre de porto à la lumière, Campbell en examina la couleur.

— Il m'arrive d'être surpris, le plus souvent agréablement, lorsque je m'attends au pire et qu'il ne survient pas, quand la chance me sourit plus longtemps que je ne l'aurais cru. Mais la plupart des honnêtes gens le sont uniquement par manque de courage ou manque d'imagination. L'homme est un animal foncièrement égoïste. Observez les enfants, et vous vous en apercevrez très vite. On est tous pareils : on attrape ce qu'on peut d'une main, et on surveille d'un œil pour s'assurer que personne ne regarde et qu'on ne sera pas obligé de payer. Freddie est simplement plus doué à ce jeu-là que je ne le soupçonnais.

— Au diable la philosophie, qu'allons-nous faire ? s'exclama Reggie. On ne va pas le laisser continuer !

— Il n'y aura pas de quoi continuer. Quand la police aura trouvé la coupable, ce qui, je l'avoue, me semble fort peu probable, ou qu'elle aura abandonné la partie, ce qui ne tardera pas d'ici quelques semaines, tout sera terminé. Ils ne vont pas perdre leur temps indéfiniment à enquêter sur les fautes de quelque servante. En vérité, tout le monde s'en moque, et le fait de résoudre le problème ne l'empêchera pas de se reposer, encore et encore, dans un avenir indéterminé. Surtout, gardez votre calme. Je dirai deux mots à Freddie, l'avertirai des effets pervers sur sa clientèle, si jamais il prend de mauvaises habitudes.

Pour la première fois, Reggie entrevit une lueur d'espoir, un espoir sain, rationnel. Si Campbell parlait à Freddie, ce dernier comprendrait qu'à force d'exiger de l'argent, il finirait par se retrouver dans une situation inextricable. S'il n'avait pas peur de Reggie, peut-être prendrait-il Campbell plus au sérieux.

— Merci, fit-il avec sincérité. C'est exactement ce qu'il faut. Il verra que ça ne marche qu'un temps. Oui, c'est parfait. Merci encore.

Campbell grimaça, l'air incrédule et amusé à la fois, mais ne dit rien. Reggie repartit d'un pas raffermi. Enfin, il lui semblait voir le bout du tunnel.

Comme tout le monde, le général Balantyne avait entendu parler de la funeste découverte dans le jardin abandonné, et cela l'avait profondément choqué. Il savait peu de chose d'Helena, sinon qu'elle était charmante, douce, pleine de vie, une jeune fille à l'avenir prometteur. La retrouver dans une pareille... l'horreur en était inexprimable ! Quelqu'un avait abusé d'elle, lui avait fait violence et l'avait même probablement assassinée. Pour le moment, on n'en savait pas plus, et la police ne s'était pas encore manifestée. Très vraisemblablement, il fallait s'attendre à leur visite dans la journée.

Entre-temps, il allait se remettre au travail. Miss Ellison, qu'en son for intérieur il appelait maintenant Charlotte, s'était acquittée de sa mission et, à vrai dire, elle lui manquait. Sans elle, la bibliothèque lui semblait vide, et il avait plus de mal à se concentrer, comme dans l'attente de quelque chose.

Il avait toujours l'esprit ailleurs quand la police arriva. C'était le même individu, Pitt. Il le reçut dans la bibliothèque.

— Bonjour, inspecteur.

Inutile de lui demander pourquoi il était là.

— Bonjour, monsieur, répondit Pitt en entrant, la mine grave.

— Malheureusement, je n'ai rien d'intéressant à vous apprendre, déclara Balantyne tout de go. Je ne voyais Miss Doran qu'occasionnellement, quand elle rendait visite à ma femme et à ma fille. Vous voudrez leur parler, je suppose. Je vous serais très obligé de garder les détails les plus macabres pour vous. Ma fille se marie, après-demain pour être précis. Je ne tiens pas à gâcher...

Il s'interrompit : cela paraissait cruel, indécemment trivial, alors que l'autre jeune fille reposait seule, un tas d'os en guenilles dans une morgue, rongée par les vers et les petites bêtes ! Cela lui donnait la nausée.

Pitt sembla lire les pensées et les sentiments confus de Balantyne sur son visage.

— Certainement, répondit-il sans chaleur — du moins telle fut l'impression de Balantyne.

Et pourquoi se montrerait-il chaleureux ? Christina était vivante et bien portante, au seuil du mariage, d'une existence confortable et protégée, socialement privilégiée. Pour être tout à fait honnête, elle serait peut-être choquée, dégoûtée par les circonstances de la mort d'Helena, mais il serait fort surprenant qu'elle s'y attarde, et encore plus qu'elle verse des larmes de pitié.

— C'est la vie d'Helena qui m'intéresse, poursuivit Pitt. La cause de sa mort se trouve là, et non dans ce qui est arrivé à son corps par la suite. Saviez-vous qu'elle était enceinte ?

Cette double disparition ajoutait au désarroi de Balantyne.

— Oui, on me l'a dit. Dans un square comme celuici, les nouvelles vont vite, hélas.

— Savez-vous qui était son amant ? demanda Pitt à brûle-pourpoint.

Balantyne fut écœuré, heurté par la vulgarité de la question. Helena était une femme de qualité, une... Il croisa le regard de Pitt et se rendit compte qu'il se raccrochait à une chimère, une réalité qui n'était plus viable. Mais penser de la sorte... à une femme ! Maudit soit Pitt avec ses sordides vérités.

— Eh bien ? fit Pitt, même s'il était inutile d'insister.

La réaction viscérale de Balantyne fut suffisamment parlante.

— Non, évidemment.

Le général se détourna.

— Il est normal que vous soyez ému, dit Pitt à voix basse. Vous aviez beaucoup d'estime pour elle, n'est-ce pas ?

Ne sachant trop comment répondre, Balantyne hésita gauchement. Il avait toujours trouvé sa beauté blonde particulièrement douce et soignée ; peut-être l'idéalisait-il un peu.

— Je crois qu'elle vous admirait énormément, elle aussi, reprit Pitt derrière son épaule.

Balantyne se redressa, surpris.

Pitt sourit imperceptiblement.

— Les femmes aiment à se faire des confidences. Or j'interroge les femmes de ce square depuis un bon moment déjà.

— Ah oui ?

Balantyne, de nouveau, regarda ailleurs.

— Dans quelle mesure la connaissiez-vous, général Balantyne ?

Pitt s'exprimait calmement, mais une pensée soudaine et redoutable traversa l'esprit de Balantyne. Le visage en feu, il fit volte-face. Il scruta Pitt, à la recherche d'une lueur de suspicion dans ses yeux. Il n'y lut que de l'intérêt, vif, attentif, inquisiteur.

— Pas très bien, répondit-il maladroitement. Je vous l'ai dit... nous avions des rapports de voisinage. Sans plus.

Pitt se taisait.

— Sans plus, répéta Balantyne.

Il voulut ajouter quelque chose pour clarifier la situation, dissiper toute confusion dans l'esprit de Pitt, mais les mots moururent sur ses lèvres.

— Je vois.

Cela signifiait seulement que Pitt l'avait bien entendu. Il posa encore quelques questions, puis demanda l'autorisation de s'entretenir avec les femmes.

Après son départ, Balantyne se sentit stupide et considérablement secoué. Trois, et même encore deux mois plus tôt, sa vie avait été faite de certitudes inébranlables qui gisaient à présent en lambeaux méconnaissables et peu ragoûtants autour de lui. La plupart étaient liées aux femmes. Toutes les convictions qui formaient le fondement de son existence, non pas matériel, mais affectif, reposaient sur la conception qu'il avait des femmes. Or voilà que Christina s'était compromise avec cet abominable valet et qu'elle allait épouser Alan Ross. Dieu merci, le dénouement au moins était acceptable. Même si le rôle d'Augusta dans cette affaire ne lui paraissait pas encore très clair. Euphemia Carlton portait l'enfant d'un autre homme, chose qu'il n'arrivait pas à s'expliquer. Elle avait inexcusablement trahi un bon mari, qui l'aimait. Et la pauvre Helena Doran avait été séduite, abusée et assassinée. Mais était-ce réellement le cas ? Peut-être ne connaîtraient-ils jamais la vérité. Il avait mal, rien que d'y penser.

Mais le plus inquiétant en un sens, ce qu'il se refusait le plus à admettre, c'était ce sentiment chaleureux vis-à-vis de Charlotte Ellison, le plaisir qu'il éprouvait en sa compagnie, l'acuité avec laquelle il revoyait mentalement le contour précis de sa gorge, sa chevelure chatoyante, la façon qu'elle avait de le regarder et l'intensité qui émanait de tous ses gestes, de toutes ses paroles, aussi intempestives fussent-elles.

C'était ridicule. Il n'avait pas à se tourmenter, à osciller entre l'espoir et la gêne, et encore moins à se sentir seul à cause d'une jeune femme qui le considérait comme un simple employeur ! Ou peut-être plus, qui sait ? Il croyait qu'elle avait du respect pour lui, oserait-il dire de l'affection ? Non, bien sûr que non. Oublie cette idée. Il avait l'air d'un parfait imbécile.

S'emparant d'un papier, il se mit à le lire furieusement. Cinq bonnes minutes s'écoulèrent avant que les mots ne prennent forme sous ses yeux, émergeant du tumulte qui l'habitait.

Même au dîner, la conversation lui passa au-dessus de la tête. Naturellement, il payerait pour le mariage, mais il laissait toutes les formalités, à la fois pratiques et mondaines, à Augusta. Il ferait tout ce qu'on lui demanderait, serait aussi charmant qu'il le fallait, mais les préparatifs, ce n'était pas son rayon.

Il ne prêta pas vraiment attention à l'échange de piques entre Christina et Brandy à propos de la gouvernante d'à côté. Il crut seulement comprendre que Christina la dénigrait et que Brandy prenait sa défense avec une ferveur qui, en temps ordinaire, eût nécessité des explications. Inconsciemment, il dut être troublé par le fait que Brandy développait un penchant, propre à la famille, semblait-il, pour les amours ancillaires. Bien sûr, pour un homme, ce n'était pas pareil, mais il eût été infiniment plus raisonnable qu'il cherche à satisfaire ses lubies dans un périmètre moins proche.

Après le dîner, il convoqua Brandy dans la bibliothèque. Le majordome apporta le porto et se retira, fermant la porte derrière lui.

— Porto ? proposa Balantyne.

— Non, merci, c'est un peu trop lourd pour moi, fit Brandy en secouant la tête.

— Je comprends tes inclinations, commença Balantyne. Il n'y a rien de plus naturel...

— Je n'aime pas beaucoup le porto, c'est tout, répondit Brandy, désinvolte.

— Je ne te parle pas de porto !

Faisait-il semblant d'être obtus ?

— Mais de Miss Je-ne-sais-comment, la gouvernante d'à côté. Charmante enfant...

— Ce n'est pas une enfant ! explosa Brandy subitement. C'est une femme, exactement comme Christina ou comme votre Miss Ellison !

— Comme Christina, j'en doute, dit Balantyne froidement.

— Vous avez raison, siffla Brandy. Elle ne couche pas avec les valets !

Balantyne leva la main pour le frapper ; son corps tout entier avait frémi sous l'insulte. Mais à la vue du visage calme et implacablement déterminé de Brandy, sa main retomba. Sa remarque caustique n'était pas dénuée de fondement, et il ne souhaitait pas se disputer avec son fils. Bien qu'ils fussent très différents l'un de l'autre, il l'aimait profondément.

— Voilà qui est inutilement méchant.

Il baissa la voix.

— Toi aussi, tu as dû fréquenter des lits où tu n'avais rien à faire.

A son étonnement, Brandy rougit jusqu'à la racine des cheveux.

— Toutes mes excuses, monsieur, fit-il doucement. C'était odieux de ma part. Simplement, j'ai beaucoup d'estime pour Jemima, et pas de l'espèce à laquelle vous pensiez. Comme je vous soupçonne d'en avoir pour Miss Ellison. Et je ne me permettrais de les insulter ni l'une ni l'autre par des privautés de cette nature-là.

Il eut un pâle sourire.

— A mon avis, si on essayait, on se ferait tirer les oreilles. Miss Ellison, en tout cas, en est parfaitement capable !

Excessivement gêné, Balantyne en voulut à Brandy de sa perspicacité. Bien qu'il fût au supplice, il esquissa un sourire forcé à son tour.

— Sans doute, répondit-il sourdement. Je crois qu'on ferait mieux de parler d'autre chose.

Mais à peine s'étaient-ils engagés sur un terrain moins glissant que le valet annonça Sir Robert Carlton. Avec un tact inhabituel, Brandy s'excusa.

Carlton lui aussi déclina le porto et resta planté un peu gauchement au milieu de la pièce. Son visage portait les marques d'une tension émotionnelle.

— Pauvre petite Doran, c'est terrible! fit-il d'une voix entrecoupée. Pauvre créature, pauvre femme! Dire qu'elle était là depuis tout ce temps, et qu'on n'en avait pas la moindre idée; on vaquait tranquillement à nos occupations.

Balantyne n'avait pas envisagé les choses sous cet angle-là, et cette vision le révolta : leur indifférence, la proximité de la vie et de la mort. Ils étaient passés à côté, sans prêter attention à la souffrance d'un être. Dieu du ciel, leur arrivait-il régulièrement de passer ainsi à côté les uns des autres ? Instinctivement, il chercha le regard de Carlton. Celui-ci exprimait quelque chose d'entièrement nouveau, quelque chose qu'il ne parvint pas à déchiffrer.

— A propos d'Euphemia..., fit Carlton, hésitant.

Balantyne s'efforça de prendre une contenance témoignant de la sympathie qu'il avait envie de ressentir, qu'il ressentait effectivement. Il ne dit rien, jugeant préférable d'attendre la suite.

— Je... bredouilla Carlton, cherchant ses mots. Je n'avais pas compris. Elle avait dû... me trouver... très froid. Elle voulait un enfant. Je... je ne le savais pas. Je regrette... qu'elle ne se soit pas décidée à me le dire. C'était sûrement de ma faute. J'étais trop... je la mettais sur un piédestal... je ne m'étais pas rendu compte à quel point le respect pouvait être pesant. Elle voulait un enfant... c'est tout.

— Je vois.

Balantyne ne voyait rien du tout, sinon que Carlton tâtonnait pour essayer de se convaincre que c'était compréhensible, qu'il comprenait lui-même.

— Oui, je vois, répéta-t-il.

— Je trouve...

Carlton déglutit.

— Je trouve ça dur à accepter, mais avec le temps, j'y arriverai. Je considérerai cet enfant comme le mien. Balantyne, vous... ?

Il s'empourpra violemment, incapable de l'exprimer en paroles.

— Mais bien sûr, répliqua Balantyne immédiatement. Toute autre réaction serait monstrueuse et totalement erronée !

— Je vous remercie.

Carlton serrait les poings ; une veine palpitait sur sa tempe.

— Je... je l'aime beaucoup, vous savez.

— C'est quelqu'un de très bien, dit Balantyne généreusement, et avec sincérité. Et elle vous aimera d'autant plus pour votre compréhension.

Carlton leva vivement les yeux sur lui.

— Vous croyez ?

L'espoir qui perçait dans sa voix faisait peine à entendre.

— J'en suis persuadé, affirma Balantyne avec conviction. Allons, vous êtes sûr que vous ne voulez pas un peu de porto ? Il est excellent. Recommandé par Reggie Southeron, et il s'y connaît, à défaut d'autre chose.

Carlton respira profondément.

— Oui, peut-être, merci.

9

Reggie Southeron ne reçut la visite de Pitt que le lendemain, en fin d'après-midi. Il venait juste de s'installer dans son fauteuil moelleux pour se remettre des désagréments du trajet — les ressorts durs, les courants d'air, la pluie dans le cou — quand on lui annonça l'inspecteur Pitt. Il envisagea sérieusement de refuser de le voir, mais sans doute était-ce déraisonnable. Cela pourrait l'inciter à creuser les questions qu'il valait mieux ne pas approfondir, et, par ailleurs, cette entrevue permettrait à Reggie de plaider sa propre cause, de se défendre avant d'être attaqué. Maudit soit Freddie Bolsover !

— Faites-le entrer, répondit-il avec irritation. Rangez donc le bon sherry et apportez-moi l'autre.

S'il ne lui offrait pas à boire, il risquait de l'offenser, mais ce n'était pas une raison pour gâcher du bon sherry.

Pitt arriva, débraillé comme toujours, le pardessus grand ouvert, mouillé aux épaules. Son expression était cordiale, empreinte de bonhomie, mais ses yeux semblaient plus perçants que dans le souvenir de Reggie.

— Bonsoir, monsieur, dit-il, affable.

Bizarre que quelqu'un comme lui ait une aussi belle voix, une diction pareille. Un prétentieux, sûrement ; il devait singer ses supérieurs.

— B'soir, répondit Reggie. Vous venez pour Helena Doran, j'imagine, la pauvre ? Je n'ai rien à vous dire ; je ne sais rien.

— Je n'en doute pas, acquiesça Pitt poliment. Si vous saviez quelque chose, vous nous en auriez parlé bien avant d'être sollicité par nous. Néanmoins...

Il sourit soudain ; en temps normal, on aurait pu dire qu'il avait du charme... s'ils avaient été socialement égaux, bien sûr.

— Néanmoins, vous serez peut-être en mesure de combler quelques lacunes.

— Sherry ? offrit Reggie en levant la carafe.

— Non, merci, déclina Pitt avec un petit geste de la main.

Fortement contrarié, Reggie remplit son propre verre. Il avait spécialement fait apporter ce tord-boyaux, et ce drôle de zèbre n'en voulait pas. Maintenant, comme un imbécile, il était obligé de le boire lui-même.

— Je vous l'ai déjà dit, déclara-t-il avec hargne, je ne sais rien au sujet d'Helena Doran.

— Sur sa mort, probablement pas, mais vous devez connaître sa vie. Peut-être mieux que vous ne le croyez. Votre avis m'intéresse. Vous êtes un homme d'expérience ; en tant que banquier, il vous arrive de porter des jugements sur les gens.

Reggie n'aurait pas dû être étonné. Naturellement,

ce type s'était renseigné pour savoir ce qu'il faisait. Et c'était vrai, il était plutôt bon juge, en règle générale. Bien qu'il se fût trompé sur le compte de Freddie !

— Je suis à votre disposition.

Il s'était quelque peu radouci.

— Sale histoire... dire qu'elle était si jeune !

— Et jolie, paraît-il.

Pitt haussa un sourcil interrogateur.

— Très, dans le genre évanescent. Un peu trop blonde à mon goût, un peu trop frêle, mais parfaite pour ceux qui aiment ça. Moi-même, je préfère quelque chose de plus robuste.

Il ne fallait surtout pas qu'il se mette en tête de soupçonner Reggie. Autant tirer les choses au clair tout de suite.

— Ce n'est pas tout à fait mon style non plus, observa Pitt. Pas quand elles sont très blondes. Je les trouve trop froides.

Il n'était peut-être pas si mauvais, au fond. En tout cas, il était humain.

— Absolument, renchérit Reggie. C'était une gentille fille, toujours polie, d'une conduite irréprochable, si mes souvenirs sont bons. Dommage. Vraiment dommage.

Les yeux brillants de Pitt ne le quittaient pas un instant.

— Qui étaient ses admirateurs ? Car elle en avait certainement, non ?

— Bien sûr.

Ça, c'était une belle occasion.

— Alan Ross était très amoureux d'elle, à l'époque. Mais vous êtes au courant, je présume.

— Alan Ross ?

— Oui. Le garçon qui vient d'épouser Christina Balantyne, ce matin, exactement.

— Ah oui, c'est vrai. On m'avait dit qu'il avait un faible pour Helena Doran.

— Bigrement plus qu'un faible : il était fou d'elle. Il était effondré quand elle s'est enfuie... ou dois-je dire, quand elle a été assassinée ?

Il regarda Pitt.

— Elle a été assassinée, n'est-ce pas ?

— Hélas, oui. Sans l'ombre d'un doute.

— Comment le savez-vous ? Je croyais que le corps était... enfin...

— En effet. Il ne restait que quelques lambeaux de tissu, et les ossements, bien sûr. La chair avait été rongée, mais tous les os étaient là. Le cou était brisé. Il fallait avoir beaucoup de force dans les mains pour accomplir un travail aussi net.

Reggie grimaça de dégoût.

— Eh non, ce n'est pas très beau.

Il y avait quelque chose dans la voix de Pitt que Reggie ne parvint pas tout à fait à définir. Drôle d'oiseau, cet inspecteur de police. En tout cas, il servait sa cause et, avec un peu de doigté, il pourrait servir celle de Reggie également.

— Il était mal en point, reprit Reggie. Ça l'a déboussolé pour un bon moment, le pauvre vieux. Non pas que je veuille insinuer... évidemment...

— Mais c'est une possibilité, acheva Pitt à sa place.

Reggie prit un air réticent.

— Bien obligé de l'admettre, dit-il lentement.

— Ne vous a-t-il jamais parlé d'un autre homme, d'un amant éventuel ?

Reggie plissa le visage pour essayer de se rafraîchir la mémoire.

— Pas que je me souvienne. Mais, mon cher ami, je ne vais tout de même pas vous répéter une parole occasionnelle, à supposer que je me la rappelle, si elle risque d'expédier quelqu'un au gibet !

— Personne ne se fait pendre pour quelques mots, répondit Pitt doucement, souriant à nouveau. Et n'oubliez pas votre devoir moral.

— C'est vrai.

Reggie se réjouissait de la tournure que prenait cette discussion. Tant pis pour Alan Ross ; après tout, il aurait très bien pu tuer Helena dans un accès de jalousie. C'était de loin l'explication la plus plausible !

Pitt attendait.

— Ma foi...

Reggie hésita, non parce qu'il répugnait à parler, mais parce qu'il ne savait pas trop quoi dire.

— Je n'ai pas les mots exacts, évidemment...

Sa voix monta légèrement, comme s'il demandait à Pitt s'il voulait réellement entendre la suite, puis il se hâta d'enchaîner, au cas où Pitt s'aviserait de l'interrompre :

— Juste le sens global. Il était très amoureux d'elle. Nous pensions tous que leur mariage était pour bientôt. Personne, naturellement, ne se doutait qu'elle avait un autre amant. J'imagine que Ross l'a découvert. J'ignore comment. Il ne nous a rien dit, mais ça, c'est normal. Elle l'a fait tourner en bourrique, tudieu ! Vous aimez une femme, et elle partage son lit avec un autre.

— Oui, concéda Pitt gravement. C'est très pénible. Il y a de quoi réagir d'une manière brutale.

— Tout à fait, acquiesça Reggie avec empressement. Tout à fait.

— D'un autre côté, reprit Pitt après un moment de réflexion, ç'aurait pu être l'amant.

— L'amant ? fit Reggie, abasourdi. Mais pourquoi, nom d'un chien ? Il a obtenu ce qu'il voulait, non ?

Il essaya de sourire, mais le résultat ne fut pas très naturel.

— Il n'avait aucune raison de lui faire du mal.

— Elle était enceinte, lui rappela Pitt. De son amant.

— Et alors ?

Une idée sombre traversa l'esprit de Reggie ; il commençait à avoir peur.

— Il l'aurait épousée s'il avait été libre, ne croyez-vous pas ?

Pitt le fixait de ses yeux brillants, sans ciller.

Les pensées de Reggie se bousculaient. C'était stupide. Il n'avait jamais touché cette fille. Il n'y avait pas de quoi s'affoler. Mais c'était oublier Freddie et sa maudite langue. Si la police apprenait les incartades de Reggie, elle ne ferait pas forcément la différence !

— Ce n'était peut-être pas un bon parti, dit-il, pivotant face à Pitt. Ce pouvait être un commerçant ou autre. Elle n'allait quand même pas épouser un commerçant !

Ce n'était guère le moment de ménager les susceptibilités. Ce Pitt devait bien comprendre qu'il existait des distinctions sociales. C'était quelque chose qu'il ne pouvait ignorer, du reste.

Loin de s'offusquer, Pitt parut réfléchir à la question.

— Elle avait donc un penchant pour les commerçants ? s'enquit-il.

— Seigneur Dieu !

Reggie pataugeait lamentablement. Comment répondre à cela ? S'il disait oui, d'autres le feraient passer pour un menteur. Pitt allait nécessairement effectuer le tour du square. Helena n'avait pas regardé un commerçant de sa vie. Une sainte nitouche comme elle ! Le seul homme, en dehors de Ross, pour qui elle eût manifesté quelque admiration, c'était le voisin d'à côté, le vieux Balantyne. Sûrement qu'elle aimait la pompe et le prestige de l'uniforme.

— Non, répliqua-t-il aussi calmement que possible. Non, pas du tout.

Oui, c'était ça, la réponse.

— En fait, je ne l'ai jamais vue s'intéresser à quelqu'un...

Il pesait soigneusement ses mots.

— ... excepté le vieux Balantyne, notre voisin. Bel homme, le général. Normal qu'une jeune fille se laisse impressionner.

Qu'il se débrouille avec ça. Inutile de signaler que le général était marié. Pitt avait évoqué lui-même le fait de n'être pas libre ; à lui de déduire le reste.

— Je vois.

Pitt contempla ses pieds, puis leva sur lui un regard moqueur.

— Et vous, monsieur, elle ne vous admirait pas ?

— Moi ? dit Reggie, choqué. Juste ciel, non ! Banquier, homme d'affaires, pensez-vous ! C'est beaucoup moins exaltant que l'armée. Moins prestigieux.

Il esquissa un sourire forcé.

— Pas de quoi enflammer l'imagination d'une jeune fille romanesque.

— Selon vous, cet amant inconnu, ce pourrait être Balantyne ?

— Voyons, je n'ai pas dit ça !

— Bien sûr que non, vous n'iriez pas jusque-là : loyauté oblige.

Pitt secoua la tête.

— C'est tout à votre honneur.

Pourquoi le bougre souriait-il intérieurement ?

— Et, si j'ai bien compris, ce genre de beauté vous laissait insensible.

— Comment ?

— Je veux dire, vous n'auriez pas été jaloux, par exemple.

— Ciel, non ! Enfin, excusez-moi... certainement pas. Elle était trop pâle, trop incolore à mon goût. J'aime mieux quelque chose de plus... Je suis un homme marié...

Non, c'était trop pompeux. Il préféra s'abstenir.

— Tout à fait ravissante, votre femme de chambre, observa Pitt négligemment. Je n'ai pas pu m'empêcher de le remarquer. Voilà bien longtemps que je n'ai pas vu une aussi jolie fille.

Reggie se sentit rougir. Quel toupet, ce type ! A quoi voulait-il en venir ? Il le scruta avec attention, mais le regard de Pitt ne reflétait qu'une appréciation innocente.

— Oui, répondit-il au bout d'un moment. Je les choisis pour leur physique. C'est la raison d'être d'une femme de chambre.

— Ah oui ? fit Pitt en feignant l'intérêt. Quelqu'un m'a dit en effet que vous vous y connaissiez.

Reggie se figea. Freddie aurait-il... ? Il évita le regard de Pitt.

— Qui ça, Freddie Bolsover ?

— Le Dr Bolsover ?

Apparemment, Pitt ne l'avait pas suivi.

— Oui. Est-ce le Dr Bolsover qui a parlé de moi à propos des... euh, des femmes de chambre ?

Reggie s'éclaircit la voix.

— Ne prenez pas trop au sérieux ce qu'il raconte. Il est jeune, vous savez. Avec un sens de l'humour plutôt imprévisible.

Pitt fronça les sourcils.

— Je crains de ne pas avoir bien compris, monsieur.

— Il a une bien curieuse manière de plaisanter. Il dit des choses qu'il croit drôles, sans se rendre compte que ceux qui ne le connaissent pas pourraient les prendre au pied de la lettre.

— Quel genre de choses ? J'entends par là : où s'arrête la vérité et où commence la plaisanterie ?

— Ah !...

Reggie réfléchit fébrilement. Surtout, ne pas paniquer. Rester calme.

— Sur les questions médicales, là, il est parfaitement sérieux. Mais il est tout à fait capable de plaisanter sur moi et les femmes de chambre, par exemple.

— Autrement dit, il peut vous prêter une aventure avec une femme de chambre, c'est bien ça ?

Le visage en feu, Reggie se détourna.

— Quelque chose comme ça.

Il essaya d'adopter un ton nonchalant et manqua s'étouffer.

— Vous êtes sûr que vous ne voulez pas un sherry ? Moi, je me ressers.

Et il joignit le geste à la parole.

— Dangereux, comme sens de l'humour, fit remarquer Pitt. Non, merci.

Il jeta un coup d'œil sur le sherry.

— A votre place, je lui en toucherais deux mots. Ce pourrait être gênant pour vous, surtout maintenant.

— Bien sûr, répondit Reggie aussitôt. Je vais m'en occuper. Bonne idée.

— Ça m'étonne que vous n'y ayez pas songé plus tôt. Car vous ne l'avez pas encore fait, n'est-ce pas ?

— Quoi ?

Reggie faillit lâcher la carafe.

— Vous ne lui avez pas encore parlé ? s'enquit Pitt, haussant les sourcils.

— Il... il vous a dit que je lui avais parlé ?

Au moment même où il prononçait ces paroles, Reggie se rendit compte de leur ineptie.

— Je... euh...

— Alors ?

— C'est-à-dire...

Que diable fallait-il répondre ? Ce fichu Pitt, que savait-il au juste ? Si seulement Reggie avait une idée des informations dont il disposait déjà, il pourrait ajuster ses réponses. Mais tâtonner ainsi à l'aveuglette, c'était effrayant.

Pitt esquissa une moue — quel visage étonnant il avait ! — et regarda ses ongles.

— Rien de plus naturel que d'admirer une jolie servante, fit-il, pensif. Ça arrive fréquemment. Il n'y a vraiment pas de quoi fouetter un chat. Sauf qu'en ce moment, ça pourrait paraître malencontreux.

Son regard brillant, pénétrant, se posa sur Reggie.

— Il ne vous importune pas, hein... le Dr Bolsover ?

Reggie le dévisagea, bouche bée. Il eut l'impression que son cerveau fondait avant de se solidifier à nouveau. Comment devait-il réagir ? Pouvait-il faire confiance à Freddie ? C'était peut-être l'occasion de régler la question une bonne fois pour toutes. Ou alors... Minute ! Et si Pitt allait voir Freddie pour le charger ? Freddie lui parlerait de Dolly, et ça changerait tout ! Étaient-ils déjà au courant qu'il avait retiré cent livres à la banque ? Pitt avait-il discuté avec le valet ? Était-ce là le nœud du problème ? Attention, Reggie, réfléchis avant de parler. Tu as failli tomber dans le panneau.

— Bonté gracieuse, non, articula-t-il avec un sourire blafard. Freddie est un brave type. Il lui arrive de se conduire comme un âne, mais c'est tout. Il n'est pas méchant pour un sou.

— Je suis content de l'apprendre, monsieur.

Pitt ne quittait pas son visage des yeux.

— J'ai cru un instant que vous aviez peut-être des ennuis.

— Des... ennuis ? Qu'est-ce qui vous fait dire ça ?

Il fallait absolument découvrir ce qu'il savait déjà.

— J'ai parlé aux domestiques, répondit Pitt d'un ton léger. Dans le cadre de l'enquête, vous comprenez.

Reggie le regarda fixement.

Il était au courant ! Pour le valet et la banque ! Si Reggie lui racontait un bobard sur la destination de ces cent livres, ce diable d'homme serait capable d'aller vérifier par lui-même et de découvrir la vérité. C'était trop facile. Il fallait inventer autre chose.

— Ma foi..., commença-t-il maladroitement, l'esprit en ébullition.

Qui pourrait-il accuser, si ce n'était pas Freddie ? Qui ne serait pas en mesure de le démentir ? Qui conviendrait le mieux pour ce rôle-là ?

— Ma foi, pour ne rien vous cacher, j'ai eu un petit problème... pas avec Freddie, non. Freddie est un gentleman. C'est la gouvernante...

Oui, c'était ça.

— La gouvernante s'est monté la tête... une femme seule, sans soupirants, coincée avec les enfants toute la sainte journée. Elle a déraillé et, du coup, c'est moi qui ai trinqué. En temps normal, je l'aurais mise à la porte, mais en ce moment, comme vous dites, c'est un peu délicat. Alors je l'ai payée. Je n'aurais sûrement pas dû, mais que ne ferait-on pas pour avoir la paix, hein ? Vous êtes un homme marié, vous pouvez comprendre ça. Plutôt ouvrir son porte-monnaie que prêter le flanc aux commérages. Elle ne recommencera pas. De toute façon, une fois que cette affaire sera résolue, ce ne sera plus nécessaire, pas vrai ?

— Oh non, dit Pitt avec une grimace. Vous ne voulez donc pas porter plainte ?

— Seigneur Dieu, non ! Si j'ai payé, c'est justement par souci de discrétion. Adressez-vous à elle, et elle niera tout. Moi aussi, d'ailleurs. Je n'ai pas le choix. J'ai une femme, moi. Et puis, il faut que je pense aux enfants. J'ai trois filles. Mais vous le savez déjà, non ? En fait, je n'en ai que deux. Chastity est la fille de mon frère. Il a été tué, le pauvre. Je l'ai recueillie, c'est normal.

— C'est une charmante enfant.

— Oui, oui. Et voilà, vous comprenez, n'est-ce pas ? Surtout, pas de scandale. Ce serait un désastre. Les filles sont très attachées à leur gouvernante. Et elle fait bien son travail, ajouta-t-il précipitamment. Très bien.

— Parfait. Eh bien, je vous remercie, monsieur. Votre aide m'a été précieuse.

— Bon. Bon. Vous allez nous régler ça rapidement, j'espère.

— Je l'espère aussi. Bonsoir, monsieur, et merci.

— Bonsoir, c'est cela, bonsoir.

Lorsqu'elle l'apprit le lendemain, Charlotte se mit en colère. Elle pivota devant le buffet et fit face à Pitt dans son fauteuil.

— Cette espèce de canaille lubrique a accusé Jemima de chantage, et vous l'avez écouté sans rien dire ? s'exclama-t-elle. Mais c'est ignoble !

— Je pouvais difficilement le contredire, répondit Pitt, raisonnable. Cela me paraît peu probable, mais aucunement impossible.

— Bien sûr que c'est impossible ! Jemima n'aurait pas idée de faire chanter qui que ce soit.

— C'était le cri du cœur...

Pitt lui sourit avec un mélange d'affection et d'ironie.

Mais Charlotte ne se laissa pas démonter. Elle était convaincue d'avoir raison ; le tout était de justifier son point de vue.

— Soit, déclara-t-elle, le fixant d'un air résolu. Parlons de manière rationnelle : croyez-vous vraiment que ça vaille la peine de dépenser de l'argent pour cacher le fait qu'il couche avec la femme de chambre ? Ce n'est un secret pour personne. Et de toute façon, Mary Ann n'est pas là depuis assez longtemps...

Une note de véritable triomphe intellectuel perça dans sa voix.

— Pas suffisamment pour être la mère du premier bébé ! Il y a eu quelqu'un avant elle, peu de temps : elle s'est mariée et elle est partie. Et celle d'avant est morte.

Elle dévisagea Pitt, en proie à une excitation croissante.

— Tout le monde sait qu'il se conduit mal, même sa femme, je parie, bien que, naturellement, elle soit obligée de prétendre le contraire...

Il fronça les sourcils.

— Pourquoi ? Pourquoi diable feindrait-elle l'ignorance ? Je la vois plutôt s'emporter et y mettre tout de suite le holà.

Charlotte soupira patiemment. Les hommes étaient parfois d'une naïveté !

— A mon avis, elle-même ne souhaite pas bénéficier de ses attentions en permanence, expliqua-t-elle, et ça l'arrange qu'il aille se consoler ailleurs. Mais si elle était contrainte à affronter la réalité, publiquement, j'entends, alors elle devrait se lamenter, jouer les femmes blessées, horrifiées et tout. C'est la société qui veut ça. En plus, elle aurait l'air bête, l'épouse bafouée... une position plutôt humiliante, non ?

— Mais c'est une épouse bafouée, observa Pitt. Sauf qu'elle ne croit pas au mensonge, mais l'affront est le même.

— Pas du tout.

Elle lui jeta un regard oblique. Affectait-il l'ignorance ou ne savait-il réellement pas ? Quelquefois, il lui arrivait de la taquiner sans pitié.

Il attendait innocemment.

— Ce n'est pas un affront, reprit-elle finalement, du moment qu'elle n'y voit pas d'objection ; en tout cas, pas vis-à-vis d'elle. L'affront serait de la ridiculiser en public. Tout le monde sait ce qu'il fait et aussi qu'elle, ça ne la dérange pas. Mais si elle était obligée de l'admettre, elle devrait soit lui faire une scène et se couvrir de ridicule, soit le cautionner ouvertement, et ce serait immoral.

— Quel cynisme ! Où avez-vous appris tout ça ?

Le visage de Charlotte s'allongea.

— Oui, je sais. Moi, je trouve ça écœurant, mais c'est ainsi. J'ai découvert beaucoup de choses au contact d'Emily. Elle est très observatrice et elle connaît un tas de gens dans ce milieu-là... la société, j'entends. Je serais incapable de réagir de la sorte. Je crois que je ferais un esclandre de tous les diables.

Il eut un grand sourire.

— Je n'en doute pas un instant, ma chère.

Elle le regarda rapidement.

Il leva les mains en un geste de défense.

— Ne vous inquiétez pas ; nous n'avons pas les moyens de nous payer une femme de chambre, et je vous jure de ne jamais toucher Mrs. Wickes.

Étant donné que Mrs. Wickes pesait quatre-vingt-dix kilos et avait une moustache, Charlotte jugea la concession bien minime.

— Et Jemima ? demanda-t-elle.

— Il ne souhaite pas la poursuivre en justice.

— Évidemment ! Puisqu'elle n'est pas coupable.

— Je suis bien de votre avis, dit-il pensivement. Reste à savoir pourquoi il m'a raconté ça. C'est une invention inutile et plutôt dangereuse, ne croyez-vous pas ?

— Je m'en moque ! Jemima ne peut pas le faire chanter.

— Qui, alors ? voilà la question intéressante.

Charlotte retint son souffle.

— Oh !

— Tout à fait.

Il se leva d'un bond.

— Vous n'allez pas l'inculper ? demanda-t-elle, l'agrippant par le bras.

— Non, mais je suis obligé de le signaler.

— Il le faut vraiment ?

— Bien sûr.

— Ça va lui nuire ! Elle ne pourra même pas le démentir ; ça va peut-être la poursuivre jusqu'à la fin de ses jours !

Il posa un instant sa main sur la sienne, avant de la retirer doucement.

— Je le sais bien, ma chère. Et je serais heureux de prouver qu'il ment.

Il ne servait à rien de discuter. S'il fallait intervenir rapidement, eh bien, elle allait s'en charger elle-même.

En conséquence, après le départ de Pitt, elle abandonna ses tâches ménagères et, laissant un mot sur la porte pour Mrs. Wickes, se rendit directement à Callander Square. Sa seule excuse était d'aller voir le général Balantyne et de concocter rapidement un prétexte quelconque, quelque chose qu'elle aurait oublié de lui dire.

Lorsqu'elle arriva devant sa porte et se trouva face au valet, elle n'avait toujours rien inventé de plausible, mais, par chance, il ne lui demanda pas les raisons de sa venue et l'introduisit simplement dans la bibliothèque. Assis derrière son bureau, le général n'avait pas l'air de travailler, car il n'y avait pas de stylo en vue ; il se contentait de fixer une pile de papiers. Quand elle entra, il leva les yeux avec un certain empressement.

— Charlotte, ma chère, quelle bonne surprise !

Elle ne s'attendait guère à un accueil aussi chaleureux. Quel homme imprévisible ! Serait-ce le contrecoup du mariage de Christina ?

— Bonjour, général Balantyne, répondit-elle d'un ton à la fois neutre et aussi amical que possible.

— Je vous en prie, entrez.

Il était déjà debout et contournait le bureau pour aller à sa rencontre.

— Asseyez-vous près du feu. Le temps est déplorable, mais c'est tout ce qu'on peut espérer pour un mois de janvier.

Elle s'apprêtait tout naturellement à refuser quand elle se souvint qu'elle n'avait toujours pas d'explication à sa visite. Au moins, cela lui permettrait de gagner du temps.

— Merci, oui, il fait très froid aujourd'hui. C'est le vent, surtout, qui est pénible à supporter.

Il la regardait toujours sans mot dire, ce qui la mit mal à l'aise.

— On a l'impression d'être à l'abri entre les bâtiments, poursuivit-elle pour rompre le silence, mais, en fait, ils forment des couloirs où le vent s'engouffre avec une force redoublée.

— Vous m'autoriserez à vous faire raccompagner par mon cocher, dit-il sérieusement. Peut-être désirez-vous boire quelque chose de chaud? Une tasse de thé?

— Oh non, je vous remercie, fit-elle à la hâte. Je ne voudrais pas vous déranger. Je suis venue juste pour...

Vite, au nom du ciel, pourquoi était-elle venue?

— ... parce que... je me suis soudain souvenue que j'avais... laissé de côté plusieurs lettres importantes, sans les inclure dans le classement. Du moins, c'est ce qu'il m'a semblé.

Était-elle crédible ?

— C'est très consciencieux de votre part, approuva-t-il. Mais je n'ai rien remarqué qui ne soit pas en ordre.

— Et si je vérifiais ?

Se levant, elle regarda le bureau. A sa vue, la notion même de l'ordre lui parut absurde. Elle se tourna, désemparée, vers le général.

— J'ai tout mis sens dessus dessous, avoua-t-il, énonçant l'évidence. Sincèrement, j'aurais à nouveau besoin de votre aide.

Quelque chose dans son expression la troubla, la douceur de son regard, cette façon directe qu'il avait de la contempler. Bonté gracieuse ! Il ne s'était tout de même pas mépris sur les raisons de son retour ? Son excuse était bien maigre, en vérité... mais pas pour ce motif-là ! Elle voulait intercepter Jemima ; seulement, si elle passait directement chez les Southeron, sans aucun prétexte, elle risquait d'éveiller des soupçons. Peut-être même Reggie Southeron se douterait-il de ses véritables intentions. Les gens qui avaient quelque chose à se reprocher, et c'était son cas, elle en était sûre, avaient tendance à se montrer excessivement suspicieux. Au mépris de toute logique, ils voyaient des accusations là où il n'y en avait point ; que dire alors lorsque tel était précisément le propos, mal déguisé, de surcroît ?

Balantyne attendait, sans la quitter des yeux.

— Oh!...

Elle se reprit ; le plus urgent était de le détromper.

— Ma foi...

Elle jeta un coup d'œil sur le fatras qui encombrait le bureau.

— Je serais heureuse d'y remettre un peu d'ordre, mais malheureusement, c'est tout ce que je puis vous proposer.

Elle sourit pour rendre son refus moins abrupt.

— Comme je n'ai pas de domestiques, j'ai du ménage en retard. Ça devient même assez urgent.

— Ah!...

La mine du général s'allongea.

— Pardonnez-moi d'avoir manqué de considération. Je... certainement. Je ne veux pas vous distraire de...

Il bégayait légèrement dans sa hâte de se ressaisir.

— Oui, je vois. Mais si vous acceptiez de rester aujourd'hui, je vous serais extrêmement obligé...

Il hésita, se demandant sûrement, pensa-t-elle, s'il devait lui offrir de la payer et comment s'y prendre avec tact. Son embarras la toucha. Elle lui sourit chaleureusement.

— A vrai dire, j'ai horreur du ménage et, pour une journée, je peux très bien m'arranger avec ma conscience. C'est une attitude fort peu féminine, mais je trouve la guerre de Crimée infiniment plus passionnante que mes fourneaux.

Elle s'approcha du bureau en ôtant ses gants ; elle lui tournait le dos pour ne plus avoir à croiser son regard, mais elle sentait avec acuité sa présence derrière elle.

Il lui fut impossible de s'excuser à l'heure du déjeuner ; elle profita donc de son unique opportunité de s'introduire dans la maison d'à côté un peu plus tard que prévu. Personne ne la vit cependant, hormis la fille de cuisine et l'aide-cuisinière, et elle se glissa dans la salle de classe avant le début des cours de l'après-midi.

Postée devant la fenêtre, Jemima regardait le square. En entendant Charlotte entrer, elle se retourna.

— Charlotte, quel plaisir de vous voir !

Elle rayonnait ; on eût dit qu'elle avait des étoiles dans les yeux.

— Vous êtes revenue travailler pour le général Balantyne ?

— Aujourd'hui seulement, répondit Charlotte sobrement. En fait, je suis là parce que je voulais vous voir sans trop attirer l'attention.

Inutile de temporiser : elle devait lui parler de Reggie, et ce avant le retour des enfants.

Jemima semblait n'avoir aucune conscience de l'imminence du danger.

— Je suis sûre que Mr. Southeron n'y verra pas d'inconvénient.

Elle ne regardait pas Charlotte, mais un peu au-delà.

— Dommage que vous ne soyez pas venue déjeuner. Il faut que vous reveniez demain.

N'avait-elle pas écouté ? Charlotte lui avait pourtant bien dit qu'elle était là pour une journée seulement.

Mais Jemima s'était à nouveau tournée vers la fenêtre.

Charlotte traversa la pièce et se posta à côté d'elle. Elle regarda en bas. Il n'y avait rien à voir, sinon le square silencieux et nu, trempé par la pluie, dans les tons noirs et gris ; même l'herbe avait perdu sa couleur verte. Le vent gémissait lugubrement dans les courettes et agitait les quelques feuilles mortes qui s'accrochaient encore aux arbustes. Il n'y avait rien qui pût retenir l'attention d'une jeune fille. Charlotte n'avait pas entendu d'équipage : les sabots des chevaux et les roues grinçantes faisaient suffisamment de bruit sur les pavés. Quelqu'un à pied, alors ? Par un temps pareil ? Oh non, pas Brandy Balantyne !

— Jemima !

Jemima se retourna ; ses yeux pétillaient de bonheur. Elle les baissa soudain, tandis qu'une légère roseur lui montait aux joues.

— Brandy Balantyne ? questionna Charlotte.

— Ne l'aimez-vous donc pas, Charlotte ? La dernière fois, j'ai cru comprendre le contraire.

Charlotte l'aimait beaucoup, mais elle n'osa l'avouer, ni mentir du reste et faire mal inutilement.

— Je l'ai croisé trois ou quatre fois, très brièvement. N'oubliez pas que je n'étais pas invitée chez eux ; j'étais là pour aider.

C'était cruel, certes, mais il ne fallait pas que Jemima se laisse griser par ses rêves. Plus on se prenait à rêver, plus le réveil était douloureux.

Jemima eut l'air peinée.

— Je sais, répondit-elle tout bas. Oui, je sais tout ça. Et je comprends ce que vous essayez de me dire. C'est vous qui avez raison.

Charlotte voulait la mettre en garde contre Reggie Southeron, mais évoquer, en cet instant précis, le maître qui couchait avec ses servantes eût été grossier et sans doute totalement déplacé. Il n'y avait aucun parallèle là-dedans, et Charlotte n'avait pas envie que Jemima lui prête ce genre d'idées. Il allait falloir remettre cette discussion à plus tard, quand elle susciterait moins de souffrance et d'incompréhension. Toutes les explications du monde ne suffiraient pas à rassurer Jemima si elle mettait Reggie, les femmes de chambre et le chantage sur le même plan que Brandy Balantyne.

— Je dois rentrer, dit-elle. Je voulais seulement vous voir et vous... prier de faire très attention à vous. Parfois, au cours d'une enquête comme celle-ci, il arrive qu'une personne qui a peur accuse quelqu'un d'autre. Je suis au courant pour la pauvre Miss Doran. Soyez extrêmement prudente dans tout ce que vous pouvez dire !

Quoique légèrement perplexe, Jemima acquiesça de bonne grâce et, cinq minutes plus tard, Charlotte se retrouva dans la rue glaciale pour regagner au plus vite la bibliothèque et les papiers du général. Elle était mécontente d'elle et doublement inquiète pour Jemima.

Après son mariage, Christina ne s'absenta que huit jours, peut-être à cause des drames survenus dans le square. Le moment était mal choisi pour les célébrations : personne n'avait le cœur à festoyer, et surtout pas Alan Ross. Même Christina, devenue sa femme quelques jours après la découverte du corps d'Helena, pouvait difficilement lui demander de songer à leur lune de miel. Emily, qui lui rendit visite sitôt que la bienséance l'y autorisa, considérait pour sa part que Christina pouvait s'estimer heureuse que le mariage lui-même ne fût pas reporté. C'eût été un désastre. Dans l'état où elle se trouvait peut-être, elle risquait, à quinze jours près, de passer pour une menteuse. Une naissance prématurée avait ses limites, si l'on voulait être crédible !

Elle arriva chez Christina sans aucun but particulier, sinon dans l'espoir d'en apprendre davantage sur Helena Doran. Elles avaient le même âge et certainement beaucoup de points communs : elles avaient dû assister aux mêmes réceptions, fréquenter les mêmes salons. Elles n'avaient sans doute pas été proches, et Christina éprouvait peut-être quelque amertume à l'idée d'avoir épousé un homme qui avait aimé Helena, du moins dans le passé. Mais elle savait sûrement quelque chose; bien souvent, la vérité se nourrissait autant d'antipathie que d'amitié, notamment lorsqu'il s'agissait d'un défunt. C'était curieux comme la mort avait tendance à masquer les réalités congrues derrière le paravent des convenances. Voilà qui ne devait pas faciliter les investigations.

La maison d'Alan Ross était située dans une rue élégante à moins de huit cents mètres de Callander Square. Elle ne pouvait prétendre à la même opulence, ni à la même grâce raffinée; cependant, c'était une demeure cossue et, quand Emily frappa à la porte, ce fut une femme de chambre soignée qui lui ouvrit.

Christina eut l'air contente de la voir, même si Emily lui trouva la mine un peu pâle. Une lune de miel représentait bien souvent un choc pour une femme, mais elle n'avait pas dû réserver de grosses surprises à quelqu'un qui avait joyeusement couché avec un valet.

— Bonjour, Emily, dit Christina d'un ton un peu guindé. C'est gentil à vous de venir me voir.

Emily croisa mentalement les doigts avant de mentir.

— Je voulais vous souhaiter la bienvenue et prendre de vos nouvelles, répondit-elle, l'air soucieux. Le sort a été cruel pour vous, je trouve. Quel malheur qu'on ait découvert cette pauvre fille juste à ce moment-là ! On ne saurait imaginer pire.

Christina la toisa avec froideur.

— Dommage surtout que vous ayez choisi ce moment-là pour vos explorations !

— Ma chère...

Emily réussit à prendre un air navré.

— Comment aurais-je pu me douter de ce qui m'attendait ? Je croyais, comme tout le monde, qu'elle s'était enfuie avec son amant, qu'ils s'étaient mariés et vivaient heureux quelque part... enfin, du moins qu'elle s'était mariée. A dire vrai, je n'étais pas convaincue qu'ils étaient heureux. Ces histoires romanesques finissent rarement bien.

— C'est ce que vous avez dit. Mais alors, que faisiez-vous dans ce jardin désert ?

— Simple curiosité, je suppose, répliqua Emily indolemment, se retournant pour admirer la pièce qui de fait était très joliment décorée. L'endroit est si romantique...

— Un jardin abandonné, en plein hiver ?

Une note acide se glissa dans la voix incrédule de Christina.

— Ce n'est pas toujours l'hiver, fit remarquer Emily, logique. Et le jardin devait être dans un bien meilleur état il y a deux ans.

— Je ne vous suis pas.

Christina demeurait résolument froide.

— Mais quand Helena y retrouvait son amant, voyons !

Emily se tourna vers elle.

— Comment était-elle ? Vous l'avez sûrement connue. Était-elle très belle, avec beaucoup de charme ?

— Pas spécialement, fit Christina, affectant le dédain. Elle était jolie, oui, dans le genre anémique, et sans une once d'esprit. En fait, je la trouvais plaisante, mais assez ennuyeuse.

— Oh, mon Dieu !

Emily esquissa, non sans effort, une moue désappointée. En réalité, elle était ravie. En lui révélant son véritable sentiment, Christina lui en dévoilait autant sur elle-même que sur Helena Doran.

— Quel dommage, reprit-elle. Je l'imagine mal séduire un amant romantique, à moins qu'il ne soit totalement novice. Ou alors, elle devait avoir des talents cachés.

— Si elle en avait, ils étaient bien cachés, rétorqua Christina sèchement. Personne, à ma connaissance, n'a réussi à les découvrir.

Emily savait être cruelle sans s'encombrer de scrupules.

— Pas même Mr. Ross ?

A sa grande surprise, Christina rougit violemment.

— Alan a été très déçu par elle. Elle ne lui inspire plus aucune admiration.

— Déçu ?

— Eh bien, contrairement aux apparences, ce n'était pas franchement une ingénue, déclara Christina, cinglante. Elle avait un amant qu'elle retrouvait dans un jardin abandonné et avec qui elle couchait, visiblement, puisqu'elle était enceinte. Il y a de quoi être déçu, non ?

— Dans ce cas, vous feriez bien d'observer la plus grande discrétion vous-même.

Emily n'aimait pas l'hypocrisie morale et n'aimait pas particulièrement Christina.

Cette dernière s'empourpra de plus belle et lui jeta un regard haineux. Était-il possible qu'à ce stade elle eût acquis quelque considération pour Alan Ross ? C'était l'explication la plus plausible. De par son mariage, elle jouissait enfin d'une respectabilité indispensable dans l'éventualité d'une grossesse, même si celle-ci paraissait de moins en moins probable. Au contraire de Charlotte, elle continuait à porter des robes cintrées, et sa silhouette ne laissait rien transparaître. Oui, peut-être avait-elle conçu une réelle estime pour son époux. Dommage, mais à moins que Christina ne change radicalement dans sa façon d'être, mieux Mr. Ross la connaîtrait, plus Emily doutait qu'il lui rende la pareille. Cet effort-là, cependant, Emily ne pouvait ni souhaitait l'accomplir à sa place.

Elle resta encore un peu pour reparler d'Helena, mais n'apprit rien, sinon que Christina la détestait cordialement. Elle n'aurait su dire toutefois si cette animosité était antérieure à l'affection de Christina pour Mr. Ross. Elle prit congé au bout d'une demi-heure, absorbée par ses nouvelles et intéressantes pensées.

Le lendemain du jour où elle avait entendu parler de cet épisode, et surtout des conclusions qu'Emily en avait tirées, Charlotte décida de retourner voir Jemima et, cette fois, au mépris d'une souffrance passagère, l'avertir du danger qui la guettait. Elle voulait également essayer d'en savoir plus sur Reggie Southeron pour découvrir qui le faisait chanter, si chantage il y avait. Quoi qu'il en fût, pour protéger Jemima, il fallait connaître les véritables raisons de l'accusation portée contre elle.

Pour lui parler en tête à tête, elle devait voir Jemima avant le début de la classe, qui commençait probablement à neuf heures du matin. A huit heures et quart donc, alors que le jour se levait à peine sur la grisaille faite de froid et de neige fondue, elle descendit du cab à Callander Square. Arrivé par erreur du mauvais côté du square, le cocher refusait d'en faire le tour, de peur que son cheval ne s'abîme les genoux sur les pavés glissants où le vent de la nuit avait empilé les feuilles mortes.

Charlotte ne discuta pas. Elle ne tenait guère à ce que le cheval tombe et se blesse, pas spécialement à cause du cocher, mais pour la bête elle-même.

Il ne lui restait plus qu'à continuer à pied; plutôt que de risquer un accident à son tour, elle préféra couper par le jardin où il n'y avait pas de pierres et où le gel nocturne avait durci la terre au point que le sol pût supporter son poids sans qu'elle s'enfonce dans la boue. Le soir, elle ne s'y serait pas aventurée seule : le souvenir de Cater Street la hanterait sans doute jusqu'à la fin de ses jours. Mais quel rôdeur, sinon le plus désespéré, irait se tapir par cette matinée grise et glaciale parmi les branches noires et tordues et une végétation flétrie ?

Elle avançait d'un pas vif car le froid lui brûlait la peau et le vent lui envoyait de la neige fondue au visage. Elle regardait avec attention où elle mettait les pieds afin de ne pas trébucher sur une branche ou glisser dans une mare à moitié gelée. Elle ne vit donc la forme obscure qu'à la dernière minute. Pas tout à fait sur le chemin, mais au bord, comme si la bourrasque l'en avait repoussée. C'était bien trop volumineux pour une branche. Envahie d'un pressentiment, une impression de désastre, Charlotte s'arrêta à sa hauteur.

Elle vit des habits mouillés et, entre les racines des asters d'automne, la tête. Gorgés d'humidité, les cheveux devaient être blonds à l'origine, et la peau blême portait l'indiscutable empreinte de la mort.

Elle se pencha sur le cadavre, mais sans le toucher. L'homme gisait sur le flanc, le bras replié sous lui, comme s'il avait essayé d'arracher le couteau planté jusqu'à la garde dans sa poitrine. Elle se rappelait ne l'avoir vu qu'une seule fois, mais elle sut sans l'ombre d'un doute que c'était Freddie Bolsover.

Se redressant lentement, elle rebroussa chemin sous les rafales de vent à la recherche d'un agent de police.

10

Pitt fut appelé sur-le-champ, puisque tout ce qui touchait à Callander Square était de son ressort. Il n'était pas encore neuf heures et demie lorsqu'il s'agenouilla sur le sol toujours gelé devant le cadavre gardé par un agent de police. Rien n'avait été déplacé. Malgré ses protestations, Charlotte avait été renvoyée à la maison, même si, pensait Pitt, c'était surtout le froid qui avait dû vaincre sa résistance.

Il était accompagné d'un médecin légiste. Une fois qu'il eut bien observé le corps et que l'image se fut gravée dans son esprit, ensemble, ils retournèrent Freddie pour examiner la blessure. Le couteau était enfoncé jusqu'à la garde ; le manche filigrané ne portait aucune empreinte.

Pitt écarta légèrement les habits.

— Un seul coup, remarqua-t-il. Du travail propre.

— Ce pourrait être une question de chance, dit le médecin par-dessus son épaule. Pas nécessairement d'habileté.

— Et la force ? demanda Pitt.

— La force ?

Le médecin réfléchit un instant. Se baissant, il remua le couteau avec précaution.

— Pas un os n'a été atteint. Pile entre les côtes. Rien que du cartilage et un peu de muscle ; la lame est allée droit au cœur. Un adulte normal est capable de faire ça sans problème. La blessure est trop haute pour quelqu'un de petite taille. Le coup semble avoir été dirigé vers le bas ; votre assassin mesure donc au moins un mètre soixante-dix, sinon plus.

Pitt s'empara d'une des mains de Freddie.

— Pas de gants, fit-il avec un léger froncement de sourcils. Il a dû sortir à la hâte ; sans doute pensait-il ne pas en avoir pour longtemps. A mon avis, il avait rendez-vous avec quelqu'un qu'il connaissait.

Il regarda les ongles et les jointures.

— Pas une trace. Il ne s'est pas vraiment débattu.

— Attaqué par surprise, répondit le médecin. Il a tout juste eu le temps de comprendre avant de perdre conscience.

— Par surprise, répéta Pitt lentement. Et par-devant. Autrement dit, l'assassin ne lui était pas inconnu ; la surprise, c'est qu'il a frappé. Le Dr Bolsover le considérait comme quelqu'un de fiable, un ami.

— Ou une connaissance, ajouta le médecin.

— Va-t-on retrouver une simple connaissance au milieu du square, la nuit ?

— Je n'ai pas dit qu'il avait été tué pendant la nuit, rétorqua le médecin en secouant la tête. On ne peut pas savoir. Par ce temps-là, un corps gèlerait très vite. Ça va être dur de déterminer l'heure du décès.

— Qui oserait commettre un assassinat dans le square en plein jour ? fit Pitt avec douceur. Ce serait trop risqué. Les domestiques sont souvent aux fenêtres ; on a toutes les chances de se faire remarquer si l'on s'aventure dans le jardin. A la tombée de la nuit, en revanche, emmitouflé dans un cache-nez, le col relevé, ce qui est plutôt logique à cette époque de l'année, sitôt qu'on s'éloigne des becs de gaz, on devient invisible. Il aurait pu monter les marches d'un perron, descendre dans une courette, partir à la recherche d'un cab... n'importe.

— Tout à fait, acquiesça le médecin d'un air compassé. Admettons qu'ils se soient rencontrés à la nuit tombée. Vous ne trouvez pas ça bizarre, vous ? Se donner rendez-vous dehors dans le noir, alors qu'il gèle à pierre fendre ? Sans aller jusqu'à se faire poignarder, il y a de quoi glisser et se rompre le cou. On ne voit pas à deux pas devant soi.

— Voilà qui soulève un certain nombre d'interrogations, n'est-ce pas ?

Pitt baissa les yeux sur le cadavre.

Le médecin grogna.

— Il devait avoir quelque chose de très urgent et de très confidentiel à dire.

— Ou avoir l'intention de tuer, fit Pitt doucement.

Le médecin ne répondit pas.

Pitt se remit debout, quelque peu engourdi par le froid glacial.

— Je sens que j'aurai beaucoup de questions à poser à Mr. Reggie Southeron. Faites transporter Bolsover à la morgue, voulez-vous ? Et soyez très attentif quand vous pratiquerez l'autopsie, malgré l'évidence. Je doute qu'il y ait autre chose, mais on ne sait jamais.

Le médecin le regarda d'un œil torve et se dirigea vers l'agent de police, frappant dans ses mains pour rétablir la circulation.

Cette fois, Pitt choisit de ne pas s'embarrasser de préliminaires avec Reggie. Il alla droit à la porte d'entrée et annonça au valet qui lui ouvrit son intention de voir Mr. Southeron de toute urgence. Par une matinée aussi morne, pensait-il, Reggie n'avait pas dû se lever avant neuf heures ; il n'aurait pas pris son petit déjeuner et ne se serait pas préparé pour partir à la Cité avant dix heures au moins.

Il avait vu juste. Reggie était encore à table, prêt à se récrier face à cette interruption intempestive et à dire au valet, sur un ton plutôt sec, que la police pouvait bien attendre, quand, derrière la silhouette sobre de l'homme, il aperçut un géant drapé dans une cape : Pitt avait suivi le domestique précisément pour éviter de se faire traiter de la sorte.

— Franchement !

Reggie le foudroya du regard.

— J'ai tout à fait conscience de la difficulté de votre travail, mais quelques petits ennuis dans le square ne vous dispensent aucunement du respect des convenances. Je vous verrai quand j'aurai fini mon petit déjeuner ! Vous pouvez attendre au petit salon, si vous le désirez.

Pitt fixa le valet, constatant avec satisfaction que ce dernier craignait la police plus encore qu'il ne craignait son maître. Il se retira comme l'eau s'écoule dans un siphon, décrivant un arc de cercle et disparaissant dans le couloir.

— L'urgence de la situation ne tolère aucun délai, déclara Pitt fermement. Le Dr Bolsover a été assassiné.

Reggie le dévisagea, l'air bovin.

— Je vous demande pardon ?

— Le Dr Bolsover a été assassiné, répéta Pitt. Son corps a été découvert ce matin, peu après huit heures.

— Nom de Dieu !

Reggie lâcha sa fourchette chargée de nourriture ; elle tomba avec fracas, heurta le couteau et atterrit sur le parquet en entraînant bacon et saucisson dans son sillage.

— Nom de Dieu ! C'est horrible.

— Oui, acquiesça Pitt qui l'observait avec attention.

Aurait-il seulement la présence d'esprit de jouer aussi bien la comédie ? Le choc semblait l'avoir pétrifié.

— Un meurtre est toujours horrible, poursuivit-il. D'une façon ou d'une autre. Évidemment, beaucoup de gens qui se font assassiner sont en partie responsables de ce qui leur arrive.

— Que diable entendez-vous par là ?

Le visage massif de Reggie vira au cramoisi.

— Vous avez un sacré toupet, vous ! C'est d'un mauvais goût ! Le pauvre Freddie est mort, et vous dites qu'il l'a mérité !

— Non, rectifia Pitt soigneusement. C'est vous qui vous empressez d'en tirer cette conclusion. J'ai dit que certaines victimes d'assassinats l'ont parfois cherché : les maîtres chanteurs, par exemple.

Il se pencha en avant, guettant la réaction de Reggie sur son visage. Et il vit ce qu'il voulait voir : la pâleur soudaine, le spasme nerveux des muscles.

— Les maîtres chanteurs ? répéta Reggie d'une voix rauque, les yeux vitreux comme ceux d'une poupée de chiffon.

— Oui.

Pitt rapprocha une chaise et s'assit.

— Les maîtres chanteurs se font souvent assassiner. Généralement, leurs victimes ne voient que cette issue-là. Un maître chanteur ne se rend pas toujours compte qu'il a atteint un seuil critique. Il pousse le bouchon trop loin.

Il écarta les mains pour mimer une éruption, une explosion.

Reggie déglutit convulsivement, le regard rivé sur Pitt, comme hypnotisé. Il semblait incapable de proférer un son.

Pitt tenta sa chance.

— C'est bien ce qui est arrivé au Dr Bolsover, n'est-ce pas, monsieur ?

— Au Dr... Bolsover... ?

— Il vous faisait chanter, non ?

— Non, non ! Je vous l'ai dit. C'est... c'est la gouvernante, Jemima. On en a déjà parlé.

— C'est exact. Vous m'avez dit que la gouvernante exerçait un chantage sur vous à cause de votre liaison avec la femme de chambre. Seulement, je ne pense pas que cela valait la peine de la payer, dans la mesure où j'étais au courant, les domestiques aussi ;

les voisins avaient sans doute deviné, et votre épouse, j'imagine, doit le savoir aussi, même si elle préfère feindre l'ignorance.

— Que diable voulez-vous dire ?

Reggie s'efforça de prendre un air outragé.

— Rien de plus que ce que j'ai dit, monsieur. J'ai du mal à croire que vous ayez cédé à un chantage portant sur un fait notoire, même si personne n'en parle, et qui, pour être sordide, n'en est pas moins courant. En tout cas, ce n'est certainement pas un crime.

— Je... je vous l'ai dit... bien sûr que ce n'est pas un crime ! Mais en ce moment précis, on pourrait mal l'interpréter. Les gens penseraient...

— Plus exactement, la police penserait... ?

Pitt haussa un sourcil sardonique.

Reggie s'empourpra : il venait de se rendre compte que son mensonge était ridicule. Pitt voyait presque son cerveau fonctionner fébrilement. Fallait-il le coincer maintenant, en cet instant de panique, ou bien attendre qu'il se trahisse davantage ?

— Euh...

Reggie cherchait à gagner du temps en attendant d'inventer quelque chose.

— ... ma foi... oui, ça peut paraître...

— Un peu léger, acheva Pitt à sa place. Et si vous me disiez la vérité ?

— Euh... la vérité ?

— Oui, monsieur. Pourquoi le Dr Bolsover vous faisait-il chanter ?

— Je...

Reggie semblait statufié.

— Si je dois interroger les autres pour connaître la réponse, ça risque d'être encore plus gênant pour vous, observa Pitt. Si vous me le dites, à supposer qu'il ne s'agisse pas d'un crime, je vous promets de rester aussi discret que possible. Le temps presse. Nous avons un assassin ici, dans ce square, et il n'a peut-être pas dit son dernier mot.

— Oh, Seigneur !

— Pourquoi le Dr Bolsover vous faisait-il chanter, Mr. Southeron ?

Reggie aspira une grande bouffée d'air et déglutit.

— Une autre aventure que j'ai eue.

Ses yeux brûlants, fuyants, cherchaient un point au-dessus de l'épaule de Pitt.

— Une femme mariée. Mari haut placé. Je pourrais avoir des ennuis, si jamais il l'apprenait. Vous me suivez ?

Pitt le contempla longuement. Il mentait.

— Comment la gouvernante a-t-elle eu vent de ça ?

— Quoi ? fit Reggie, relevant la tête d'un mouvement brusque. Ah... euh...

— Vous avez dit qu'elle vous faisait chanter, elle aussi, lui rappela Pitt. Désirez-vous vous rétracter maintenant ?

Soudain, le regard de Reggie s'éclaircit.

— Non ! Non, c'est la vérité. C'est une jeune personne âpre au gain. Voilà pourquoi Freddie a été tué ! Oui, tout concorde, ne voyez-vous pas ?

Il se redressa légèrement.

— Ils ont dû se quereller à cause de l'argent. Elle

voulait plus que sa part, il a refusé, et elle l'a tué. Ça tombe sous le sens : tout colle !

— Comment la gouvernante a-t-elle découvert cette histoire ? Vous receviez votre maîtresse chez vous ?

— Ciel, non ! Pour qui me prenez-vous, tudieu ?

— Alors comment l'a-t-elle su, monsieur ?

— Aucune idée. Par Freddie sans doute.

— Pourquoi, voyons, lui en aurait-il parlé ? Pourquoi partager le butin, lorsque ce n'est pas nécessaire ? Cela me paraît peu probable.

— Comment diable le saurais-je ? s'exclama Reggie furieusement. Peut-être qu'il était son amant et qu'il a voulu se vanter. On ne connaîtra jamais la réponse. Le bougre est mort.

— Mais pas la gouvernante.

— Ne comptez pas sur elle pour vous dire la vérité !

Une note stridente perçait dans la voix de Reggie, proche de la panique.

Pitt prit un nouveau risque.

— J'ai l'impression, monsieur, que la maîtresse en question n'était pas l'épouse d'un personnage influent, mais plutôt une autre femme de chambre.

Le regard de Reggie étincela.

— Comme vous l'avez fait remarquer, inspecteur, je n'avais aucun intérêt à payer pour obtenir le silence sur un fait aussi banal.

— Peut-être, si c'était tout, répondit Pitt avec un petit sourire, sans quitter Reggie des yeux. Mais s'il y avait autre chose, un enfant par exemple ?

Reggie devint livide. Un instant, Pitt crut qu'il allait avoir une attaque.

— L'une de vos femmes de chambre est morte, n'est-ce pas ? demanda-t-il lentement en détachant chaque mot.

Reggie lutta pour reprendre son souffle.

— Vous ne l'avez pas assassinée, Mr. Southeron ?

— Seigneur ! Oh, Seigneur, non ! Elle est morte. Freddie était là. Nous l'avions appelé. Nous n'avions pas le choix. C'est comme ça qu'il a su.

— De quoi est-elle morte ?

— Je... je ne sais pas !

— Dois-je interroger les domestiques ? s'enquit Pitt doucement.

— Non !

Il y eut un silence.

— Non, fit Reggie plus calmement. Elle s'est fait avorter. Ça s'est mal passé. Elle est morte à cause de ça. Je n'étais au courant de rien. Je n'aurais pas pu la sauver. Il faut me croire.

— Mais l'enfant était de vous ?

— Comment le saurais-je ?

Pitt donna enfin libre cours à son dégoût.

— Vous voulez dire que vous la partagiez avec quelqu'un d'autre ? Le valet ou le groom peut-être ? demanda-t-il brutalement.

— Comment osez-vous ? Je vais vous faire remettre à votre place !

— Votre place, Mr. Southeron, riposta Pitt, cinglant, est pour le moment extrêmement inconfortable. Une femme de chambre qui porte votre enfant décède sous votre toit à la suite d'un avortement mal fait. Là-dessus, votre médecin vous fait chanter. Il est assassiné à quelques pas de chez vous. Quelle conclusion vous vient immédiatement à l'esprit ?

— Je... je vous l'ai dit, pantela Reggie. La gouvernante. Elle était dans le coup. Il devait coucher avec elle ; il lui a tout raconté. C'est elle qui m'a réclamé de l'argent. Elle a dû se disputer avec lui... une querelle de voleurs. C'est ça, la réponse. Qui allez-vous croire ? Moi qui n'ai rien fait de mal ou une fille qui ment, qui pratique le chantage et qui finit par tuer son amant et complice ? Je vous le demande !

Pitt soupira et se leva.

— Je ne croirai personne, Mr. Southeron, avant d'avoir réuni les preuves. Mais je me souviendrai de ce que vous m'avez dit, dans les moindres détails. Merci de m'avoir consacré votre temps. Au revoir, monsieur.

Sitôt qu'il sortit, Reggie s'effondra. C'était atroce ! Dieu seul savait comment ça allait se terminer. Le scandale ! La ruine ! Il en était malade. La pièce tanguait autour de lui, peuplée de visions de pénurie — floues, car il n'avait jamais réellement connu cela — mais non moins effrayantes.

Il était toujours affalé sur la table quand Adelina entra.

— Vous n'avez pas l'air bien, observa-t-elle. Auriez-vous trop mangé ?

Sa froide indifférence porta le coup de grâce à l'homme blessé, meurtri, qu'il était.

— Non, je ne suis pas bien, rétorqua-t-il avec irritation. L'inspecteur de police sort à l'instant d'ici. Freddie Bolsover a été assassiné.

Il contempla son expression choquée, satisfait de son effet.

— Assassiné !

Elle s'assit lourdement.

— Quelle horreur ! Mais pourquoi ? Lui a-t-on dérobé quelque chose ?

— Aucune idée. Il a été tué, c'est tout.

— Pauvre Sophie !

L'air absent, Adelina fixait la table.

— Elle doit être complètement perdue.

— Peu nous importe Sophie ! Songez plutôt à nous. Il a été assassiné, Adelina, ne comprenez-vous donc pas ? Ça signifie que quelqu'un l'a tué ; là, dans le noir, on lui a donné un coup de couteau ou on l'a frappé sur la tête, que sais-je.

— C'est très déplaisant. Les gens sont très méchants, quelquefois.

— Est-ce tout ce que vous avez à dire ?

Sa voix montait ; il criait presque, hors de lui.

— Bon sang, cette canaille de policier m'a pratiquement accusé de ce meurtre !

Elle ne parut pas impressionnée, et certainement pas effrayée.

— Mais pourquoi, voyons ? Vous n'aviez aucune raison de tuer Freddie. C'était un ami.

— C'était un maître chanteur !

— Freddie ? Balivernes. Qui aurait-il fait chanter ?

— Il était médecin, espèce de dinde ! Il pouvait faire chanter n'importe lequel de ses patients.

Elle n'avait toujours pas l'air émue.

— Les médecins n'ont pas le droit de révéler les

secrets de leurs patients. Sinon, ils perdraient leur clientèle. Freddie n'aurait jamais fait ça. Ç'aurait été stupide. Et ne me traitez pas de dinde, Reggie. C'est très grossier, et rien ne justifie une telle grossièreté. Je suis désolée d'apprendre la mort de Freddie, mais il n'y a pas de quoi devenir hystérique.

— Je ne vous comprends pas !

Il était furieux, terrifié, et maintenant, complètement désorienté.

— Vous avez versé des larmes sur Helena, alors que la mort de Freddie semble vous laisser de marbre !

— Ce n'est pas pareil. Helena attendait un enfant.

A ce souvenir, elle baissa la voix.

— Cet enfant est mort avant d'avoir vu le jour. Si vous étiez une femme, vous comprendriez ça. Je regarde mes propres enfants et, naturellement, je pleure. C'est tout ce que nous avons en réalité, nous, les femmes : nos enfants.

Elle le toisa avec une soudaine dureté.

— On les conçoit, on les porte, on les met au monde, on les aime, on les écoute, on les conseille, on veille à ce qu'ils fassent un beau mariage. Vous, vous vous contentez de régler les notes et de vous vanter de leurs réussites. Je suis navrée pour Freddie, mais je n'ai pas envie de pleurer. Je plains Sophie, bien sûr, car elle n'a pas d'enfants. Et comment savez-vous que Freddie était un maître chanteur ?

— Quoi ?

— Vous avez dit que Freddie était un maître chanteur. Comment le savez-vous ?

— Oh !...

Il chercha une réponse.

— Quelqu'un m'en a parlé. Je ne peux pas vous en dire plus, c'est confidentiel.

— Ne faites pas le nigaud, Reggie. Personne n'ira vous confier ce genre de choses. Il a dû vous faire chanter, vous. N'est-ce pas ?

— Mais non, voyons ! A propos de quoi ?

— Alors pourquoi la police vous soupçonne-t-elle de l'avoir tué ? Ça ne tient pas debout.

— Je n'en sais rien ! hurla-t-il. Je ne leur ai pas demandé !

— Je pensais que c'était peut-être à cause de Dolly.

Il se figea. Elle avait l'air d'une étrangère trônant en tête de table, monstrueuse et inconnue, insondable. Elle proférait des horreurs, mais son visage n'exprimait qu'une vague curiosité.

— D... Dolly ? bégaya-t-il.

— Je vous aurais pardonné d'avoir couché avec elle, du moment que vous étiez discret, dit-elle en le regardant bien en face.

C'était la première fois, semblait-il, qu'elle le regardait vraiment.

— Mais pas d'avoir tué son enfant, Reggie... ça, jamais.

— Je n'ai pas tué l'enfant !

Il était au bord de la crise de nerfs. Il s'en rendait compte lui-même, mais ne pouvait pas se contenir.

— Elle s'est fait avorter. Ça a mal tourné. Ce n'était pas moi !

— Ne mentez pas, Reggie. Bien sûr que c'est vous. Vous l'avez laissée s'adresser à une faiseuse d'anges au lieu de l'envoyer à la campagne. Elle aurait pu rester là-bas ou bien nous aurions fait adopter l'enfant. Mais vous n'avez pas bougé. Jamais je ne vous le pardonnerai, Reggie, jamais.

Elle se leva et regarda ailleurs.

— Je présume que vous n'avez rien à voir avec la mort de Freddie. Ç'aurait été extrêmement stupide de votre part.

— Stupide ! Est-ce le seul mot que vous ayez à la bouche ? Stupide ! Me croyez-vous réellement capable d'avoir tué Freddie ?

— Non. Ça ne vous ressemble guère de commettre un acte aussi décisif. Mais je suis contente de vous l'entendre dire. J'espère que c'est la vérité.

— Douteriez-vous de moi ?

— A vrai dire, ça m'est égal, du moment qu'on évite le scandale. Si vous arrivez à maintenir la police en dehors de cela, c'est tout ce que je vous demande.

Il la contempla, désemparé. Brusquement, il avait froid, comme si on lui avait arraché une peau qu'il portait depuis longtemps, le laissant tout nu. Il la regarda sortir, comme un enfant abandonné dans le noir.

Ayant accusé Jemima de l'avoir fait chanter, et donc ne pouvant revenir en arrière, il jugea que la solution idéale serait de lui faire endosser également le meurtre de Freddie. Maintenant, il fallait que ça colle. Il devait se comporter comme s'il croyait à sa version des faits. C'était inconcevable que, sachant une chose pareille, un homme garde chez lui, auprès de ses enfants, une femme qui ne reculait ni devant le chantage, ni devant le meurtre. La seule issue possible était de la renvoyer sur-le-champ.

C'était malheureux, bien sûr. Vu les circonstances, elle n'avait aucune chance de trouver une place ailleurs, mais que pouvait-il faire d'autre ? Dommage qu'il n'eût pas profité de l'occasion pour en parler à Adelina... mais la pensée d'Adelina lui causait un profond malaise ; pour l'instant, mieux valait l'oublier. Il devait aller voir Jemima et lui dire de partir. Inutile de se perdre en explications : ce serait extrêmement gênant... il n'avait qu'à prétendre qu'il ne voulait pas porter d'accusations contre elle avant la police, au risque de nuire à la cause de la défense. Oui, l'idée était excellente. Il en vint même à éprouver un certain sentiment de rectitude morale. Se levant de table, il s'en fut sans tarder mettre son plan à exécution.

Tout cela, Charlotte l'apprit à midi, quand Jemima se présenta à sa porte, blanche comme un linge, une malle sur le trottoir à côté d'elle. Un cab s'éloignait déjà en brinquebalant pour tourner au coin de la rue. Elle avait dû rester un moment sur le pas de la porte avant de se résoudre à frapper.

Charlotte lui ouvrit elle-même, car il n'y avait personne d'autre pour le faire ; elle n'allait tout de même pas envoyer Mrs. Wickes avec ses mains mouillées, son tablier éclaboussé et ses cheveux en bataille.

— Jemima !

Elle aperçut la malle.

— Mais que vous arrive-t-il ? Entrez, vous avez

l'air gelée et affamée. Pouvez-vous soulever l'autre côté de la malle avec moi ? On ne peut pas la laisser ici : quelqu'un va la voler.

Jemima se baissa docilement. Quelques minutes plus tard, elles étaient à l'intérieur, et Charlotte la regarda de plus près.

— Que se passe-t-il ? demanda-t-elle avec douceur. Mr. Southeron vous a accusée de le faire chanter ?

Jemima leva les yeux, choquée et soulagée à la fois de ne pas avoir à annoncer la nouvelle elle-même.

— Vous êtes au courant ?

Charlotte avait honte maintenant de ne pas l'avoir mise en garde, même si cela n'aurait sans doute pas changé grand-chose. Elle aurait dû trouver un moyen pour que Pitt empêche Reggie de répandre ses mensonges.

— Oui. Je voulais vous en parler quand je suis venue, l'autre jour.

Elle prit les mains de Jemima dans les siennes.

— Je suis désolée. Quand j'ai vu ce que vous ressentiez pour Brandy Balantyne, je n'ai pas eu le cœur d'évoquer Reggie et ses femmes de chambre dans la foulée, de peur que vous ne pensiez que je vous mettais dans le même sac.

Jemima parut décontenancée, mais il n'y avait pas l'ombre d'un reproche dans son regard.

— Comment l'avez-vous su ? Tout le monde a-t-il été prévenu, sauf moi ?

Elle déglutit avec effort.

— Pourquoi, Charlotte ? Pourquoi est-il allé chercher une chose pareille ? Il a certainement couché avec Mary Ann, mais ce n'est pas un secret ! Je n'en ai jamais parlé, et surtout pas à lui... pour demander de l'argent ! Pourquoi a-t-il raconté ça ?

— Parce que quelqu'un le faisait chanter et qu'il ne voulait pas avouer la vérité. C'était facile de vous accuser : vous étiez la dernière à pouvoir vous défendre.

— Mais qui le ferait chanter là-dessus ? C'est assez minable, d'accord, cette façon d'abuser à la fois de Mary Ann et de sa femme, mais ce n'est pas un crime ; il n'y a même pas de quoi crier au scandale, et sûrement pas de quoi ouvrir sa bourse.

— Je n'en sais rien, reconnut Charlotte. Venez donc vous asseoir. Je vais vous préparer une boisson pour vous réchauffer. Je crois qu'il me reste du cacao. Ensuite, nous réfléchirons à ce que nous allons faire.

Elle s'affaira énergiquement. Elles étaient dans la cuisine, la pièce la plus chaude de la maison. Charlotte ne pouvait se permettre d'allumer un feu au salon dans la journée. Mrs. Wickes avait fini de nettoyer le sol et était montée balayer en haut. Elles étaient toutes seules.

— Vous pouvez dormir dans la nursery, dit Charlotte, remuant le cacao avec une cuillère en bois pour éviter les grumeaux. Le lit est un peu petit, mais il fera l'affaire momentanément. Malheureusement, c'est tout ce que nous avons...

— Je ne peux pas rester ici, répondit Jemima rapidement. Oh, Charlotte, je vous remercie, mais la police va me rechercher bientôt. Le chantage est un crime, vous savez. Je ne veux pas vous mêler à cette ignominie...

— Oh !

Charlotte se retourna, surprise. Elle avait oublié que Jemima ignorait pratiquement tout d'elle.

— Ne vous inquiétez pas pour ça. Mon mari est dans la police ; c'est lui en fait qui est chargé de mener l'enquête. Il sait bien que vous n'avez fait chanter personne. Du moins, se corrigea-t-elle, il n'y croit pas. Rassurez-vous, il découvrira la vérité. Le Dr Bolsover a été assassiné. Le saviez-vous ? J'ai trouvé son corps ce matin. J'allais justement vous voir pour vous mettre en garde contre Mr. Southeron quand j'ai failli marcher sur lui. C'était peut-être lui, le vrai maître chanteur.

— Vous... la police... ?

Jemima était complètement désarçonnée.

— Mais... mais vous n'êtes pas mariée. N'êtes-vous pas la sœur de Lady Ashworth ? C'est ce que m'a dit le général Balantyne. J'ai eu votre adresse par lui, ce matin. J'ai été obligée de mentir. Je lui ai dit que je voulais vous écrire.

Elle grimaça et baissa la tête.

— Avant que Mr. Southeron ne parle de moi à tout le monde et que plus personne ne m'ouvre sa porte. Je ne savais pas vers qui me tourner...

Ses yeux débordèrent, et elle se cacha le visage pour dissimuler sa détresse.

Charlotte laissa le cacao et, s'approchant d'elle, la prit dans ses bras. Pendant un moment, Jemima pleura sans bruit ; puis elle se ressaisit, se moucha vigoureusement, s'excusa pour aller faire un brin de toilette et redescendit prendre le cacao, enfin chaud, avec des biscuits. Après quoi, elle regarda Charlotte en face et se déclara prête pour la bataille.

Charlotte lui sourit.

— Thomas découvrira la vérité, affirma-t-elle, même si elle savait que ce n'était pas toujours le cas. Parfois, les crimes demeuraient irrésolus.

— Et, si possible, nous l'aiderons pour que ça aille plus vite. Je pense que je vais écrire à Emily pour l'informer des derniers événements. Elle pourra nous prêter main-forte, elle aussi.

— Vous êtes merveilleuse, dit Jemima en souriant faiblement. Avez-vous donc tellement l'habitude des meurtres qu'ils ne vous effraient plus ?

— Oh non !

Les atrocités de Cater Street lui revinrent en mémoire dans toute leur horreur. Et, à la pensée de Sarah, ses yeux se mirent à picoter.

— Non, répéta-t-elle doucement. Ça me fait très peur, pas seulement les meurtres, mais toutes les choses obscures que ça éveille chez ceux qui sont mêlés même de loin au premier crime. Car un crime en appelle souvent un autre. Les gens sont prêts à n'importe quoi pour masquer leur culpabilité. La peur rend cruel, égoïste. Une enquête criminelle nous révèle, aux uns et aux autres, tout ce que nous aurions préféré ignorer. Croyez-moi, je trouve ça terrifiant. Mais j'aime mieux être terrifiée ; autrement, ça voudrait dire que j'ai perdu la notion des choses. Cependant, il est dans mon caractère de me battre, et nous saurons le fin mot de cette histoire, n'en déplaise à tous les intéressés.

En rentrant tard chez lui ce soir-là, Pitt ne fut que modérément surpris de trouver Jemima assise avec Charlotte au coin du feu. Au début, elle parut à la fois intimidée et nerveuse, mais il fit de son mieux pour la mettre à l'aise bien qu'il tombât de fatigue et, lorsqu'elle monta se coucher, elle avait l'air mûre pour une bonne nuit de sommeil.

Après son départ, il apprit à Charlotte que Reggie l'avait également accusée du meurtre de Freddie. A son grand soulagement, Charlotte n'explosa pas et ne fondit pas en larmes, même s'il n'avait jamais vraiment cru à la seconde probabilité.

Le lendemain matin, il retourna à Callander Square ; il effectua une partie du chemin à pied pour être mieux à même de réfléchir.

Il ne doutait pas un instant que Freddie Bolsover eût été assassiné parce qu'il se livrait au chantage. Il ne pensait pas que ce fût l'œuvre de Reggie Southeron, ne serait-ce que parce qu'il était trop lâche et que la nouvelle de la découverte du cadavre lui avait causé un choc considérable. S'il avait été au courant, il aurait sûrement préparé une histoire plus plausible.

Seulement, si ce n'était pas Reggie, qui étaient les autres suspects ? Il y avait suffisamment de secrets à Callander Square qui devaient valoir leur pesant d'or.

Il décida de commencer par Balantyne.

Il le trouva chez lui, et tout à fait disposé à le recevoir. On l'introduisit dans le petit salon où, l'instant d'après, le général le rejoignit, la mine grave, car il avait appris la veille la mort de Freddie.

— Bonjour, inspecteur. Avez-vous découvert quelque chose au sujet de ce pauvre Freddie ?

— Oui, beaucoup de choses, monsieur. Mais malheureusement, rien de très agréable.

— Ça ne m'étonne pas. Pauvre diable, c'est bien triste ! Vous avez dit hier qu'il avait été poignardé. Y a-t-il eu du nouveau, depuis ?

— Peut-être me suis-je mal exprimé. Ce que j'ai découvert concerne le Dr Bolsover lui-même, pas l'assassinat, même si, à mon avis, c'est là qu'il faut chercher le mobile.

— Ah oui ? dit Balantyne, fronçant les sourcils. Comment ça ? Il n'y a tout de même pas de rapport avec les cadavres des nouveau-nés ? J'ai toujours cru que Freddie était un garçon plutôt continent, pas un coureur de jupons.

— De rapport direct, non, mais les deux affaires pourraient être indirectement liées. C'était un maître chanteur.

Balantyne ouvrit de grands yeux.

— Un maître chanteur ? répéta-t-il stupidement. D'où vous vient une idée... aussi... basse ?

— De l'une de ses victimes.

— C'est sûrement un mensonge ! Quelqu'un qui n'a pas la conscience tranquille pourrait fort bien être un menteur, par-dessus le marché. C'est forcément le cas ! Sinon, d'autres seraient au courant de ses crimes.

— Il ne s'agit pas obligatoirement d'un crime, monsieur, répondit Pitt avec douceur. Ce peut être quelque chose de confidentiel, une indiscrétion, une mésaventure. Comme quand sa propre fille a une liaison avec un valet et qu'elle se retrouve enceinte avant d'être mariée, ou bien...

Il s'interrompit. Il était inutile de continuer : Balantyne était écarlate. Pitt attendit.

— Je me ferais pendre plutôt que de payer le bougre, fit le général tout bas. Vous pouvez me croire.

— Vous en êtes sûr ? demanda Pitt, placide.

Ce n'était pas un défi ; il tâtait le terrain.

— Votre unique fille, juste avant son mariage avec un excellent parti ? Sérieusement ? Ne jugeriez-vous pas préférable de consentir à un petit sacrifice pour la protéger ?

Balantyne le regarda en clignant des yeux.

Pitt ne dit rien.

— Je ne sais pas, répliqua Balantyne finalement. Vous avez peut-être raison. Mais la question ne s'est pas posée. Freddie n'a jamais essayé de m'approcher.

Il contempla le tapis.

— Pauvre Sophie ! J'imagine qu'elle était à mille lieues de s'en douter. Je me suis souvent demandé comment Freddie faisait pour vivre sur un si grand pied. Je connaissais un peu la dimension de sa clientèle. Grands dieux, si j'avais pu penser... quelle histoire lamentable ! D'après vous, il savait d'où venaient ces enfants ?

— C'est possible, mais ça m'étonnerait. S'il avait tenté d'exploiter ce filon-là, il se serait fait assassiner beaucoup plus tôt. Bien sûr, il pouvait être en possession d'une information sans se rendre compte de son importance. Je l'ignore ; c'est pourquoi je dois interroger toutes les personnes sur qui, d'une manière ou d'une autre, il aurait pu exercer une pression.

— Certes, certes. Ça alors, si je m'étais douté... Je n'y tiens pas, mais si j'avais pu vous aider, je l'aurais fait.

— Je vous remercie. Puis-je parler à Lady Augusta, s'il vous plaît, et ensuite à Mr. Balantyne fils ?

Embarrassé, Balantyne rougit de nouveau.

— Lady Augusta ne vous apprendra rien, je vous assure. Elle n'a rien fait dans sa vie qui puisse justifier un chantage, et elle n'est certainement pas femme à se laisser intimider.

Pitt était d'accord avec cette dernière remarque ; néanmoins, si elle avait fait quelque chose, c'était avant tout au général qu'elle l'eût probablement dissimulé. Il s'abstint de le dire tout haut : ce serait gênant et ne servirait pas à grand-chose.

— Cependant, monsieur, elle sera peut-être en mesure de m'aider. Je sais bien qu'elle n'est pas encline aux commérages, mais nous avons un meurtre sur les bras, et j'ai besoin du moindre renseignement qu'on peut me fournir.

— Oui... oui, sans doute. Très bien.

Le général devait savoir que cette requête était de pure forme. Il ne pouvait s'opposer à Pitt, investi d'un mandat officiel.

Augusta le reçut au salon où il faisait encore frais car le feu venait tout juste d'être allumé.

— Bonjour, madame, commença Pitt d'un ton formel, quand le valet eut refermé la porte derrière lui.

— Bonjour, répondit Augusta.

C'était une belle femme, et elle semblait un peu plus détendue que lors de leur dernière entrevue.

— Que puis-je pour vous, inspecteur ? Je ne sais absolument pas qui a tué Freddie, ni pourquoi.

— Pourquoi, ce n'est pas difficile.

Pitt se planta devant elle.

— C'était un maître chanteur.

— Ah oui ? fit-elle, haussant légèrement les sourcils. Comme c'est déplaisant. Je n'en avais pas la moindre idée. Vous êtes sûr de ce que vous avancez, je présume.

— Tout à fait.

Il attendit de savoir ce qu'elle allait dire ensuite.

— Alors, c'est sa victime qui l'a assassiné. Je n'ai pas à vous l'apprendre !

Il sourit imperceptiblement.

— A supposer qu'il ait eu une seule victime, madame. Et pourquoi partirais-je de ce principe-là ?

Elle le regarda, et les coins de sa bouche frémirent.

— En effet. J'aurais dû y penser moi-même. Maintenant que vous le dites, cela me paraît évident. Et que croyez-vous donc que je puisse vous révéler ? Freddie Bolsover n'exerçait pas de chantage sur moi, je vous le promets.

— Même pas à propos de la malencontreuse histoire de Miss Christina avec le valet ?

Elle broncha à peine.

— Ce n'est pas l'affaire de la police, que je sache.

— Non, c'est exact. Elle a été révélée tout à fait

incidemment. Mais vous n'avez pas répondu à ma question... le Dr Bolsover n'a-t-il pas abordé le sujet avec vous ?

— Certainement pas.

Elle sourit faiblement et le considéra sans inimitié.

— Je ne l'aurais pas payé. J'aurais trouvé un autre moyen, comme avec Max qui a voulu essayer aussi. J'ai trop de discernement et d'imagination, inspecteur, pour recourir à la violence.

Il eut un grand sourire.

— Je vous crois volontiers, madame. Si vous pensez à quelque chose qui puisse m'être utile, un détail, aussi insignifiant soit-il, j'espère que vous me le ferez savoir sur-le-champ. Pour l'amour du ciel, ne vous en occupez pas vous-même. Il a déjà tué une fois, peut-être plus.

— Je vous en donne ma parole, répliqua-t-elle avec conviction.

Il vit Brandy un peu plus tard dans la même pièce.

— Quoi encore ? s'exclama ce dernier. Ne me dites pas qu'il y a eu d'autres morts !

— Non, et j'entends faire en sorte que cela ne se reproduise pas. Il faut que je trouve qui a tué le Dr Bolsover, avant qu'il ne se sente menacé à nouveau.

— Menacé ? répéta Brandy, alarmé.

— Le Dr Bolsover était maître chanteur, Mr. Balantyne. C'est presque certainement la raison pour laquelle il a été tué.

— Qui faisait-il chanter, le savez-vous ?

— Mr. Southeron, en premier lieu.

— Bon... ce n'est pas Reggie qui l'a assassiné, tout de même ?

— Cela vous semble peu probable ?

— Ma foi... oui. Reggie ne m'a pas l'air... pour ne rien vous cacher, je ne pense pas qu'il en aurait eu le courage.

Brandy sourit, désolé.

— Moi non plus. Il dit que c'est Jemima Waggoner qui a tué le Dr Bolsover...

— Quoi ?

Le visage de Brandy perdit ses couleurs.

— Jemima ? Mais c'est idiot ! Pourquoi diable Jemima aurait-elle tué quelqu'un ?

— Parce qu'elle était sa complice : elle a réclamé une plus grosse part du magot ; ils se sont disputés, et...

— Il ment !

Cette fois, il était impossible de se tromper sur la réaction de Brandy. Il était fou de rage.

— La voilà, votre réponse. Reggie l'a tué et il ment pour se protéger. C'est bien une preuve, non ? S'il accuse Jemima de l'avoir fait chanter, alors c'est un menteur !

Sa figure déterminée respirait la colère et le défi.

— On peut mentir pour couvrir beaucoup de choses, Mr. Balantyne, répondit Pitt avec calme. Pas nécessairement un meurtre. Mr. Southeron panique facilement.

— C'est un menteur !

La voix de Brandy monta d'un ton.

— Vous n'allez pas croire qu'elle... que Jemima...

Il s'interrompit brusquement et fit un effort pour se maîtriser. Puis il déglutit et recommença :

— Excusez-moi. C'est un problème qui me tient très à cœur. Je suis persuadé que Jemima est innocente et je trouverai le moyen de vous le prouver.

— Toute assistance me serait extrêmement utile, sourit Pitt. Le Dr Bolsover ne vous a pas approché, monsieur ?

— Non. A quel sujet ?

— Argent, faveurs, n'importe.

— Bien sûr que non !

— Je pensais que vous auriez été prêt à payer, par exemple pour protéger Lady Carlton.

Brandy rougit jusqu'à la racine des cheveux.

— Comment avez-vous appris ça ?

Pitt s'abstint de répondre.

— Alors ?

— Non. Je suis sûr qu'il n'était pas au courant. Je ne vois pas comment il l'aurait découvert. Étant médecin, il savait peut-être qu'elle était enceinte, mais en ce qui me concerne, rien. Tout ça n'a aucune importance ; l'essentiel pour moi est que Jemima soit lavée de tout soupçon. S'il vous plaît, inspecteur...

Il hésita.

— S'il vous plaît, tâchez d'aller jusqu'au bout.

Pitt lui sourit avec infiniment de douceur.

— Vous tenez beaucoup à elle, n'est-ce pas ?

— Je...

L'air éperdu, Brandy leva les yeux.

— Oui, je... je crois que oui.

11

Pitt se rendit également chez Robert Carlton, plus pour l'informer des activités de Freddie que dans l'espoir que Carlton reconnaisse avoir été l'une de ses victimes. Ses questions furent discrètes, à la limite de l'inexistence : la coopération de Carlton lui était bien plus précieuse qu'un quelconque aveu obtenu à son corps défendant.

Les Doran, à ses yeux, n'avaient aucune raison d'intéresser Freddie. L'histoire d'Helena avait été rendue publique avant son assassinat ; il les laissa donc vivre leur deuil en paix.

Pour finir, il alla voir les Campbell. Il ne leur connaissait pas non plus de motifs susceptibles d'attirer sur eux l'attention d'un maître chanteur, mais il pouvait toujours y avoir un secret que personne n'avait encore deviné, même s'ils n'allaient certainement pas le lui révéler. Les réactions les plus réticentes étaient souvent riches en indices ; la réticence même témoignait d'un désir de dissimulation.

Il vit d'abord Mariah, car Campbell lui-même était occupé à rédiger ses lettres dans son bureau.

Elle était très calme et n'exprima qu'une profonde compassion à l'égard de Sophie. Il ne retira rien de cet entretien, sinon l'impression qu'il avait affaire à une forte personnalité ; cette femme-là avait déjà dû surmonter bien des épreuves, voire des chagrins, et elle était prête à aider Sophie à supporter le choc du moment présent et la honte qui était encore à venir.

Il fut obligé d'attendre un bon quart d'heure avant que Garson Campbell ne le fît entrer dans son bureau. Il le trouva debout devant la cheminée, les jambes écartées, se balançant légèrement d'avant en arrière. Il paraissait en colère.

— Eh bien, qu'y a-t-il, Pitt ? s'enquit-il d'un ton cassant.

Pitt décida d'emblée qu'il était inutile de finasser. Cet homme intelligent et agressif ne manquerait pas de repérer et de déjouer tous les pièges verbaux qu'on pourrait lui tendre.

— Saviez-vous que le Dr Bolsover était un maître chanteur ?

Campbell réfléchit un instant.

— Oui, répondit-il lentement.

Pitt sentit les battements de son cœur s'accélérer.

— Et comment l'avez-vous appris, monsieur ?

Le regard gris et froid de Campbell se posa sur lui avec une ironie amère.

— Pas parce qu'il me faisait chanter, inspecteur. L'une de ses victimes est venue me demander conseil. Naturellement, je ne peux pas vous révéler son identité.

Pitt savait qu'il était inutile d'insister. Il y avait des gens qu'il pouvait contraindre, intimider, soumettre par la seule force de sa volonté... mais Garson Campbell n'était pas de ceux-là.

— Pourriez-vous me dire ce que vous lui avez conseillé ? se contenta-t-il donc d'interroger.

— Oui, répondit Campbell en souriant. Je lui ai recommandé de payer, du moins en attendant. C'était une indiscrétion, pas un crime. Le risque qu'elle soit rendue publique et provoque de sérieux dégâts n'était que passager. Je lui ai aussi promis de parler à Freddie pour l'avertir que ça ne marcherait pas une seconde fois.

— Et vous l'avez fait ?

— Oui.

— Quelle a été la réaction du Dr Bolsover ?

— A mon avis, pas très concluante, inspecteur. Quelqu'un qui est capable de chantage ne rechignerait pas à mentir à l'occasion.

— Le chantage est un délit sournois, en sous-main, Mr. Campbell. Un maître chanteur œuvre dans le secret, et c'est généralement un lâche. Il a très bien pu avoir peur d'un personnage plus puissant... non pas Mr. Southeron, mais vous.

Campbell haussa un sourcil amusé.

— Vous étiez donc au courant ?

— Bien sûr.

Pitt s'offrit le luxe d'une certaine morgue.

— Et vous n'avez pas arrêté le pauvre Reggie ? C'est un âne bâté. Il s'affole pour un rien.

— Je l'ai remarqué. Mais c'est aussi un poltron. Et il n'est sûrement pas le seul à Callander Square à pouvoir éveiller l'intérêt d'un maître chanteur.

Le visage de Campbell s'assombrit ; son grand

corps se raidit. On eût dit qu'un spasme de douleur venait de le transpercer.

— A votre place, je surveillerais mes propos, Pitt. Vous risquez de vous attirer de gros ennuis en portant des accusations à la légère contre les résidents de ce square. Nous avons tous nos faiblesses, dont certaines pourraient certainement vous déplaire, mais nous n'aimons guère qu'on en parle. Tous les hommes suivent leurs inclinations, aussi loin qu'ils l'osent. Nous avons le privilège d'oser plus que la majorité ; cette position, nous l'avons acquise ou héritée. Trouvez qui a tué ces enfants, surtout ne vous gênez pas. Et cherchez celui qui a poignardé Freddie Bolsover, mais faites attention à Sophie et n'allez pas remuer la fange juste pour voir ce qui remonterait à la surface. Vous n'y gagnerez pas professionnellement, je vous le promets. Vous aurez beaucoup plus de chances de finir à faire la ronde quelque part du côté des docks.

Pitt le regarda en face. Il ne doutait pas un instant que Campbell fût sérieux, et que ce fût plus qu'un avertissement.

— Freddie Bolsover était un maître chanteur, monsieur, répliqua-t-il posément, et le chantage se nourrit de scandale. Je peux difficilement espérer découvrir son assassin sans connaître le mobile du crime.

— S'il était maître chanteur, il méritait la mort. Pour le bien-être de ceux qui restent dans ce square, vous feriez peut-être mieux d'abandonner. Je n'ai pas de scandale à cacher, comme vous le savez déjà sans doute, mais bon nombre de personnages haut placés ne pourraient pas en dire autant. Pour leur sécurité et pour ma convenance personnelle, je vous déconseille de creuser trop loin dans la boue. Nous avons la police depuis longtemps à Callander Square. C'est mauvais pour nous. Il est temps pour vous soit de conclure, soit de renoncer et de nous laisser tranquilles. Ne vous est-il pas venu à l'esprit qu'à force de fouiner, vous avez précipité ces drames, qu'au lieu d'arranger les choses, vous aggravez ce qui est déjà assez désastreux depuis le début ?

— Il arrive parfois qu'un assassin commette un second crime pour masquer le premier. Ce n'est pas une raison pour le laisser en liberté.

— Pour l'amour du ciel, épargnez-moi vos leçons de morale ! Qu'avons-nous là ? Une servante qui se fait engrosser et qui tue ses enfants... ou les enterre mort-nés ; une catin qui finit par lasser son amant et un maître chanteur ! La servante, vous n'avez strictement aucune chance de la retrouver maintenant, et d'ailleurs, qui s'en soucie, hein ? L'amant d'Helena doit être à l'étranger à l'heure qu'il est, et, comme manifestement personne ne l'a vu, vous avez autant de chances de le faire pendre que de passer la corde autour de la lune. Quant à Freddie, il l'aura largement cherché. Le chantage est un crime, même d'après vos critères. Et qui dit que c'est quelqu'un de Callander Square ? Il avait des patients un peu partout. Allez donc les voir. Ce pourrait être n'importe lequel d'entre eux. Mais ne venez pas vous plaindre s'ils vous font jeter dehors !

Pitt repartit, plus découragé qu'il ne l'avait

jamais été depuis le début de l'enquête. A bien des égards, Campbell avait raison. Sa présence, en effet, avait pu précipiter à la fois le crime de Freddie et sa mort. Et il ne semblait guère plus près de la solution qu'au tout premier jour.

Aussi, deux jours plus tard, lorsqu'il fut convoqué par ses supérieurs qui lui demandèrent des comptes sans aménité, n'était-ce la détermination passionnée de Charlotte, il aurait cédé à la pression et reconnu sa défaite sur tous les points, hormis la mort de Freddie Bolsover.

— Vous avez fait de votre mieux, on le sait bien, Pitt, déclara Sir George Smithers avec irritation. Mais vous n'êtes guère plus avancé, n'est-ce pas ? Et nous ne sommes pas près de conclure. De toute façon, l'entreprise était hasardeuse depuis le départ.

— Nous avons besoin de vous pour des affaires plus importantes, ajouta le colonel Anstruther plus poliment. On ne va pas gâcher vos talents pour une cause désespérée.

— Et le Dr Bolsover ? riposta Pitt, cinglant. Va-t-on le classer dans les archives, lui aussi ? N'est-ce pas un peu prématuré ? Le public risque de croire que nous traitons nos affaires par-dessous la jambe.

Il était trop en colère pour songer à ménager les susceptibilités.

— Gardez vos sarcasmes pour vous, Pitt, dit Smithers avec froideur. Il est certain que nous devons faire un effort en ce qui concerne Bolsover, même si, semble-t-il, cette canaille a eu ce qu'elle méritait. Je connais moi-même Reggie Southeron : c'est un type inoffensif. Attaché aux plaisirs terrestres, mais pas méchant pour un sou.

Pitt ne répondit pas, mais il n'en pensait pas moins.

— Quelqu'un a bien planté un couteau dans le cœur de Bolsover, observa-t-il.

— Ciel, vous n'imaginez tout de même pas que c'est Reggie ?

— Non, Sir George. C'est pourquoi je dois identifier les autres victimes de Bolsover.

— A mon avis, c'est une tactique dangereuse.

Smithers secoua la tête avec réprobation.

— Source de beaucoup... euh... d'embarras. Oubliez ça et concentrez-vous sur les faits. Demandez les résultats de l'autopsie, la topographie des lieux, trouvez des témoins, que sais-je ? Tâchez de découvrir la vérité par ce biais-là.

— Je doute que ce soit possible, monsieur, fit Pitt en le fixant dans les yeux.

Smithers s'empourpra, courroucé par l'insolence non pas de la réponse, mais de ce regard.

— Alors, il faudra vous avouer battu. Mais essayez toujours ; on doit donner l'impression de faire tout notre possible.

Pitt perdit patience.

— Même si ce n'est pas vrai ?

— Faites attention, Pitt, l'avertit Anstruther calmement. Vous naviguez dangereusement près du vent. Il y a beaucoup de personnages importants à Callander Square. Ils commencent à en avoir pardessus la tête de la police qui fouille dans leur vie privée.

— Ils se sont donc plaints ?

— Oui.

— Qui ça?

— Plusieurs d'entre eux. Naturellement, je ne peux pas vous dire qui : cela risque de vous indisposer injustement contre eux. Allons, soyez gentil, occupez-vous des faits. On ne sait jamais, en interrogeant les domestiques, vous trouverez peut-être quelqu'un qui a vu quelque chose; vous déterminerez au moins qui était sorti ce jour-là, les alibis et tout ça.

Pitt acquiesça : il ne pouvait rien faire d'autre. Il était en colère et proche de la défaite. N'était-ce la certitude que Charlotte allait le réchauffer, le fortifier, le défendre jusqu'au bout, il aurait été enclin à suivre les ordres aussi bien dans l'esprit qu'à la lettre.

Balantyne ignorait tout des pressions exercées sur Pitt car il était le seul, dans le square, à ne pas en avoir été l'instigateur. Quand Reggie vint le voir, tout guilleret d'avoir bénéficié d'un sursis, il n'avait pas la moindre idée de ce qui le réjouissait tant.

— C'est drôlement bon, hein?

Reggie lampa le sherry qu'il s'était servi lui-même.

— On va bientôt revenir à la normale; il était temps. Toutes ces sales histoires, c'est derrière nous maintenant.

— Ça m'étonnerait, répondit Balantyne avec raideur.

Il trouvait la jovialité de Reggie répugnante.

— Il subsiste la question des quatre meurtres, tout le reste mis à part.

— Quatre meurtres ?

Reggie blêmit, non pas à la pensée des meurtres, mais de ce « reste », à savoir la métamorphose d'Adelina. L'atmosphère chaleureuse de son foyer n'était plus qu'un souvenir. Il vivait aux côtés d'une étrangère qu'il ne connaissait pas ; elle, en revanche, le connaissait douloureusement bien, et ce depuis fort longtemps. C'était une sensation vraiment très déplaisante.

— L'auriez-vous oublié ? s'enquit Balantyne sèchement.

— Non, non. Seulement, je ne voyais pas en ces enfants des meurtres. Ils étaient probablement mort-nés, non ? Et comment savoir ce qui est arrivé à Helena ? Elle n'est plus là pour nous le dire, la pauvre. Peut-être qu'elle est tombée par accident ou quoi. Quant à Freddie, mon vieux, franchement, ce n'est pas une grosse perte. Cette crapule faisait chanter les autres. Non, le mieux serait que la police pose quelques questions par-ci par-là, voie si les domestiques n'ont rien remarqué et, si elle ne trouve rien, plie bagage et aille pourchasser des pickpockets ailleurs ; en tout cas, qu'elle décampe d'ici.

— J'en doute fort. Un meurtre, c'est autrement plus grave que le vol à la tire, rétorqua Balantyne d'un ton coupant.

— Eh bien, qu'ils ne comptent plus sur moi pour les aider.

Reggie se versa un second sherry de la carafe.

— Si jamais ce type-là revient, je ne le recevrai pas. Il peut parler aux domestiques, s'il en a envie. Ce n'est pas que je refuse de coopérer, mais je ne veux plus le voir. Je lui ai dit tout ce que je savais, point.

Il vida la moitié du verre et exhala dans un soupir :

— Fini, terminé !

Balantyne le dévisagea.

— Vous ne croyez tout de même pas que c'est un domestique qui a tué Freddie ? s'enquit-il avec une incrédulité caustique.

— Mon cher, je m'en moque comme d'une guigne. Plus vite la police renoncera et déguerpira d'ici, mieux ça vaudra.

— Ils ne renonceront pas. Ils resteront là tant qu'ils n'auront pas découvert le coupable.

— Des clous, oui ! J'en ai touché deux mots ici et là, au club, un peu partout. Ce Pitt, s'il ne se calme pas, va retourner faire les rondes, et vite. Un fauteur de troubles, voilà ce qu'il est. Son plaisir, c'est de confondre les gens de qualité. Tous pareils, ces prolétaires : donnez-leur un peu de pouvoir, et ils perdent la tête. Mais ne vous inquiétez pas, vieux, on n'en a plus pour longtemps. Il va fouiner à droite et à gauche, faire semblant de s'appliquer, puis, après un laps de temps convenable, il repartira courir après ses voleurs.

Balantyne était hors de lui : une fureur aveugle, incendiaire, le consumait. C'était bafouer les principes auxquels il avait cru toute sa vie : l'honneur, la dignité, la justice pour les vivants et les morts, l'ordre moral pour lequel il avait combattu, pour lequel ses pairs avaient péri en Crimée, aux Indes, en Afrique et Dieu sait où encore.

— Sortez d'ici, Reggie, dit-il posément. Et, s'il vous plaît, ne revenez pas. Vous n'êtes plus le bienvenu dans cette maison. En ce qui concerne la police, je remuerai ciel et terre, interviendrai auprès des autorités pour m'assurer qu'ils interrogent tout le monde, explorent la moindre piste jusqu'à ce qu'ils découvrent ce qui s'est réellement passé à Callander Square, et tant pis pour ceux que ça indispose. Suis-je clair ?

Reggie le regarda en clignant des yeux, son verre de sherry à la main.

— Vous êtes... saoul ! bégaya-t-il, sachant parfaitement que ce n'était pas vrai. Vous êtes devenu fou ! Avez-vous une idée des dégâts que ça peut causer ?

Sa phrase s'acheva dans un couinement.

— Allez-vous-en, Reggie. Vous aurez l'air ridicule si je vous fais jeter dehors.

Le teint de Reggie vira au rouge violacé, et il lança son verre dans le feu, le faisant voler en mille éclats incandescents. Puis il pivota sur ses talons et sortit d'un pas lourd, claquant la porte si violemment que les tableaux vacillèrent sur l'étagère et qu'un bibelot tomba par terre.

Resté seul, Balantyne mit plusieurs minutes à digérer ce qu'il venait de faire. Finalement il sonna et, lorsque le majordome parut, le pria d'envoyer le valet chercher son pardessus car il comptait se rendre chez Sir Robert Carlton.

Carlton était chez lui ; Balantyne le trouva au salon, assis près du feu en face d'Euphemia. Jamais il ne l'avait vue aussi épanouie : la chaleur semblait irradier d'elle, comme si elle était en plein soleil. Il aurait préféré que sa visite eût un autre motif, mais il continuait à bouillir d'indignation.

— Bonsoir, Carlton. Bonsoir, Euphemia, vous m'avez l'air fraîche comme une rose.

— Bonsoir, Brandon.

La voix d'Euphemia contenait une pointe d'interrogation.

— Désolé, Euphemia, il faut que je parle à Robert de toute urgence. Auriez-vous la générosité de nous excuser ?

Euphemia se leva, un peu perplexe, et quitta obligeamment la pièce.

Contrarié, Carlton fronça les sourcils.

— Que se passe-t-il, Balantyne ? J'espère que c'est important car je trouve votre conduite inacceptable. Vous vous êtes montré plus que cavalier envers ma femme.

Balantyne n'était pas d'humeur à perdre son temps en civilités.

— Avez-vous usé de votre influence pour empêcher la police d'enquêter sur les meurtres commis dans ce square ? questionna-t-il.

Carlton lui fit face ; son visage imperturbable n'exprimait ni réserve, ni scrupule.

— En effet. Je considère qu'ils ont fait assez de mal comme ça, et rien de bon ne sortira de leur obstination à fouiller dans notre vie privée, nos drames et nos erreurs. Ils ont eu tout le temps nécessaire pour découvrir qui a mis au monde ces infortunés enfants et ce qui leur est arrivé. Inutile d'espérer, après toutes ces années, qu'ils identifient ou retrouvent l'amant d'Helena Doran. Quant à Freddie Bolsover, c'était peut-être un maître chanteur et peut-être pas ; en tout cas, il a très bien pu être tué par un voyou de passage. Ce serait mieux pour Sophie si nous nous en tenions à cette hypothèse sans aller chercher plus loin...

— Foutaises ! cria Balantyne. Vous savez fichtrement bien qu'il a été assassiné par quelqu'un du square parce qu'il avait poussé le bouchon trop loin ; seulement, cette fois, il était tombé non pas sur quelque crétin lubrique qui s'amuse avec ses femmes de chambre, mais sur un meurtrier.

Le visage de Carlton se crispa.

— Vous le croyez vraiment ?

— Oui, et si vous voulez être honnête avec vous-même, vous le pensez également. Je sais que vous avez peur pour Euphemia. Moi aussi, j'ai peur. Mais j'ai bigrement plus peur de ce que je vais devenir si je cherche à étouffer cette affaire...

— Freddie était un maître chanteur, dit Carlton d'une voix moins assurée. Laissez-le reposer en paix, le misérable, ne serait-ce que par égard pour Sophie.

— Cessez de vous mentir, Robert. Il était ce qu'il était, mais on ne peut pas négliger son assassinat, s'en désintéresser sous prétexte que c'est sordide et que l'enquête policière nous dérange. A quoi diable croyez-vous, mon ami ? N'y a-t-il plus que votre confort qui compte ?

Carlton se redressa brusquement, le regard étincelant, mais il ne trouva rien à dire pour sa défense. Il ouvrit la bouche pour répondre : les mots lui manquèrent. Balantyne ne bronchait pas et, finalement, ce fut Carlton qui baissa les yeux le premier.

— Je parlerai demain au ministre de l'Intérieur, fit-il à voix basse.

— Parfait.

— Je ne vois pas à quoi cela va servir. Campbell et Reggie insistent lourdement pour faire clore l'enquête. Reggie tremble pour lui-même, bien sûr, mais Campbell, à mon avis, doit plaindre Sophie. C'est un vrai cauchemar pour elle, la pauvre enfant. Mariah s'occupe d'elle ; c'est une femme très capable, Mariah, elle sait toujours ce qu'il faut faire en cas de crise. Mais rien ne pourrait protéger Sophie de la disgrâce, si cette histoire venait à être rendue publique.

— Tant mieux s'il reste au moins une personne qui a su garder la tête sur les épaules.

Balantyne ne put résister à la tentation de décocher ce dernier trait, d'une honnêteté impitoyable : sa colère était encore trop vive.

— Je suis navré pour Sophie, mais la vérité ne peut être altérée. Toutes mes excuses à Euphemia.

Sur ce, il tourna les talons. Une fois qu'il aurait parlé à Brandy et à Augusta, qu'il leur aurait fait part de ses sentiments, son courroux s'apaiserait. Alors il reviendrait, le lendemain peut-être, pour faire la paix avec Carlton. A l'avenir, si l'on avait besoin de lui, il aiderait Sophie.

En arrivant dans son propre vestibule, il apprit par le valet que Miss Ellison demandait à le voir. Il en fut ennuyé, décontenancé. Il n'était guère à son avantage et ne voulait pas qu'elle le vît dans cet état. Le valet avait les yeux rivés sur lui, et son cerveau ne lui fournit aucune excuse plausible.

Elle l'attendait dans le bureau. Quand il entra, elle se retourna, et il se souvint combien elle lui plaisait, combien ses traits étaient purs et doux, passion sans artifice. Qu'elle fût totalement dénuée de sophistication le reposait et l'émoustillait tout à la fois.

— Charlotte, ma chère...

Il alla vers elle pour lui prendre les mains, mais elle se déroba.

— Qu'y a-t-il ?

Elle paraissait différente, et cela l'effraya : il ne voulait surtout pas qu'elle change.

— Général Balantyne, dit-elle sur un ton légèrement guindé.

Ses joues s'étaient colorées ; mais, bien que mal à l'aise, elle ne chercha pas à fuir son regard. Elle prit une profonde inspiration.

— J'ai bien peur de vous avoir menti. Je suis la sœur d'Emily Ashworth, mais non point célibataire, ainsi que je vous l'ai laissé croire. Ellison était mon nom de jeune fille. Je suis Charlotte Pitt...

Au début, ce nom-là ne lui dit rien. Il ne comprenait pas les raisons de ce mensonge. Pensait-elle qu'il aurait refusé de l'employer, s'il la savait mariée ?

— L'inspecteur Pitt est mon mari, fit-elle simplement. Je suis venue ici pour en savoir plus sur ces enfants et, si jamais ils étaient mort-nés, offrir mon soutien à la mère. A présent, je veux aider Jemima. Mr. Southeron l'accuse de l'avoir fait chanter et d'avoir tué le Dr Bolsover lors d'une querelle à propos de l'argent. Si Thomas est dessaisi de l'enquête et qu'on ne retrouve jamais l'assassin du Dr Bolsover, elle traînera ça toute sa vie.

— Vous êtes mariée à Pitt? demanda-t-il en fronçant les sourcils. Le policier?

— Oui. Je suis désolée de vous avoir trompé. Sur le moment, je n'aurais pas cru que cela aurait une quelconque importance. S'il vous plaît, pensez ce que vous voulez de moi, mais qu'on n'empêche pas Thomas de découvrir la vérité, du moins en ce qui concerne le Dr Bolsover. On n'accuse pas quelqu'un pour ensuite le laisser en plan sans la moindre preuve. Si Jemima avait été socialement son égale, jamais il ne se serait permis de faire ça. Il l'a dit uniquement parce qu'il la savait incapable de se défendre ou de contre-attaquer.

Il sentit qu'une illusion se dissipait, remplacée par une valeur nouvelle. Son rêve avait été fragile, insensé; même en son for intérieur, il n'avait pas osé le nommer. Maintenant, à sa place, il y avait une douleur douce et tiède qui, avec le temps, deviendrait une compagne familière, de celles qui aident à mûrir.

Lentement, il poussa un soupir.

— J'ai déjà vu Sir Robert Carlton. J'arrive à l'instant de chez lui. Il parlera demain au ministre de l'Intérieur.

Le sourire naquit dans ses yeux, sur ses lèvres, et finit par l'illuminer tout entière, jusqu'à sa façon de se tenir, très droite, mais avec une grâce, une aisance évidentes dans les courbes mêmes de son corps.

— Je suis contente, dit-elle doucement. Je vous demande pardon de ne pas y avoir pensé.

Elle se drapa dans sa mante et passa devant lui.

Il la laissa partir : il était trop ému pour proférer un son. Ce compliment, cette confiance brûlaient dans son cœur plus ardemment que dans les moments enchantés de sa jeunesse.

Longtemps, il resta debout au milieu de la pièce avant d'envoyer chercher Brandy.

Lorsque celui-ci entra, il était prêt.

— Ce soir, je viens de rencontrer Robert Carlton, commença-t-il sans préambule. Je l'ai convaincu d'intervenir auprès du ministre de l'Intérieur pour que la police puisse continuer à enquêter sur les meurtres commis dans ce square, en prenant le temps qu'il faut et sans se préoccuper des conséquences, aussi fâcheuses soient-elles, l'essentiel étant de découvrir la vérité. Puisque Freddie Bolsover était un maître chanteur, c'est là très probablement la cause de sa mort. La police va sûrement poursuivre ses investigations dans ce sens-là... non, ne m'interromps pas, Brandon. Je t'en parle car ils ne manqueront pas de revenir ici. Ils sont déjà au courant de la bêtise de Christina avec Max. Si jamais tu as fait quelque chose qui aurait pu te valoir des pressions, je te conseille de me le dire et d'en informer la police. Si ça n'a rien à voir avec Freddie, je pense qu'ils se montreront discrets.

— Ils le savent déjà, répondit Brandy sobrement. Je les trouve extrêmement méticuleux en tout, sauf en ce qui concerne les meurtres eux-mêmes ! Mais merci de l'avertissement.

Il détourna les yeux.

— Je suis content que vous ayez vu Carlton. Reggie a accusé Jemima de l'avoir fait chanter et d'avoir tué Freddie à cause de l'argent. Mais il ne l'emportera pas au paradis, croyez-moi.

— Comment le sais-tu ?

Brandy se tourna vers son père.

— C'est l'inspecteur Pitt qui me l'a dit. Désolé, père.

Puis, ayant remarqué son embarras, il ajouta nonchalamment :

— Désirez-vous voir maman ? Il faudrait la prévenir, elle aussi, car elle a toujours tendance à régler ses affaires elle-même.

Balantyne grimaça au souvenir de Max. Il n'avait pas très envie de voir Augusta. Pas ce soir. Il avait beaucoup à lui dire, mais c'était encore trop tôt. Plus tard peut-être, lorsqu'il aurait mieux compris ce qui se passait en lui.

— Non, merci, répliqua-t-il. Tu n'as qu'à lui parler, si ça ne t'ennuie pas. Je ne pense pas qu'on ait besoin de l'avertir, mais faisons-le par courtoisie.

Brandy hésita un instant avant de sourire.

— Bien.

Il se dirigea vers la porte.

— Merci de ne pas vous être emporté, pour Jemima. J'ai l'intention de l'épouser, si elle accepte, bien sûr. Maman ne va pas être contente, mais elle s'y fera avec le temps, si vous êtes d'accord.

— Je n'ai pas dit... !

Mais Brandy était déjà parti, et Balantyne se retrouva à fixer la porte qui venait de se refermer.

Après tout, l'idée n'était pas si monstrueuse : il ne s'agissait pas d'une servante et, du reste, elle n'était pas très différente de Charlotte... mais ceci était un autre rêve qu'il préférait ne pas affronter ce soir-là.

Ce fut le lendemain après le déjeuner qu'il aperçut Alan Ross à son club. Spontanément — car Alan était à la fois un ami et son gendre — il s'approcha pour lui parler.

— Bonjour, Alan, comment ça va ? Christina va bien ?

— Bonjour, monsieur. Elle se porte comme un charme, je vous remercie. Et vous-même ?

— Très bien.

Quelle conversation affectée ! Pourquoi ne pas dire ce qu'il avait sur le cœur ? Cela, au moins, ne l'avait-il pas appris de Charlotte ?

— Non, ce n'est pas vrai. Vous êtes au courant, pour Freddie Bolsover ?

Ross fronça les sourcils.

— Oui. Quelqu'un a parlé de chantage... est-ce exact ?

— Hélas, oui. Il y a eu un effort concerté de la part des résidents du square pour faire stopper l'enquête policière : la peur du scandale, sans doute, même si ce n'était pas le motif officiellement invoqué. Tout le monde doit avoir quelque chose à cacher, une histoire sordide, grotesque ou tout simplement intime.

Ross esquissa une mimique d'acquiescement. Il leva les yeux comme pour répondre. Balantyne attendit, mais manifestement, il ne trouvait pas ses mots. Ils échangèrent quelques banalités, puis sentant que Ross désirait lui parler, Balantyne ramena la conversation sur Callander Square.

A nouveau, Ross sembla hésiter.

— Sauriez-vous quelque chose que j'ignore? demanda Balantyne doucement, forçant Ross à le regarder.

— Non.

Alan secoua la tête, un petit sourire triste au coin de la bouche.

— C'est quelque chose que nous savons tous les deux, mais à mon avis, vous n'en êtes pas conscient.

Interloqué, Balantyne n'éprouvait cependant pas encore la moindre appréhension.

— Mais alors, si je suis déjà au courant, pourquoi avez-vous tant de peine à vous exprimer? Et pourquoi en parler, d'ailleurs?

Pour la première fois, Ross soutint réellement son regard, sans dérobade ni faux-fuyants.

— Parce qu'autrement, vous risquez de vous donner un certain mal pour essayer de me le cacher.

Balantyne ouvrit de grands yeux.

— Christina, répondit Alan. Je suis parfaitement au fait de son aventure avec Max et des raisons de son intérêt soudain pour moi. Non, ne prenez pas cet air-là. Je le savais déjà à l'époque. Ça ne me dérange pas. J'aimais Helena et je n'aimerai jamais quelqu'un d'autre. Je vous tiens en très haute estime, vous et — ça va vous étonner peut-être — Lady Augusta. J'étais tout à fait prêt à rendre service à Christina. Je ne l'aimerai jamais, mais je serai un bon mari pour elle, et j'entends faire en sorte qu'elle soit une bonne épouse pour moi, dans la mesure où nos sentiments, ou leur absence, peuvent le permettre. Amour ou pas, il y a toujours moyen de se conduire honorablement.

Il baissa les yeux un instant.

— En fait, j'essaie de vous dire ceci : ne craignez pas que d'éventuelles révélations changent mon attitude à l'égard de Christina.

Un sourire illumina son regard.

— Par ailleurs, j'ai énormément d'affection pour Brandy. Même s'il a tendance à m'éviter depuis mes fiançailles. A mon avis, il doit avoir mauvaise conscience. Tricher n'est pas dans sa nature : ça lui réussit mal.

Balantyne se serait défendu contre l'accusation implicite d'être lui-même un tricheur; seulement, c'était la stricte vérité, et il n'avait rien à dire pour sa défense. Du reste, le visage de Ross n'exprimait aucun reproche. Il eut soudain l'impression que Christina ne méritait pas quelqu'un comme lui, quelqu'un qu'il aimait bien lui-même et qu'il respectait tout à la fois.

— Merci, dit-il avec chaleur. Vous auriez très bien pu me laisser mariner dans la peur, voire me trahir, et vous auriez eu raison. C'est extrêmement généreux de votre part. J'espère qu'avec le temps vous nous pardonnerez, non seulement par charité, mais de par votre compréhension, même si je n'ai pas le droit de vous demander cela.

— J'aurais fait la même chose.

Ross balaya ses remerciements d'un geste.

— Ça peut encore m'arriver, si j'ai des enfants. Vous prendrez bien un verre de bordeaux avec moi ?

— Merci, accepta Balantyne avec un plaisir non feint, une profonde sensation de bien-être. Très volontiers.

Convoqué à nouveau chez le colonel Anstruther, Pitt fut surpris et soulagé d'apprendre qu'à la suite d'un changement de directives au ministère de l'Intérieur, il pouvait reprendre l'enquête concernant l'ensemble des affaires de Callander Square. Il fut surpris parce qu'il ne s'y attendait pas : il ignorait la démarche de Charlotte auprès du général Balantyne et, même s'il en avait été informé, il n'aurait pas vraiment cru à une issue favorable. Et il fut soulagé parce qu'il avait l'intention de poursuivre sa tâche, d'exploiter le moindre indice, et ce quoi qu'on dise. Bien sûr, il aurait fallu agir de manière détournée et à ses heures perdues, ce qui n'était pas commode. Il ne désirait pas particulièrement encourir un blâme sévère pour désobéissance, et il préférait passer ses moments libres à la maison, avec Charlotte, surtout maintenant qu'elle en était à quatre mois de la naissance de leur premier enfant.

Ce fut donc en proie à une certaine effervescence qu'il descendit les marches en courant et héla un cab pour se faire conduire sur-le-champ à Callander Square.

Pendant qu'il cahotait sur les pavés inégaux, il repassa mentalement en revue tout ce qu'il savait déjà.

Sans l'ombre d'un doute, Freddie Bolsover avait été tué parce qu'il se livrait au chantage. Qu'il eût utilisé ou non l'information qui avait causé sa mort, le simple fait d'être en sa possession lui avait été fatal ; le danger qu'il la divulgue se révélait trop grand pour son assassin. Le crime avait été expéditif et audacieux. Son auteur se considérait en situation de péril imminent. De quoi pouvait-il bien s'agir ? Une liaison, un enfant illégitime ? C'était peu probable. Avec tous ces scandales à Callander Square, le mobile paraissait bien maigre pour un meurtre. Freddie connaissait-il la mère ou, plus vraisemblablement, le père des nouveau-nés enterrés dans le jardin ? Pas au début en tout cas : il s'en serait servi plus tôt ou on l'aurait tué plus vite...

Sauf s'il venait juste de le découvrir, bien sûr !

Autre possibilité : l'assassin s'était subitement aperçu que Freddie était au courant, soit que ce dernier n'eût pas l'intention d'utiliser l'information, la sachant trop dangereuse, soit qu'il n'eût pas conscience de sa valeur. Oui, cela tombait sous le sens ! On l'avait supprimé à la hâte, avant qu'il ne comprenne la valeur de ce qu'il savait.

Il était arrivé à Callander Square et se tenait engoncé dans son pardessus, le col relevé, en regardant le cab s'éloigner, brinquebalant, dans la brume, quand une dernière hypothèse s'imposa à son esprit. Ce fut en apprenant le chantage exercé par Freddie sur Reggie Southeron que l'assassin s'était rendu compte de la menace qui pesait sur lui ! Cette piste s'avérait la plus prometteuse et représentait un excellent point de départ.

Il traversa le square par le jardin bourbeux, passa devant l'endroit où l'on avait découvert les cadavres des nouveau-nés, puis là où Freddie avait été poignardé; l'écho de ses pas résonna à nouveau, sonore, sur la chaussée, le trottoir et les marches du perron de Reggie Southeron.

Comme la journée était froide et excessivement désagréable, Reggie ne s'était pas dérangé pour aller à la banque; cependant, il avait envoyé un message pour prévenir qu'il refusait de recevoir la police et défendait au reste de la maisonnée de le faire de leur côté.

Pitt répliqua au valet qu'il avait une autorisation du ministère de l'Intérieur, et si Mr. Southeron l'obligeait à revenir avec un mandat, il le ferait bien sûr, mais dans la mesure où personne d'autre dans le square n'avait réagi de la sorte — c'était normal, puisqu'il n'avait pas encore vu les autres —, cela risquait d'être plus gênant pour Mr. Southeron que pour lui-même.

Dix minutes plus tard, Reggie parut, rouge et très en colère.

— Pour qui diable vous prenez-vous, à me citer le ministre de l'Intérieur? s'écria-t-il, claquant violemment la porte.

— Bonjour, monsieur, répondit Pitt avec courtoisie. Il y a juste une chose que j'aimerais savoir : à qui d'autre avez-vous parlé de la tentative de chantage du Dr Bolsover?

— A personne. Ce n'est pas le genre de choses qu'on raconte aux amis! riposta Reggie d'un ton cassant. Question idiote.

— C'est curieux, Mr. Campbell m'a dit que vous vous étiez confié à lui et lui aviez demandé conseil.

Pitt haussa les sourcils.

— Bougre d'âne ! jura Reggie. Peut-être bien. Sûrement, puisqu'il le dit.

— Et à qui encore ? C'est très important, monsieur.

— Pourquoi ? Qu'est-ce que ça change maintenant ?

— Vous semblez oublier, Mr. Southeron, qu'il reste un assassin à Callander Square. Il a déjà tué une fois, peut-être plus. Il peut tuer à nouveau, s'il se sent menacé. Ça ne vous effraie donc pas ? Il pourrait s'agir du prochain ami avec qui vous bavarderez en rentrant chez vous, la prochaine silhouette emmitouflée qui viendra vous dire bonne nuit et vous plantera un couteau dans le cœur. Le Dr Bolsover a été poignardé par-devant, par quelqu'un qu'il connaissait et dont il ne se méfiait pas, à vingt mètres de sa propre maison. Ça ne vous trouble pas ? Moi, à votre place, je ne serais pas très à l'aise.

— D'accord !

La voix de Reggie monta dans les aigus.

— D'accord ! Je n'ai parlé à personne d'autre que Campbell. Carlton est fichtrement vieux jeu, et Balantyne ne vaut guère mieux ; il n'y a pas d'homme chez les Doran, et Housmann, la vieille chouette d'en face, ne nous adresse pas la parole. Campbell est un type efficace : il ne joue pas les saintes nitouches et n'a pas peur de sa propre ombre pour dire ce qu'il pense. Je lui ai tout raconté. Et il y a mis le holà !

— En effet.

La réponse de Pitt était lourde d'un sens qui échappa à Reggie.

— Je vous remercie, monsieur. Voilà qui pourrait m'être très utile.

— Franchement, je ne vois pas comment !

— Si c'est le cas, vous finirez par le savoir ; sinon, ça n'a pas d'importance. Merci, monsieur. Je vous souhaite une bonne journée.

— Au revoir, fit Reggie, les sourcils froncés. Bougre d'imbécile, marmonna-t-il dans sa barbe. Le valet va vous reconduire.

Pitt ne savait toujours pas ce qu'il cherchait, mais, au moins, il savait enfin où chercher.

Il frappa à la porte des Campbell et demanda à parler au maître des lieux. On l'introduisit au petit salon où Mariah était en train d'écrire des lettres.

— Madame, dit-il, dissimulant sa surprise.

— Bonjour, Mr. Pitt. Mon mari est occupé pour le moment, mais il pourra vous recevoir bientôt, si ça ne vous ennuie pas de patienter.

— Pas du tout, je vous remercie.

— Désirez-vous un rafraîchissement ?

— Non, merci. Je ne veux surtout pas vous déranger.

— Vous venez au sujet du meurtre du Dr Bolsover ?

— En partie.

Le visage de Mariah était très pâle. Peut-être était-elle souffrante, ou alors l'obligation de consoler Sophie commençait à lui peser.

— En quoi mon mari pourrait-il vous être utile ?

Il ne voyait pas l'intérêt de lui cacher la vérité. Il se pouvait même qu'elle l'aide involontairement. Elle aurait pu apprendre quelque chose de Sophie, sans en soupçonner la signification.

— Il est le seul à qui Mr. Southeron ait confié que le Dr Bolsover le faisait chanter.

— Reggie l'a dit à Garson ? fit-elle lentement.

Elle était blanche comme un linge. Pitt craignit qu'elle ne s'évanouisse. Était-elle réellement malade ou bien détenait-elle des informations sur son mari dont il ne se doutait même pas ?

La réponse vint, fulgurante.

Helena !

Un homme mûr, qui avait réussi, sûr de lui, investi d'une certaine dignité, d'un pouvoir, ne pouvant l'épouser parce qu'il n'était pas libre... était-ce lui, l'amant ? Pitt examina à la hâte la nouvelle gamme de possibilités. Mais pourquoi ce meurtre ? Était-elle sur le point de le trahir, de l'accuser ouvertement d'être le père de son enfant ? L'avait-il tuée dans un moment de panique dans ce jardin abandonné ?

Mariah l'observait. Son regard était clair ; son expression, figée. On eût dit une femme face à un peloton d'exécution, mais une femme qui n'a pas peur de mourir.

— Oui, répondit-il à sa question qu'elle semblait avoir posée depuis des heures.

— Je vois.

Se levant, elle ramassa ses jupes.

— Merci de m'en avoir informée, Mr. Pitt. J'ai quelque chose à faire en haut. Voulez-vous m'excuser ? Mon mari ne va pas tarder.

Et, sans attendre sa réponse, elle sortit lentement, la tête haute, droite comme un piquet.

Garson Campbell finit par paraître au bout de dix

minutes. Il venait d'une autre pièce de la maison, et pourtant il battait la semelle en marchant, comme s'il rentrait du froid. Mais il ne se frottait pas les mains.

— Eh bien, qu'y a-t-il, Pitt ? s'enquit-il en le toisant d'un air dégoûté. Je n'en sais pas plus à propos de Freddie Bolsover que la dernière fois.

Il s'arrêta devant le feu, jambes écartées, se balançant légèrement d'avant en arrière.

Un souvenir fugace revint à la mémoire de Pitt, un homme entrevu voilà longtemps, dans un autre lieu, un homme qui marchait en tapant du pied, même l'été, un homme malade. L'image des petits corps dans le jardin surgit devant ses yeux, la tête difforme de celui du dessous. Il revit l'enfant d'Helena.

En un éclair, la réponse se forma dans son esprit, aussi simple et lumineuse qu'un dessin d'enfant.

— Le Dr Bolsover savait que vous aviez la syphilis, n'est-ce pas ? demanda-t-il sans préambule. Quand Reggie Southeron vous a dit que Bolsover le faisait chanter, vous avez compris que c'était juste une question de temps avant qu'il ne se rende compte de la valeur de cette information et n'essaie de vous faire chanter à votre tour. Vous l'avez tué avant qu'il ne passe à l'acte. Comme vous avez tué Helena, avant que son enfant ne naisse difforme, à l'image de ceux du square. Ou alors elle avait découvert votre maladie, et vous avez eu peur qu'elle ne sache pas tenir sa langue. Peu importe la raison, au fond.

Une lueur indécise brilla dans les yeux de Campbell, mais, face à la calme assurance de Pitt, son visage se tordit de rage.

— Espèce de sale hypocrite ! fit-il d'une voix basse et amère. Ce mal sournois, inexorable, me ronge depuis l'âge de trente ans. Voilà quinze ans que je porte la mort en moi. Inutile de compter sur une fin rapide ; je vais pourrir de l'intérieur, petit à petit. La douleur ira en s'aggravant jusqu'à ce que je sois paralysé, un vilain légume qu'on promène en fauteuil roulant, pendant que les gens chuchotent et ricanent derrière mon dos ! Et vous êtes là, à me faire la morale, comme si ç'aurait été différent pour vous.

« Oui, vous avez raison ! Vous êtes satisfait ? Même ma femme me regarde comme si j'étais un lépreux. Elle ne m'a pas touché depuis plus d'un an. Helena était une garce. Quand elle a appris ma maladie, elle a piqué une crise d'hystérie, et je l'ai tuée.

« Freddie était un minable maître chanteur à la petite semaine. Bien sûr que je l'ai tué : je n'allais pas attendre qu'il vienne me voir.

Sa main était derrière son dos ; sans laisser à Pitt le temps de réagir, il pivota en brandissant le coupe-papier pris sur le bureau où Mariah écrivait ses lettres. La lame décrivit un arc de cercle et manqua la poitrine de Pitt seulement parce qu'il s'était élancé en avant. Il glissa sur le bord du tapis et tomba lourdement, heurtant Campbell, si bien qu'ils atterrirent tous deux dans la cheminée.

Pitt bondit sur ses pieds, prêt à frapper... mais Campbell ne bougeait pas. Au début, Pitt crut à un piège, jusqu'au moment où il aperçut un filet de sang et la tête de Campbell contre le garde-feu.

Il alla vers la porte et appela le valet, d'une voix forte et grotesquement hystérique.

— Courez me chercher un agent de police ! ordonna-t-il sitôt que l'homme parut. Et un médecin, vite !

Le valet le regarda bouche bée sans esquisser le moindre geste.

— Dépêchez-vous ! hurla Pitt.

Il fila comme une flèche, sans même prendre le temps d'enfiler un manteau.

Pitt revint dans le petit salon et arracha le cordon de la sonnette. Tant pis si cela allait provoquer un effroyable tintamarre en bas. Il ligota les poignets de Campbell en serrant de toutes ses forces et le laissa allongé sur le dos, apparemment inconscient, mais respirant avec effort.

Il voulut aller trouver Mariah, puis décida qu'il serait plus charitable de faire évacuer Campbell d'abord, surtout s'il s'avisait de faire un esclandre. C'était déjà suffisamment pénible pour elle, sans qu'elle fût obligée d'assister à son arrestation.

Il s'assit, hors d'atteinte des pieds de Campbell, si jamais il revenait à lui et choisissait à nouveau de se battre, et attendit.

L'agent arriva au bout d'une dizaine de minutes, rouge, essoufflé et trempé par la pluie fine. Il contempla Pitt, puis Campbell, toujours étendu sur le sol, mais qui commençait à reprendre ses esprits.

— Le médecin est en route, m'sieur, dit-il, l'air hagard. Que s'est-il passé ?

— Mr. Campbell est en état d'arrestation.

Pitt se tourna vers le valet qui se tenait derrière l'agent, dans l'encadrement de la porte.

— Appelez un cab et faites préparer une valise pour Mr. Campbell. Quand le médecin sera là, amenez-le ici.

Il regarda l'agent de police.

— Mr. Campbell est inculpé pour meurtre, et il est dangereux. Si vous avez des menottes, passez-les-lui avant de retirer la corde. Quand le médecin l'aura examiné, chargez-le dans le cab et conduisez-le au poste.

Il glissa la main dans sa poche et sortit sa plaque pour la lui montrer.

— Je vous rejoindrai dès que j'aurai vu Mrs. Campbell. Vous avez compris ?

L'agent se mit au garde-à-vous.

— Oui, m'sieur. C'est lui qui a assassiné les bébés, m'sieur ?

— Je ne sais pas. Je ne le crois pas, mais il a tué Miss Doran et le Dr Bolsover. Méfiez-vous de lui.

— Certainement, m'sieur.

Il regarda Campbell, impressionné et dégoûté à la fois.

Pitt traversa le vestibule ; alors qu'il gravissait l'escalier, le médecin arriva. Il attendit cinq minutes de plus sur le palier, jusqu'à ce qu'il vît le groupe partir : Campbell, encore étourdi, chancelant entre l'agent et le cocher du cab. Puis il monta à la recherche de Mariah.

Le deuxième étage était silencieux et rangé. Il ne croisa pas une seule femme de chambre ; elles devaient être toutes dans la cuisine ou bien dehors, occupées à quelque tâche extérieure.

— Mrs. Campbell ? fit-il distinctement.

Il n'y eut pas de réponse.

Élevant la voix, il appela à nouveau.

Toujours pas de réponse.

Il frappa à la première porte et la poussa. La pièce était vide. Il continua et arriva finalement à ce qui ressemblait à un dressing. Assise dans un fauteuil, Mariah Campbell lui tournait le dos. Il crut d'abord qu'elle s'était assoupie, jusqu'au moment où, la contournant, il vit son visage. Il était entièrement dépourvu de couleur ; les paupières et les lèvres étaient devenues grisâtres.

Sur la coiffeuse, il y avait une fiole étiquetée « laudanum », vide, et une autre bouteille en verre transparent qui ne contenait rien non plus. A côté se trouvait une feuille de papier. Il la prit. Le mot lui était adressé.

« Inspecteur Pitt,

« J'imagine que vous connaissez maintenant la vérité. Les péchés des pères sont retombés sur les enfants, mais c'étaient mes enfants également, et je ne voulais pas qu'ils vivent, souillés par la maladie, aussi pourris que lui. Mieux valait mourir tant qu'ils étaient encore innocents : ils n'ont rien senti, pas même la douleur.

« S'il vous plaît, demandez à Adelina Southeron de s'occuper de mes enfants qui sont encore en vie. C'est une femme de cœur, et elle aura pitié d'eux.

« Que Dieu m'accorde Sa miséricorde et Sa paix.

« Mariah Livingstone Campbell »

Pitt la regarda, pris d'une infinie compassion, et reconnaissant qu'elle lui eût épargné d'avoir à l'affronter, de servir d'instrument pour mettre en branle la lourde machine de la justice contre elle.

Parce qu'il aimait profondément Charlotte, il ressentait une certaine tendresse pour toutes les femmes ; il remercia le ciel que sa propre existence ne fût pas marquée par une semblable tragédie. Il songea au visage de Charlotte, plein d'espoir pour son enfant à venir, et pria pour que le bébé naisse en bonne santé, peut-être même pour que ce fût une fille, aussi têtue, généreuse et volontaire que Charlotte elle-même.

Cette pensée le fit sourire ; pourtant, face à cette morte, il avait également envie de pleurer. Mais, par-dessus tout, il aspirait ardemment à rentrer chez lui.

Imprimé en France sur Presse Offset par

BRODARD & TAUPIN

GROUPE CPI

La Flèche (Sarthe), 13658
N° d'édition : 2774
Dépôt légal : mai 1997
Nouvelle édition : août 2002